현진건
문학상
작품집

제17회 현진건문학상 작품집
강정아, 김소형, 이성아, 박혜원, 노정완, 고경숙, 김인정

ⓒ 사)현진건기념사업회, 2025

차 례

현진건문학상
- 4 예본심 심사평- 구효서, 윤대녕, 권지예, 박희섭
- 12 수상소감
- 15 강정아 / 짬뽕
- 37 자선작 / 윤에 대하여
- 61 인터뷰 / 김동혁

현진건신인문학상
- 74 예심 심사평- 이화정, 김동혁
- 78 본심 심사평- 구효서, 윤대녕, 권지예
- 80 당선소감
- 83 김소형 / 이래의 미래

현진건문학상 추천작
- 107 이성아 / 고양이는 건들지 마라
- 131 박혜원 / 학구적인 물고기
- 153 노정완 / 찬란한 수치
- 179 고경숙 / 모래톱
- 201 김인정 / 빈 상자

- 223 현진건문학상의 취지 및 심사 경위

2025 현진건문학상 예본심 심사평
말할 수 없는, 절창의 서늘함

  세 편이 눈길을 끌었다.
  「짬뽕」을 읽으면서는 문득 천지불인天地不仁이라는 도덕경의 문구가 떠올랐다. 어째서 그랬을까. 자연의 섭리는 인간이 규정한 가치들을 초월한다는 뜻으로서 천지불인을 읽어본다면, 자연이라는 것이 따뜻하거나 아름답다거나 힐링을 선사한다는 등의 관념과는 아득히 멀어지며 그 자리에는 '말로 할 수 없는' 서늘함이 대신 고인다. 맵고 뜨겁기만 한 '짬뽕'을 이러한 서늘한 맛으로 조리해 내는 작가의 솜씨 때문에 좀 뜬금없지만 천지불인이 떠올랐는지도 모른다. 필자는 서늘하다는 말 대신 개인적으로 수꿀하다는 말을 쓰는데, 어쨌거나 그것은 인문학에서 숭고미(The sublime)라고 표기하는 느낌에 가깝지 않을까. 그 가없는 수꿀함의 천지(혹은 초가치超價値의 우주) 한복판을 짬뽕이라는 작은 별로 가만가만 가로지르는 장관이라니. 비평가가 아닌 작가로서의 심사평이기에 용서되길 바라며 말하건대, 필자에게는 이 작품이 '말할 수 없게' 좋은, 절창이라는 뜻에 값할 만한 소설이었다. 말미에서 작중 화자가 옛날 노래를 흥얼거릴 때는, 영화 〈마더〉에서 김혜자가 추던 춤이 떠올라 오래 전율했으므로.
  짬뽕이 아니었다면 수상의 영예는 고양이가 차지하지 않았을까. 「고양이는 건들지 마라」는 잘 쓰인, 작가로서의 역량이 돋보이는 작품이다. '가슴에 박힌 대못'이 특히 인상적이었다. '대못'은 혐오와 적대의 말만을 일컫지 않는다. 때로는 관심과 사랑으로 간주된 발화도 대못일 수 있다는 사례를 이 작품은 매우 효과적으로 제시한다. 그런 대못이 발생하는 원리와 해소의 가능성 등을 천착하는 가운데, 결핍감이 초래하는 질투와 집착이라든가 이타의 가면을 쓴 이기, 혹은 사랑이라는 이름의 연민이라는, 이율배반적이고 자기기만적인 인간의 취약한 속성을 읽게 한다. 딱히 흠잡을 데가 없는 작품으로 보인다. 다만 그날 고양이 앞에 짬뽕이 있었다는 것뿐.

「학구적인 물고기」도 서늘하고 으스스하다. '돌봄'이 통제 가능을 조건으로 하고 있는 것 아니냐는 질문이 그러하다. 통제가 가능하지 않은 대상에 대한 돌봄은 분노와 학대로 이어질 수 있기에 그러하다는. 돌봄을 받는 대상은 스스로 통제받아 마땅한, 즉 치유될 수 없는 환자로서의 자리를 지켜야 한다는 스릴러적 아이러니를 시침떼고 비정하게 연출해 내는 작가가 무섭지만 멋지다.

심사위원 **구효서**

2025 현진건문학상 예본심 심사평
삶의 결핍을 풀어내거나, 혹은 수용하는

　본심에 회부된 10편의 작품 중에서 나는 「학구적인 물고기」, 「빈 상자」, 「짬뽕」을 특히 주목해서 읽었다.
　「학구적인 물고기」는 코로나 팬데믹 이후 본격적으로 우리 사회의 화두로 떠오른 '돌봄'을 소재로 하고 있다. 국가의 돌봄 시범사업 대상자가 된 교수 출신의 김여사와 요양 보호사인 이서라를 중심으로 이야기를 구성한 이 소설은 두 사람 사이에 형성된 지배/피지배의 관계를 적나라하게 조명하고 보여주고 있다. 육체의 취약성으로 인해 어느덧 피지배의 위치에 놓인 김여사가 겪는 무력함은 점점 공포로 변한다. 희비극적 구성과 스릴러적 요소까지 더해 끝까지 긴장감을 유지하고 있는 점도 눈여겨볼 대목이다. 그런데 심사위원들이 이 작품에 대해 한결같이 아쉬움을 토로한 바, 바로 작위성이 이야기의 완성도를 떨어뜨리고 있다는 점이었다.
　「빈 상자」는 기법상의 우위를 보여주는 작품이다. 오랜 친구인 수영과 이나는 신축 아파트에서 동거를 앞두고 있는 상황이다. 이나가 남편과의 불화로 제주도에 가 있는 상황에서 수영은 아파트에 먼저 들어와 앞으로 살아갈 준비를 하고 있다. 맞은편 아파트와 계단에 환영처럼 어른거리는 그림자, 하루가 다르게 변해가는 이나의 태도, 그리고 취중에 이나의 남편과 수영 사이에 일어났던 일들이 서술되면서 마침내 관계의 실체가 드러난다. 혼자 있는 텅 빈 공간, 이나가 보내온 빈 상자 등의 의미화가 특히 돋보인다. 그러나 내용상으로 볼 때 이 작품은 클리셰적인 요소가 다분해 이야기의 참신함이 떨어진다.

「짬뽕」은 다른 작품들을 토론하는 과정에서 자주 언급되면서 자연스럽게 수상작으로 결정되고 말았다(!). 그만큼 인상적인 작품이었다. 절제된 문장으로 빚어내는 인물의 내면과 삶의 전체성을 꿰뚫는 시선의 깊이가 남달랐다. 처음부터 끝에 이르기까지 한치의 이완도 없이 긴장감을 잘 유지하고 있기도 하다. 과거와 현재가 교차하는 '상동'이란 공간의 활용도 적절하다. 이 작품은 결핍이 불러온 삶의 유전적 행로를 영상적으로 구성하면서 매 장면 깊은 인상을 남기고 있다. 어머니와 버스를 타고 바닷가 식당에 가서 먹는 '물메기탕' 한 그릇이야말로 울혈진 속내를 풀어내는 제의가 아니었을까. 또한 그것이 마지막 장면에서 '짬뽕'이 된 사연은 주인공이 이때껏 살아오면서 겪은 그 모든 아픔과 고통, 슬픔과 회한을 뜻하는 것이 아니겠는가. 이제 비로소 혼자가 된 주인공이 짬뽕을 먹는 행위란 그러한 삶의 다양한 요소들을 기꺼이 수용하겠다는 의지이자 이후의 삶에 대한 역설적 바람일 터이다. 작가의 성숙한 사유가 빛을 발하는 대목이라 하겠다.

만장일치로 이 작품이 수상작으로 결정되었을 때, 참석자들 모두의 표정이 기꺼웠음을 사족으로 전하고 싶다. 수상자에게 축하의 말을 전한다.

심사위원 윤대녕

2025 현진건문학상 예본심 심사평
맵고 쓰고 깊고 비밀스런 질감의 맛과 향

본심에 올라온 작품은 10편이었다. 우선 1차 투표에서 본상과 추천작 선정을 위해서 심사위원들은 6편의 작품을 투표하였다. 그 중에 심사위원 전원의 표를 받은 작품은 「고양이는 건들지 마라」, 「짬뽕」, 「찬란한 수치」, 「빈 상자」였다.

자연히 4편을 본상 후보작으로 논의하였는데, 그중에 「짬뽕」이 단연 압도적인 반응을 보였다. 짬뽕은 간결한 문장으로 절제미가 돋보이지만 섬세한 묘사와 짜임새 있는 구성으로 복잡다단한 인생의 질감과 맛과 향을 품고 있는 작품이다. 화자의 인생에서 중요한 인간관계를 맺고 있는 엄마, 현진, 중석, 상재, 이런 소제목으로 인물들을 마치 퍼즐 조각처럼 던져 놓지만 캐릭터들은 엮이고 정확히 빈틈없이 맞춰지고, 마지막에 짬뽕 한 그릇으로 소설의 완성도를 극대화하고 있다. 무심한 듯하지만 계산된 묘사, 감정을 절제하여 처음부터 끝까지 텐션을 유지하며, 작가는 독자가 긴장을 늦추지 못하게 놀라운 장악력을 보여준다. 결국 사원의 아름다운 모자이크화 같은 작품성을 획득한다. 이것이 플롯의 힘이랄까. 어쩌면 요즘 모든 분야에서 유행하는 빌드업이라는 단어로 설명하는 게 나을까. 이토록 짧은 단편에 맵고 쓰고 깊고 비밀스런 인생을 담기 위해 색유리 한 조각도 허투루 쓰지 않고 전술적이고도 다양한 빌드업으로 완성한 수작이다. 심사위원 전원은 만장일치로 「짬뽕」을 선언했다. 수상자에게 축하를 전한다. 평자가 아무리 맛있는 짬뽕이라 말하는 것보다는, 한 그릇 짬뽕 맛을 보시길!

두 번째로 「고양이는 건들지 마라」는 모성애의 문제를 생각하게 하는 작품이다. 새끼 밴 고양이를 관찰하는 화자가 엄마처럼 돌봤던, 그래서 딸이 시샘했던 딸의 어릴 적 친구를 우연히 만나 그녀의 출산 과정을 돌보며 임신한 상태로 사고로 죽은 딸에 대한 죄책감과 심리를 다루고 있다. 깔끔한 문체와 설득력 있는 심리 묘사 등이 돋보이는 작품이다. 조금 아쉬운 점이라면, 따로 할애한 고양이의 에피소드 분량이 많은데 서사에 유기적인 연결이 부족하고 결말 처리가 다소 애매한 면이 있었다.

「찬란한 수치」는 연륜이 주는 안정감이 있으나 짐작가능한 서사가 큰 매력을 주진 못했다. 「빈 상자」는 핍진한 묘사의 장점이 있으나 그것이 오히려 지루한 감을 주었다.

심사위원 **권지예**

2025 현진건문학상 본심 심사평
시공 속에서 인생을 직조하는 이야기

대체로 공모 본심 심사를 앞두면 두 가지 감정과 마주한다. 이번 심사에서 어떤, 기존 경계를 넘어서는 독창적인 창작품을 만날 수 있을까 하는 기대 섞인 설렘과 과연 어떤 작품을 대상으로 선정해야 하는가 하는 변별과정에서의 고민이 그것이다. 일정한 예심을 거친 우수 작품들의 어디에 주안점을 두고 심사하여 상대적인 차등을 부여하는가 하는 문제다. 그건 심사위원들 개개인의 작품에 대한 관점이 주관적일뿐더러 당연히 문학적 해석 방식과 주제에 대한 호불호, 구성적 완결성이나 인물의 개성화, 문체에 대한 평가점이 획일적이지 않기 때문이다. 하지만 이번 심사에서는 그런 고민은 단지 기우일 따름이었다. 대상 선정을 위한 토론에서 심사위원들 대다수가 강정아의 「짬뽕」이 가장 뛰어난 작품이란 평가에 의견이 일치를 보였던 것이다.

부언하면 「짬뽕」은 이야기의 얼개가 잘 갖춰진 작품으로, 시종 간결하고 차분한 문체로 주인공의 삶의 행적을 호흡 하나 흩트리지 않고 균일하게 직조하고 있다. 일찍 남편을 잃고 음식에 탐닉하는 엄마를 필두로 궁핍한 가정의 가장 노릇을 해야 하는 친구 현진, 해외여행 중에 만나 살림을 차리게 된 남자 중석, 그의 후배인 상재란 인물이 마치 파노라마를 보듯 서사적이면서 빠른 템포로 흘러가다가 종국에는 「짬뽕」이란 음식의 면발처럼 풀어지는 과정은 오랜 작가적 연마를 거친 작품으로 보인다. 문장의 가독력도 남다르다.

그 외 다른 작품들도 저마다 일정한 성취를 보여주고 있다. 부친의 병구완을 위해 유학을 포기하고 귀향한 여주인공을 통해 가족 간의 숨은 불화와 연하의 남성과의 비틀린 성적 욕망을 다슬기를 메타포로 하여 보여준 「너를 잡아먹을 시간」이나 외동딸을 교통사고로 잃고 옛집으로 돌아온 여인이 딸의 어릴 적 친구인 연하의 출산을 도와주면서 드러나는 심적 갈등과 위선적인 상황을 통해 모정의 본질에 질문을 던지는 「고양이는 건들지 마라」는 간결함이 본령인 단편의 미학을 유감없이 보여주고 있다.

두 남자가 가정을 이루고 살아가는 이야기를 그리되, 성소수자의 관점이 아니라, 그들이 입양한 딸에 의해 삶의 방식을 들여다보는 「모래톱」, 남성 의존적인 삶을 살아가는 모친과 이를 증오하면서도 종내 신산한 삶의 굴레에서 벗어나지 못한 여주인공을 통해 우리네 육칠십 년대의 삶의 궤적을 가감 없이 드러낸 「찬란한 수치」도 그러한 작품들이다.

심사위원 **박희섭**

수상소감

제17회 현진건문학상 수상에 부쳐

강 정 아

    수상 소식은 만약 되었다면 연락이 오리라 예상했던 날보다 훨씬 늦게 전해졌다. 응모할 때부터 자신이 없었다. 문예지에 발표된 작품이거나 추천받은 작품이 아닌 개인 응모였기에 이미 작품성을 인정받은 다른 작가의 작품에 견주어 주목받기 어려울 거라 예상했다. 요즘은 이메일로 접수하는 공모도 있지만, 원고를 출력해 등기로 보내야 하는 공모에 응모하려면 조금은 용기를 내야 한다. 겉봉에 〈00문학상 응모작품〉이라고 커다랗게 적은 봉투를 우체국 창구 직원에게 내밀 때면 매번 처음처럼 멋쩍고 부끄럽다. 안될 거라 생각하면서도 부끄러움을 무릅쓰고 현진건문학상에 응모한 이유는 일등만 뽑는 게 아니라 추천작도 다섯 편 선정한다고 되어 있었기 때문이었다. 만약 되었다면 연락이 오리라 예상했던 날이 속절없이 지나갔고 추천작에도 들지 못했나 보다 하고 상심하고 있었다. 익숙한 상심과 실낱같은 기대 사이를 오가며 며칠을 더 보낸 후에 연락을 받았다. 연락을 받고도 당연히 추천작에 선정되었으려니 생각하며 한참 통화하다가 뒤늦게 본상 수상이라는 확인을 받고 잠시 할 말을 잃었다. 갑자기 상의 무게가 느껴지며 떨리기 시작했다. 현진건문학상이라니.

"설렁탕을 사다 놓았는데 왜 먹지를 못하니, 왜 먹지를 못하니……. 괴상하게도 오늘은 운수가 좋더니만……." 운수 좋은 날의 마지막에 나오는 김첨지의 대사는 수많은 위대한 작품 속 명문장이 그러하듯이 시대를 초월하는 울림을 가지고 있다. 게다가 선생은 동아일보 일장기 말소사건에 연루되어 옥살이하였고, 생전 단 한 번도 친일 행적이라 의심할 만한 행보를 보인 적 없었으며, 광복을 보지 못하고 세상을 떠났다. 1900년에 태어나 43세에 요절하기까지 평생을 식민지 지식인으로 살았으니 가난과 술은 그림자처럼 따랐을 것이다. 「빈처」, 「할머니의 죽음」, 「술 권하는 사회」, 「운수 좋은 날」 등 선생의 작품에 나오는 인물들은 다 억세지 못하고 눈물이 많다. 악역을 맡은 사람조차 진정 밉지는 않다. 당신의 시대를 보는 선생의 눈이 늘 눈물에 젖어 있었으리라 짐작할 수 있다. 그래서 선생의 작품을 읽을 때는 미리 마음이 아팠다. 언감생심 선생과 나를 비교할 수는 없는 일이지만 나는 선생보다 훨씬 좋은 시대를 살면서도 내 시대를 연민하는 마음이 적다. 연민은 적게 하고 불만과 적의는 가득해서 글이 거칠고 모가 져 있다. 선생을 기리는 상을 받기에 턱없이 부족한 줄 알지만, 앞으로 한 걸음 뗄 때마다 이 상의 무게를 의식하겠다는 다짐으로 우선의 염치를 차리려 한다.

수상작인 「짬뽕」은 벌써 오륙 년 전에 처음 써서 여러 해 동안 여러 공모에서 낙선하며 환골탈태 격의 수정을 거쳐 오늘의 모습이 되었다. 그 정도 외면당했으면 포기할 만도 했는데 나는 이 작품을 버리기 싫었다. 나만큼이나 짬뽕을 아껴 준 윤과 수수가 없었다면 마지막으로 한 번만 더 평가를 받아보겠다고 나서지 못했을 것이다.

늙은 신인에게 과감히 큰상을 안겨주신 심사위원들과 엄지 들어 올리며 함께 기뻐해 주신 현진건기념사업회 여러 선생님, 특히 작품을 꼼꼼히 읽고 인터뷰를 맡아주신 김동혁 작가님께 감사드린다.

오래전부터 서성이던 길이지만 막상 가보지 못한 길이 아직 많다. '우리 함께 우리가 가보지 못한 길을 가 봐요.' 하고 다정하고도 결연하게 채근해 준 모래에게 이 지면을 빌어 대답하고 싶다. 그래, 지치지 말고 가보자, 저 멀리까지.

제17회 현진건문학상

짬뽕

강정아

작가의 말

「짬뽕」은 사랑의 폭력성에 관한 이야기다. 세상의 어떤 사랑도 그 자체로 당연하거나 아름답지 않다. 오히려 사랑은 타인을 배제하고 소유하고 파괴하려는 본능을 가지고 있다. 부모의 자식을 향한 사랑, 이성 사이의 사랑, 형제나 친구의 사랑도 그렇다. 타인을 포용하고 보호하고 자유롭게 하는 사랑은 본능을 억제하고 이성적인 성찰과 노력을 통해 비로소 성취해야만 하는 것이다.

엄마 외의 가족이 없는 '나'는 엄마가 죽고 나서 외로움을 견디지 못해 떠난 여행에서 중석과 만나 사랑에 빠진다. 관계가 파탄 난 후 중석이 다른 사람을 격렬하게 사랑하고 있다는 것을 알게 되는데 공교롭게도 중석은 '나'와 재회한 자리에서 사망한다. 사랑의 상처를 안고 우울한 세상에서 떠밀리면서 살았던 엄마가 그랬던 것처럼 '나'는 낯선 곳에서 살아갈 용기를 익숙한 짬뽕 맛에서 찾는다.

약력

1971년 경남 통영 출생
부산대 지질학과, 동대학 대학원 사회학과 졸업
2025년 《경남신문》 신춘문예에 단편소설 「모르는 사람」 당선
2024년 장편소설 『책방, 나라사랑』 출간 (2025년 경남독서한마당 선정도서)

그날 밤 나는 삼동의 집으로 돌아가지 않았다. 아까운 것 몇 가지가 생각났지만 포기했다. 읍내 편의점에서 약간의 현금을 뽑았다. 소주와 과자 한 봉지를 사서 가장 깨끗해 보이는 여관에 들어갔다. 가장 깨끗해 보이는 여관이었지만 쾌적하지는 않았다. 바닥부터 천장까지 빨간색 타일이 붙어 있는 욕실은 괴기스러웠다. 옷을 벗고 괴기스러운 욕실에 들어갔을 때 요란한 사이렌 소리를 들었다. 시골에서는 흔치 않은 일이었다. 짧고 깊은 잠을 자고 일어나 어두컴컴한 새벽길을 걸었다. 시외버스터미널에서 그곳을 떠나는 첫차를 탔다.

엄마

엄마는 종종 갑자기 먹고 싶은 것을 떠올렸고, 그러면 참지 못했다. 몇 번은 다른 지방까지 가서 먹고 와야만 했다. 그중에서 그 바닷가 소도시에 갔던 날은 세세한 것까지 기억난다. 아직 학교에 다니지 않을 때였다. 겨울이었고 추웠다. 시외버스터미널에 내리자마자 엄마는 잘 아는 동네의 단골집을 찾아가듯 막힘없이 걸었다. 큰길에서 골목으로, 이 골목에서 저 골목으로 망설임 없이 방향을 바꾸었다. 다른 곳은 볼 것도 없다는 듯 그 식당까지 내처 걸었다. 식당 간판은 차양에 가려져 보이지 않았다. 문을 열자 좋다고도 싫다고도 할 수 없는 복잡한 냄새가 났다. 밖에서 보기보다 넓은 가게 안에 사람이 많았다.

테이블마다 희뿌연 연기가 모락모락 피어올랐고 난로에 올려놓은 주전자에서도 하얀 수증기가 뿜어져 나왔다. 시커먼 옷을 입고 고개를 숙인 남자들의 등이 안개에 잠긴 큰 나무들 같았다.

엄마는 메뉴판을 보지도 않고 탕 두 개와 소주 한 병을 주문했다. 밑반찬과 소주가 먼저 나왔다. 탕이 나올 때까지 술병에 손을 대지 않고 엄마는 방금 우리가 열고 들어온 식당의 문을 보고 있었다. 엄마가 무얼 보는지 궁금해서 몸을 돌려 같은 곳을 바라보았다. 미닫이문의 유리에 하얗게 김이 서려 있어서 바깥 풍경은 보이지 않았다. 식사를 마치고 나가려던 한 남자가 삐걱거리며 잘 열리지 않는 문을 잡고 흔들다가 발로 걷어찼다. 내가 다시 몸을 바로 했을 때도 엄마는 여전히 모르는 사람이 열리지 않으려는 문과 씨름하는 것을 보고 있었다. 마치 그 문을 열고 누군가 들어오기를 기다리는 것처럼, 그 문을 열고 오기로 한 사람이 있기라도 한 것처럼.

주문한 탕은 커다란 스테인리스 대접에 담겨 나왔다. 연한 회색의 껍질 안에 흐물흐물한 살이 차 있는 물고기 몸통이 보였다. 엄마가 숟가락으로 생선 살을 흐트러뜨렸다. 그런 다음 소주병의 뚜껑을 열고 잔을 채웠다. 엄마는 생선 뼈와 껍데기를 건져내고 밥 한 그릇을 통째 말아서 후후 불어가며 먹었다. 나도 엄마를 따라 했다. 보들보들한 살이 흩어져 국물 속에 섞였다. 생선 살과 무와 마늘과 파가 담긴 탕에서는 싱싱한 바다의 맛이 났다. 짭조름하면서도 달달했다. 물메기탕이야, 엄마가 제일 좋아하는 거, 맛있지? 소주를 서너 잔쯤 마신 엄마는 웃으며 말했다.

식당을 나오다가 어수룩하게 생긴 물메기의 얼굴을 봤다. 두 눈이 작은 구멍 같았다. 울퉁불퉁하면서도 둥근 얼굴이 웃고 있는 듯 보였다. 장화와 고무 앞치마를 착용한 조그마한 체구의 아저씨가 식당 앞의 커다란 싱크대 위에 웃는 얼굴의 물고기 수십 마리를 쏟아놓고 손질하고 있었다.

　식당에서 나왔을 때는 춥지 않았다. 뜨거운 국이 마술을 부린 것 같았다. 입술을 혀로 핥으면 옅은 바다 맛이 났다. 모르는 새 데였는지 입천장에 볼록하게 물집이 잡혀 있었다. 엄마와 나는 다시 버스터미널로 돌아갔다. 올 때와는 다르게 엄마의 걸음은 자주 머뭇거렸다. 누군가 일어나거나 앉을 때마다 기우뚱거리는 터미널의 긴 의자에 앉아서 버스를 기다렸다. 두 장의 버스표를 만지작거리기만 할 뿐 엄마는 말이 없었다. 엄마가 버스표를 접었다 폈다 하는 것을 흘깃거리다가 우리는 왜 우리 둘뿐인지 물었다. 왜? 엄마하고 둘 뿐인 게 이상해? 각자 자기 별에서 사는 거야, 씩씩하게. 가족이 많으면 많은 대로 걱정거리가 많은 거라고 엄마는 말했다. 우리가 타야 할 버스는 한참 동안 오지 않았다.

　그 몇 년 뒤 엄마와 나는 또 그 식당에 갔다. 두 번째 갔을 때도 엄마는 시외버스터미널에서 그 식당까지 내처 걸었고, 탕 두 개와 소주 한 병을 주문한 다음 멍하니 출입문을 응시했다. 그리고 말했다. 맛있지? 엄마가 제일 좋아하는 음식이야. 식당에서 나와서 배들이 빽빽이 정박해 있는 해안 길을 지나 공원에 갔다. 산책길 중간중간 나무로 만든 벤치가 놓인 나지막한 산이었다. 정상 전망대 광장에 이순신 장군 동상이 있고 어느 방향으로나 바다가 내려다보였다. 큰 쟁반 같은 바다에 브로콜리 같은 섬 몇 개가 장식처럼 놓여있었다. 겨울 햇살이 새파란 바다에 잘게 부서져 반짝였다.

　그곳과 엄마 사이에는 모종의 내막이 있을 거라고 나는 가끔 생각했다. 엄마는 왜 그 도시에서 살지 않았을까. 내가 삼동을 떠난 것처럼 엄마는 겨울에 물메기탕을 먹는 그곳을 영영 떠났던 적이 있었을까. 언젠가는 나에게도 삼동에 가보고 싶은 날이 있을까.

　음식에 관해 엄마는 다양한 철학을 가지고 있었다. 입고 자고 노는 데 비하면 먹는 데는 돈을 아끼지 않는 편이었다. 무언가 특정한 음식이 먹고 싶은 것은 몸이 그것을 필요로 하는 신호라고 엄마는 주장했다. 그러니까 먹고 싶은 것을 참으면 몸에 부족한 양분을 채우지 못해 병이 된다고 했다. 엄마가 했던 말 중에 그나마 앞뒤가 맞는 말이었다. 나는 종종 엄마의 철학을 응용해서 써먹었다. 내 몸에 돈까스가 부족해, 후라이드치킨이 부족해, 하고. 엄마의 몸에는 항상 술이 부족했다. 취하지 않은 엄마는 말수가 적고 신경질적이었기 때문에 나는 엄마가 적당히 취해 있을 때가 더 좋았다. 많이 취하면 싫었지만.
　기분이 안 좋을 때는 맛있는 음식을 먹으면 나아진다는 것도 엄마의 철학 중 하나였다. 일단 먹고 나서 생각해, 먹고 나면 생각이 달라져. 엄마가 자주 한 말이었다. 엄마의 기분은 늘 안 좋았다. 좋은 일이 생겨도, 웃고 있는 엄마의 얼굴 한구석에는 기미처럼 오래된 우울이 달라붙어 있었다. 그래서인지 엄마는 먹는 것을 달고 살았다. 삼십 대에 엄마의 몸무게는 육십 킬로였다. 사십 대에는 칠십 킬로, 오십 대에는 팔십 킬로가 넘었다. 엄마를 한평생 따라다닌 것이 우울이 아니라 단순한 식욕이었을 수도 있다고 생각한 것은 임종이 임박했을 때였다. 식욕을 잃은 엄마의 얼굴은 평온해 보였다.
　엄마는 아침 일찍 일하러 나갔다가 어둑해져서 술에 취해 돌아왔다. 손에 검은 비닐봉지를 들고. 직장은 수시로 바뀌었지만 생활 패턴은 거기에서 거기였다. 비닐봉지에는 만두, 꽈배기, 김밥, 순대, 떡볶이 같은 것이 들어 있었다. 오징어순대나 털게 같은 의외의 특식일 때도 있었다. 내가 잘 먹으면 오늘도 내일도 똑같은 것을 사 가지고 왔다.

엄마에게는 음식에 관한 다양한 철학과 기준이 있었지만 가끔 김치를 담그는 것 말고는 요리를 하지 않았다. 한 달에 한두 번 쉬는 날은 예외 없이 전날의 과음 때문에 오후 늦게까지 아팠다. 끙끙 앓는 소리를 내며 누웠다가 두 시간마다 일어나 매운 짬뽕을 시켜 먹거나 컵라면에 고춧가루를 풀어서 먹었다. 내가 처음 김치와 콩나물을 넣고 국을 끓여 주었을 때 엄마는 손뼉을 치며 기뻐했다. 개보다 낫다며, 개 키우는 사람들은 이런 보람이 없을 것이라며 좋아했다. 엄마가 좋아하는 게 좋아서 나는 수시로 여러 가지 요리에 도전했다. 그때마다 엄마는 엄지를 들어 올리며 게걸스럽게 나의 첫 요리들을 시식했다. 내가 머리가 좋아서 요리를 잘하는 것이라고 했다. 그리고 그건 엄마를 닮아서라고도 했다.

대학에 다닐 때였다. 모처럼 아르바이트가 없는 날, 집에 일찍 들어가 엄마가 좋아할 만한 요리로 저녁을 차리려고 했다. 시장에서 장을 봐 집으로 갔는데 어쩐 일인지 엄마도 일찍 들어와 있었다. 엄마는 보일러도 켜지 않고 차가운 부엌방 바닥에 앉아 전기밥솥의 밥통을 통째 꺼내놓고 밥을 먹고 있었다. 마치 끊임없이 먹어야 하는 벌칙을 받은 사람 같았다. 그 모습이 기이해서 기분이 묘했다. 바닥에는 튀긴 어묵 포장지와 김치통과 간장과 김구이를 담아두는 플라스틱 용기와 소주병이 있었다. 얼마나 먹은 거야? 내가 물어보자 먹다 보니 다 먹어 버렸네, 미쳤나 봐, 하고선 마지막 남은 소주잔을 들었다. 그 후 몇 시간도 지나지 않아서 엄마는 텔레비전을 보다 말고 체했나, 속이 답답하다, 목이 뻣뻣하다 하더니 가슴을 움켜쥐고 쓰러졌다.

그날 엄마의 혈관을 뚫는 시술이 끝나기를 수술실 앞에서 기다리는 동안 고통에 일그러졌던 엄마의 얼굴이 눈앞에서 계속 어른거렸다. 끔찍했다. 그런 얼굴을 다시 보고 싶지 않았다. 죽음에 근접하면 나도 그런 표정을 지을까. 죽는 것보다 그런 얼굴로 죽는다는 것이 더 무서운 일인 것 같았다. 의사가 조금만 늦었어도 큰일날 뻔했다고, 따님이 신속하게 119를 부르고 응급처치를 한 덕분에 죽다 살아나신 거라고, 엄마를 볼 때마다 이야기했다. 나는 평생의 걱정과 슬픔을 다 소진해 버린 것 같았고 그보다 더 무섭고 두려운 날은 없을 줄 알았다.

현진

현진과 나는 어릴 때 두어 해 동안 나란히 옆집에서 살았다. 그 당시에는 동갑인 현진보다 현진의 언니, 동생들과 더 많이 놀았다. 나는 복작거리는 현진의 집이 좋았고, 현진은 아무도 없는 우리 집을 부러워했다. 엄마와 나는 자주 이사를 다녔다. 그래서 오래 가는 친구가 없었지만 현진과는 편지도 주고받고 가끔 만나기도 했다. 그렇게 연이 이어지다가 세월이 쌓여서 자연스레 둘도 없는 친구가 되었다. 내가 남의 말에 잘 휩쓸리고 기분 따라 움직이는 편이라면 현진은 의견이 뚜렷하고 이유와 목적을 따졌다. 어릴 때는 내가 현진의 언니 같았는데 클수록 현진이 언니 같아졌다.

대학을 졸업하고 들어간 첫 직장에서 내 월급은 많지 않았다. 재수를 해서 나보다 졸업이 일 년 늦었던 현진에 비하면 손톱만큼은 여유가 있었기 때문에 나는 때때로 현진을 불러내 밥을 사 주고 약간의 돈을 주머니에 욱여넣어 보냈다. 됐다고 하면서도 마지못한 척 주머니에 돈봉투를 넣고 가는 현진의 뒷모습이 슬펐다. 가족이 많아서 현진은 나보다 걱정거리가 많았다.

　전자공학을 전공한 현진은 졸업 후 보험회사에 들어갔다. 현진은 첫 월급을 탄 기념으로 해외 유명브랜드에서 나온 풀색 후드집업 니트를 나에게 선물했다. 수수한 디자인과 달리 비현실적으로 비싼 옷이었다. 인생에서 가장 궁핍했을 첫 월급날 백화점에서 그런 옷을 사온 현진을 나는 멋있다고 생각했다. 그 옷은 살이 조금 찌거나 빠져도 표가 나지 않았고 격식을 차려야 하는 자리가 아니라면 그럭저럭 어울렸다. 그 풀색 니트를 한여름과 한겨울 며칠씩을 빼고는 일 년 내내 입고 다녔다.

　자잘한 좌절과 보잘것없는 성취가 되풀이되는 나날이었다. 출근을 하면 퇴근을 하고, 주말이 몇 번 지나가면 월급이 나왔다. 월급은 내 통장을 거쳐 어딘가로 일제히 빠져나가고 없는 것 같아도 조금씩은 모였다. 처음 삼 년짜리 적금을 들었을 때는 만기가 오지 않을 먼 미래처럼 아득했고 한두 번은 중간에 해지했다. 마침내 만기까지 한 번 가고 나니 그다음부터는 쉬웠다. 두 번째는 조금 더 크게 들었다. 삼 년이 두 번 지났을 때 서른두 살이 되었다.

　적금을 타면 엄마와 현진을 불러내 비싼 식당에서 밥을 먹었다. 엄마는 현진을 만날 때마다 나를 부탁한다고 했다. 나보다 키도 작고 책임져야 할 가족도 많은 현진에게 엄마가 그런 말을 하면 나는 현진에게 미안했다. 언제까지나 옆에 있어 주고 챙겨줘야 해. 얘는 마음이 너무 헤퍼. 남자 소용없어, 친구가 제일이야. 현진이는 야무져서 아들 같아. 네 엄마는 걱정이 없을 거야, 얼마나 좋으실까. 엄마는 따로 여러 번 현진을 불러 보험에 들었다. 암보험, 성인병 보험, 모든 질병보험, 연금보험, 종신보험, 실손 보험 같은 것에 두루두루 가입했다. 현진이는 전산개발직이라고 설명해 주어도 엄마는 그런 게 아니라고, 보험회사에서는 보험 팔아오는 게 제일이라며 고집을 부렸다. 보험 계약을 하고 나면 더욱 당당하게 현진에게 나를 보살펴 달라고 당부했다. 몇 년 뒤에 현진은 투자상품 운용 쪽으로 옮겨 갔다. 컴퓨터보다 사람을 상대하는 일이 더 적성에 맞는다고 했다.

세 번째 삼 년은 앞의 두 번보다 쉽게 지나갔다. 세 번째 적금 만기를 몇 달 남겨두었을 때 나는 엄마와 살 집을 알아보느라 바빴다. 이사하지 않고 살 수만 있다면 소원이 없었다. 십 년 넘게 모은 돈에다 대출을 받아도 좋은 집을 살 수는 없었다. 그나마 마을버스가 다니고 햇빛이 많이 들어오는 곳을 찾아내려고 비슷비슷한 조건의 집들을 보러 다녔다. 그리고 다니느라 엄마 몸에 생긴 불길한 조짐들을 알아보지 못했다. 풍선에서 바람이 빠져나가듯 엄마의 몸은 살살 쪼그라들었다. 눈에 띄게 나빠진 다음에야 어딘가 구멍이 생긴 것을 알았다. 특별히 아픈 데도 없는데 뭘, 하고 버티던 엄마를 채근해서 검진받게 한 것도 현진이었다.

이번 의사는 너무 늦었다는 말만 되풀이했다. 환자복을 입고 침상에 누운 엄마의 몸 곳곳에 시커먼 핏줄이 거미줄처럼 드러났다. 턱 아래에 생긴 혹이 볼록했다. 병은 그렇게 확연히 엄마의 몸에 표시를 남겼는데 엄마도 나도 몰랐다는 게 이상할 지경이었다. 병원에 입원한 지 며칠 만에 혼수상태에 빠진 엄마는 그대로 열흘이 넘게 눈을 감고 있다가 호흡을 멈추었다.

세 번째 적금을 탔을 때에는 현진과 나, 둘뿐이었다. 도시에서 가장 높은 곳에 있는 일식집에서 현진을 만나기로 한 날 아무 생각 없이 현진이 사 주었던 풀색 니트를 입고 나갔다가 타박을 들었다. 현진은 그 옷을 당장 버리라고 성화를 부렸다. 소맷부리가 헐거워지고 몇 군데 터진 것은 알고 있었다. 양 팔꿈치 부분이 다 헤져서 커다란 구멍이 생기기 직전인 것은 몰랐다. 살갗을 떼어내는 것처럼 아쉬웠지만 현진이 보는 앞에서 그 옷을 벗었다. 대신 같은 브랜드에서 나온 비슷한 스타일의 옷을 샀다. 빛바랜 오렌지색 후드집업 니트였다. 그 옷은 가끔 입었다. 아마 삼동에 남겨졌을 것이다.

중석

다음 삼 년을 시작할 마음이 생기지 않았다. 나는 세상에 혼자 남겨진 외톨이 고아였다. 외로웠다. 엄마가 없으면 혼자인 삶을 준 엄마가 원망스러웠다. 길을 걷다가 광고 전단을 보고 여행사에 찾아가 일 년짜리 세계 일주 프로그램을 신청했다. 익숙한 것들이 없는 곳, 애초부터 낯설어서 나를 서럽게 만들지 못하는 곳으로 가고 싶었다. 태어나 처음으로 돈이 충분했다. 세 번째 적금과 퇴직금을 합한 것보다 엄마의 사망보험금이 훨씬 많았다. 적금만으로는 삼십 년이 걸려도 모으기 힘든 금액이었다. 집을 살 필요도 없었다.

스리랑카에서 중석을 만났다. 중석은 즉흥적으로 팀을 꾸려 다니다가 적당한 시점에서 해산하는 방식의 여행을 이어가고 있었다. 머물고 싶은 곳이 생기면 돈을 벌면서 머물다가 마음 맞는 팀이 만들어지면 다시 움직였다. 배낭여행자들 사이에서는 연예인보다 유명했다. 이 년째 여행 중이던 중석과 반 너머 일정을 남겨 놓고 있었던 나는 스리랑카에서 여행을 멈추고 함께 귀국했다. 중석의 일가친척이 살았던 빈집이 그곳에 있었기 때문에 우리는 곧바로 삼동으로 갔다. 나는 중석을 엄마가 보낸 선물이라고 생각했다.

삼동의 집은 대청마루와 흙 마당이 있는 옛날식 주택이었다. 그 집에 도착한 첫날, 중석이 미리 주문해 놓은 침대를 조립하는 동안 나는 마루를 닦았다. 각자 가지고 온 짐 가방과 중석이 본가에서 실어 온 짐들이 한쪽에 쌓여 있었다. 조립이 마음대로 되지 않는지 중석은 영어식 욕을 내뱉었다. 결국 침대를 완성한 중석은 몹시 다급한 얼굴로 씻자, 했다. 그러나 이번에는 보일러가 문제였다. 난방은 되는데 뜨거운 물이 나오지 않았다. 서비스센터와 몇 번이나 통화를 하고 보일러실을 들락거리던 중석이 에잇, 하며 휴대폰을 던져버리더니 옷을 벗고 욕실에 들어갔다. 듣기만 해도 소름 끼치는 물소리가 끊어지다 이어지다 했다. 중석은 덜덜 떨며 욕실에서 튀어나왔다. 입술이 퍼렇게 질려 있었다. 물기를 채 다 닦아내지 못하고 서둘러 셔츠를 입으면서 중석은 절망적인 목소리로 말했다. 도저히 안 되겠어, 자기는 무리야. 중석은 풀지 않은 짐 속에서 냄비와 전기포트를 찾아냈다. 제일 큰 냄비에 물을 받아 가스레인지 위에 올리고 전기포트에도 물을 담아 끓이기 시작했다. 설마 나 씻으라고 물 데우는 거야, 지금? 중석은 대야에 물을 받아 주겠다고 했다. 짐 정리를 마저 하고 씻겠다는 내 말에 중석은 안 돼, 지금 당장 씻어야 돼, 라고 말했다. 침대가 제대로 된 건지 테스트해 봐야지. 중석이 내 목을 끌어당겨 입을 맞추었다. 전기포트의 물이 끓어 딸각 소리를 내며 스위치가 내려갈 때까지 중석은 나를 놓아주지 않았다. 그날이 제일 행복했던 날이었다.

중석에게는 선후배, 친구, 형, 누나, 동생이 많았다. 중석은 삼동의 우리 집으로 그들을 초대해서 밤새 놀기를 좋아했다. 오늘을 즐기는 것만이 할 일이라는 듯. 스리랑카에서는 나도 초대받은 사람 중 하나였다. 내가 부를만한 친구는 현진뿐이었다. 중석은 결혼식도 혼인신고도 원하지 않았다. 대신 현진에게 서류를 가져오게 해서 나를 수익자로 하는 생명보험을 들었다. 이거면 내 충성심을 믿어주겠지? 중석은 호탕하게 웃으며 보험증서를 흔들어 보였다. 현진은 중석을 만나기 전부터 떨떠름해하더니 실제로 본 이후에는 진저리를 쳤다. 중석이 추앙받는 것을 즐기는 변태라고 했다. 보험에 가입한 것도 변태의 증거라며 세상 어떤 남자도 사랑을 할부로 증명하지는 않는다고 했다. 충성 맹세 좋아하네. 올다시피 현진은 나에게 중석을 좀 객관적으로 보라고 호소했다.

나는 현진이 중석을 몰라서 그런다고 생각했다. 붙들어 주는 것이 없어서 떠돌아다닌다던 그의 외로움을 외로워 본 적 없는 현진이 알 리 없었다. 현진뿐 아니라 중석이 날마다 불러들이는 선후배와 친구들도 그의 속마음을 모르기는 마찬가지였다. 그가 자신의 모든 것을 내보이는 때는 나와 단둘이 있을 때였다. 그를 붙들어 주고 지지해 주고 위로해 주는 것이 내가 그에게 단단히 묶이고 기대고 위안받는 것이라고 믿었다. 사업을 하겠다, 투자를 하겠다며 큰돈을 들고 나갔다가 설명도 없이 그걸로 끝이어도 추궁하지 않았다. 내가 그에게 바란 것은 오직 나를 떠나지 않는 것이었다. 다누비아 강가에서 그가 내게 바랐던 것도 그것이었다. 다시는 혼자가 되기 싫다고 그는 말했다.

조금씩 균열이 생겼다고 느꼈을 때는 이미 손쓸 수가 없었다. 딱 이거다 하고 꼬집기는 어려웠지만 나를 보는 중석의 눈이 공허해진 것을 뚜렷이 느꼈다. 웃고 농담하고 같이 술을 먹을 때도 그곳에 없는 사람 같았다. 조금 더 지난 뒤에는 나에 대한 흥미가 바닥난 것을 숨기지 않았다. 짜증을 내고 내 잘못을 찾아냈다. 내가 만든 음식이 엉터리라고 할 때가 제일 참기 어려웠다. 된장찌개에 고추장을 왜 넣냐, 마늘과 참기름을 남용하지 마라, 잔소리가 늘더니 제발 이상한 것 좀 만들지 말라며 그릇째 싱크대에 엎어버리기도 했다. 한번 시작하면 며칠 동안 냉랭했다. 가르쳐주지도 않고, 나 혼자 맛을 상상하면서 만든 음식을 세상 최고로 맛있다고만 했던 엄마가 미웠다. 요리책을 사고 요리학원에 등록했다. 왕복 한 시간 거리에 있는 큰 마트에 가서 장을 봐 와서 유명 요리사의 레시피를 그대로 따라 해 보기도 했다. 만회해 보려는 노력은 역효과였다.

중석은 용수철처럼 끌어안으려 할수록 더 멀리 튀어서 멀어졌다. 그는 혼자 라면을 끓여 먹거나 밥을 먹고 오겠다며 나가서 밤늦게 돌아왔다. 파티는 우리 집이 아니라 읍내의 음식점이나 술집에서 열렸다. 나는 그 파티에 초대받지 못했다.

어느 날 저녁 수상한 문자를 봤다. 왜 이렇게 오래 걸려? 곧 끝낸다고 했잖아. 발신자는 박과장이었다. 중석이 한 번도 화제에 올려 본 적 없는 이름이었다. 박과장이 누구야, 묻자 중석은 남의 휴대폰을 왜 본 거냐며 소리를 질렀다. 무거워서 도저히 들 수 없는 것을 빼고 방 안에 있는 물건들을 모조리 밖으로 집어 던졌다. 그만하라고 애원하고 잘못했다고 빌어도 멈추지 않았다. 마지막으로 이불과 베개를 들고 나가 흙바닥에 내팽개치고 대문을 발로 차서 열었다. 외투도 입지 않았고 슬리퍼를 신고 나갔기 때문에 나는 그가 다시 돌아올 줄 알았다. 그래서 중석이 마당에 집어 던진 것들을 고스란히 놓아둔 채 기다렸다. 그러나 중석은 그 길로 영영 돌아오지 않았다.

기다리고 기다리고 기다리고 기다렸다. 전화를 하고, 문자를 보내고, 메일을 썼지만 어떤 응답도 없었다. 중석의 형이 일하는 중고 자동차 거래소에 갔다. 중석의 형은 떠돌아다니는 병이 도진 모양이라고, 한 번 아니다 했으면 절대 뒤돌아보는 놈이 아니니 기다리지 말라고 했다. 동생이지만 인간 되기 틀린 놈이라며 중석을 욕했다. 중석을 알고 있는 모든 사람들을 만났다. 다들 중석의 형과 비슷한 말을 했다. 그럴수록 나는 더욱 처절하게 매달렸다. 다시 돌아오게 해 달라고, 중석이 없으면 나는 살 수 없다고. 그중에는 나와 한 번도 만난 적이 없는 사람도 있었다.

잠을 잘 수 없었고 밥이 넘어가지 않았다. 허방을 딛고 있는 것 같았다. 무엇도 현실 같지 않았다. 어느 날은 중석이 돌아온다는 전화를 받고 마당에 던져졌던 것들을 모두 주워 와서 닦았다. 꿈이었나 싶어 전화기를 열어 통화 내역을 보았더니 통화한 흔적이 없었다. 중석을 욕하며 잊으라고 하는 현진에게 미친년처럼 화를 냈다. 너 때문이야, 제일 친한 친구가 싫어하니까 그 사람도 화가 났던 거야. 억지를 부렸다. 결국 현진을 통해 중석을 찾았다.

그 자식이 전화해서 자기가 든 보험 수익자를 바꾸고 싶대. 어떻게 해야 하는지만 묻고 너에 대해서는 뻔뻔하게 아무 말도 하지 않더라. 무슨 뜻인지 알겠어? 그 자식 절대 돌아오지 않는다는 뜻이야. 어쩔 거야? 남의 전화를 빌려서 하는 거라곤 하던데 전화번호 알려 줄까?

상재

현진에게서 받은 전화번호는 상재의 것이었다. 상재는 중석이 집으로 자주 불러들였던 후배 중 한 명이었다. 처음 만난 날부터 나를 형수가 아닌 누나라고 부르며 살갑게 굴었다. 둥글둥글한 얼굴에 성격도 유순했고 잔심부름과 설거지도 곧잘 했다. 다들 상재를 만만하게 부렸다. 유난히 붙임성 좋은 상재가 나는 좀 부담스러웠다. 중석이 떠난 후 나는 당연히 상재도 찾아갔다. 중석과 연락이 닿으면 꼭 알려달라고 부탁했다. 그리고 상재는 꼭 그렇게 하겠다고 다짐하고 맹세했었다.

진짜 미안해 누나. 형이 누나한테 말하면 죽인댔어. 형이 정비소 차린다고 나더러 와서 일하라는데 누나도 알다시피 내가 오래 놀았잖아. 형한테 밉보일 수가 없었어. 누나, 그 새끼 쓰레기야. 똥 밟았다고 생각하고 새출발해. 정이라고 중석이 형이 죽고 못 살던 여자가 있었어. 삼동에서는 모르는 사람이 없어. 정이 누나가 다른 남자하고 결혼하는 바람에 형이 외국으로 떠돈 거야. 형이 정이 누나 남편 죽인다고 칼 들고 설치는 걸 우리가 말릴 정도였다니까. 누나랑 함께 돌아왔을 때는 마음 정리했나 보다 다 그렇게 생각했지. 개뿔 얼마 되지도 않아서 형이 정이 누나 찾아가서 이혼하라 그랬대. 벌써 둘이 살 집도 마련했던데. 누나 제발 정신 차려. 그 인간이 돈이 어디서 나, 전부 누나 돈 아냐?

그랬다. 모두 알고 있었다. 나만 빼고 빌어먹을 삼동 사람 모두가 중석의 진짜 여자가 누구인지 알고 있었다. 감추어 주고 보호해 주면서 나더러 잊으라고 떠나라고 하나같이 말했다. 부끄럽게도 그 여자, 정이라는 여자가 부러웠다. 상재에게 차마 떨어지지 않는 입을 떼어 부탁했다. 중석을 한 번만 만나게 해 달라고.

며칠 후 연락이 왔다. 읍내 미인단란주점이라고 했다. 누나, 형이 알면, 에이씨. 몰라, 나 아마 내일 변사체로 발견될 거야. 씨발, 모르겠고, 올 거면 오든지, 5호실이야.

상재는 이미 많이 취해 혀 꼬부라진 소리를 냈다. 작은 읍내에서 미인단란주점을 찾기는 쉬웠다. 떨리는 마음을 누르기 위해 입구에서 담배를 피웠다. 5호실 문을 열자마자 중석과 눈이 마주쳤다. 바로 그때 중석을 에워싸고 있던 장막이 비로소 깨졌다. 마침내 중석의 얼굴이 똑바로 보였다. 멋있지도 유쾌해 보이지도 않았다. 추하고 늙은 사내의 얼굴이었다. 술과 담배와 고집과 자만에 찌든. 거지 같았다.

중석은 어딘가 불편한 사람처럼 소파에 등을 기대고 허리를 편 자세로 앉아 있다가 갑자기 등장한 나를 일그러진 표정으로 바라보았다. 상재는 조금 떨어진 자리에 엎드려서 요란하게 코를 골고 있었다. 중석이 들고 있던 마이크를 부주의하게 테이블 위에 내려놓았다. 마이크가 삐익 하고 비명을 지르더니 퉁퉁 큰 소리를 울리며 바닥에 떨어졌다. 떨어진 마이크를 주워서 스위치를 끈 다음 나는 넓은 테이블을 사이에 두고 중석의 맞은편에 앉았다. 중석은 내가 행복하기를 바란다고, 진심이라고 말했다. 어쩐지 말하는 것이 힘겨워 보였다. 나는 다른 할 말이 생각나지 않아서 돈을 돌려 달라고 했다. 우리 엄마 목숨값이라고. 중석을 만나기 직전까지 돈을 돌려받겠다는 생각은 하지 않았다. 정이라는 여자에게 주지만 않는다면 괜찮았다. 그들의 사랑을 위해 그 돈이 쓰이는 게 싫었다. 중석은 기껏 돈 때문에 그렇게 찾아다닌 거냐며 화를 냈다. 그리고 알아들을 수 없는 말을 중얼거리다 가슴을 움켜쥐며 고통스러워했다.

소름이 돋았다. 생각이 났다. 나는 본 적이 있었다. 죽음에 근접한 그 표정을. 당장 구급차를 불러야 했다. 상재를 깨우든지 종업원을 부를 수도 있었다. 무엇보다 나는 엄마가 발작을 일으킨 뒤에 심폐소생술을 배웠고 연습도 많이 해두었기 때문에 하려면 할 수 있는 일이 있었다. 그러나 아무것도 하지 않았다. 잔인하고 냉담한 얼굴로 물건들을 집어 던지던 모습과 발신자가 박과장이었던 문자를 생각했다. 그리고 엄마를 생각했다. 엄마가 준 선물의 의미를. 비로소 깨달았다. 엄마는 선물 같은 거 하지 않는 사람이었다. 생일에도 설날에도 크리스마스에도 선물을 하지 않던 엄마가 죽어서 그런 것을 할 리가 없었다.

중석이 억지로 일어나 보려다 주저앉았다. 나는 마른침을 삼키고 고통스러워하는 중석의 얼굴을 가만히 응시했다. 꺼억꺼억 약하게 소리를 내며 중석은 소파에 쓰러져 몸을 웅크렸다. 소리는 잦아들었고 중석은 고요해졌다. 한참이 지나 상재가 일어났다. 어, 누나 왔어? 형은 왜 이러고 있어? 곧이어 종업원이 들어와 시간이 다 되었으니 돈을 더 내든지 나가 달라고 했다. 나는 그곳을 나왔다.

단지 삼동과 먼 곳이면 된다는 생각으로 버스를 몇 번 갈아타고 예전에 와본 적이 있었던 남쪽의 항구도시로 와서 집을 구했다. 멀리 바다가 보이는 오래된 아파트에 추억이 없는 물건들을 채워 넣었다. 부엌은 비워두었다. 다시는 요리를 하지 않을 것이다. 옛 생각이 나지 않는 길들을 산책했다. 외롭지도 않았고 슬프지도 않았다. 그런데 후련하지도 않았다. 두 달 가까이 지났지만 아직 나의 일부는 삼동에 이어져 있는 것 같았다. 문을 닫았는데 옷자락이 끼어 있다든지, 엔딩 크레딧이 올라가고 있는데 쿠키 영상이 남아 있을 것 같은 기분이었다.

막 이곳에 도착해 호텔에 묵고 있을 때, 삼동의 경찰지서에서 연락이 왔었다. 볼 일이 있어 멀리 와 있다고, 삼동까지 가기가 곤란하다고 했더니 전화로 몇 가지 질문을 했다. 그 단란주점에 몇 시에 도착해서 몇 시에 떠났으며 중석과 무슨 이야기를 했는지 물었다. 미인단란주점 앞에서 담배를 피울 때 입구를 비추는 CCTV를 봤던 것이 떠올랐다. 시간은 정확히 기억나지 않고, 두 사람 모두 쓰러져 자고 있었고, 일어날 때까지 기다려 보려다가 포기하고 나왔다고 대답했다. 경찰은 내가 들어가고 나온 시간을 알려 주며 십오 분 정도 머물렀는데 아무것도 눈치채지 못했는지 물었다. 내가 거기 머문 시간이 겨우 십오 분이었다는 것이 놀라웠다. 경찰은 삼동은 왜 떠난 거냐고도 물었다. 경찰도 어차피 삼동 사람이었다. 나와 중석 사이의 일을 알고 있었다, 자기 나름대로는. 사정을 해 보려고 갔지만 막상 그런 곳에서 뒹구는 것을 보니 정이 떨어져서 잊어야겠다는 결심이 섰다고 대답했다. 중석의 사망보험 수익자가 나라는 것을 언제 알았는지, 상재와 어떤 관계인지도 물었지만 이미 알고 있는 것을 확인하는 듯한 투였다. 나중에 다시 연락하겠다던 경찰은 이틀 뒤에 사건을 마무리하는 데 불만이 있거나 의문이 있는지 물었다. 그 문제로 다시 연락을 해온 건 보험회사였다. 경찰 수사는 종결되었지만 보험회사에서 따로 더 조사할 일이 있을 수 있다고 했다.

요 며칠 동안 큰바람이 불고 때때로 비가 와서 산책을 하지 못했다. 베란다에서 내다보면 커다란 나무들이 바람인형처럼 이리저리 흔들리며 춤을 추었다. 앞 동의 쓰레기 수집장 앞에 서 있던 헌 옷 수거함이 바닥에 쓰러진 채 조금씩 자리를 옮겨 다녔다. 거세게 몰아치던 비바람도 할 만큼 하고선 서서히 가라앉았다. 헌 옷 수거함도 원래의 자리에 돌아가 있었다. 비가 그친 후에는 바다에서 안개가 밤낮으로 밀려왔다. 창을 열면 달큰한 꽃향기와 함께 안개가 집 안까지 덮치듯 들어왔다. 창을 닫으면 안개는 서서히 사라지고 실내의 공기가 축축하게 젖었다.

어제, 베란다에 서서 헌 옷 수거함이 아무 일 없었다는 듯 제자리에 서 있는 것을 보다가 상재의 전화를 받았다. 나를 꼭 만나야겠다고 했다. 중석의 사십구재를 마치고 나온 길이라면서. 우와 누나 멀리 갔더라. 한 번은 만나야지, 해 줄 이야기도 있고. 그래도 한때는 죽고 못 살던 애인인데 장례를 어떻게 치렀는지 누나도 궁금하지 않겠어? 빈정거리는 말투였다. 기차역 주변 카페를 검색해서 약속 장소를 정했다. 내일 보자, 하고 전화를 끊으려는데 상재가 시간을 끌었다.

잠깐만. 나도 누나, 아니지, 누나 때문이라고 하면 안 되겠지. 아무튼 이번 사건 때문에 손해 많이 봤어. 형만 믿고 있었는데 낙동강 오리알 됐잖아. 나 빚이 좀 있어. 천 정도.

상재는 그 빚만 없으면 지난 일 다 털고 원점에서 시작할 수 있을 것 같다고 했다. 내게 털어야 할 먼지 같은 게 있다는 경고 같았다. 대꾸하지 않고 전화를 끊었다. 상재를 만나기로 한 시간이 다가올수록, 재밌는 일이 있을 리 없는데도, 이상하게 마음이 설다.

위치만 보고 정한 장소였는데 통창 넘어 바다가 보이는 제법 근사한 카페였다. 세련된 분위기에 어울리지 않게 옛날 가수의 옛날 노래가 흘러나왔다. 상재 말고 다른 손님은 없었다. 바람도 비도 잦아들었는데 아직 바다는 기운이 남아 거칠게 일렁였다. 누나는 좋아 보이네, 하고 상재가 말한 지 한참이 지났다. 만나자마자 나는 상재에게 돈봉투를 던져 주었고, 상재는 나처럼 한동안 바다만 바라보았다. 결이 다른 파도가 생겼다가 사라지기를 반복했다. 오랫동안 보고 있자니 멀미가 날 것 같았다. 머그잔을 들어 올리다 이미 잔이 비었다는 것이 생각나서 그대로 내려놓았다.

미안해, 누나한테는, 나도. 때가 되었다는 듯 상재가 말했다. 나는 일부러 연락하고 만나는 일은 이게 마지막이었음 한다고 말했다. 상재는 인상을 쓰면서도 선선히 그러자고 했다. 그리고 아까부터 테이블 위에 놓여있던 봉투를 점퍼 안주머니에 넣었다.

누나한테는 개새끼였어도 형에게도 부모와 형제가 있어. 내 말은, 그래서 누나가 나쁘다는 게 아니고, 그 사람들은 중석 형 보험금을 왜 누나가 타게 되는지 납득 못 하시더라고. 내가 알아듣게 말씀드렸지. 그러니까 걱정하지 마, 누나한테 시비를 걸지는 않을 거야. 시끄러운 일이 생기면 내가 막아 줄게. 그래도 형이 정이 누나 갖다준 돈은 돌려받아야겠다고 하시더라. 그건 나도 모르겠고 누나도 그냥 도둑맞았다고 생각해 버려. 자기들끼리 치고받든 말든. 그런데 말이야, 누나 그거 알아? 나 자다가 중간에 깨서 누나랑 중석이 형이 이야기하는 거 들었어. 끼어들기 뭐해서 계속 자는 척하다 다시 잠들었지만. 누나는 처음부터 중석이 형이 자고 있었다고 했다던데? 나중에 생각해 보니까 누나 진짜 차가운 사람인 것 같고 소름 끼치더라. 죽어가는 사람 쳐다보면서 뭐 한 거야? 누나 심정도 이해는 하지. 죽이고 싶은 놈이지가 혼자 자빠져 죽는데 살리고 싶었겠어? 병원에 더 빨리 갔어도 죽었을 거야. 의사가 그러더라. 중석 형 경우는 빨리 왔어도 힘들었을 거라고. 그러니까 죄책감 같은 거 가지지 말라고 누나도. 나는 누나가 행복하게 살면 좋겠어, 진심이야.

계산하고 카페를 나올 때 생각이 났다. 중석도 내가 행복하길 바란다고 했었다, 진심이라고. 진심이었을 것이다. 내가 행복해져야 더 이상 자신을 찾아다니지 않을 것이므로. 사람은 이기적인 마음으로도 타인의 행복을 빌 수 있다. 나는 상재의 앞날이 잘 풀리기를 기원했다, 진심으로. 또 나를 찾을 마음이 들지 않도록. 나름대로 훈훈한 결말이었다. 중석도, 상재도, 나도 서로의 행복을 기원했다.

짬뽕

신호대기 중에 나도 모르게 콧노래를 흥얼거리다가 깜짝 놀랐다. 카페 스피커에서 흘러나오던 옛날 노래였다. 좋아하지도 않았고 내 기억으로는 불러본 적도 없었는데 나는 그 노래를 처음부터 끝까지 다 알고 있었다. 날이 흐려서인지 금세 어두워졌다. 주차하고 엘리베이터를 기다리고 있을 때 보험회사에서 문자가 들어왔다. 중석의 사망보험금이 지급될 거라는 내용이었다. 집에 들어와서 옷을 갈아입다가 아까 흥얼거렸던 노래를 또 흥얼거리고 있다는 것을 깨달았다. 귀찮은 여름날의 날파리처럼 그 노래가 입에 붙어서 계속 재생되었다.

배가 고팠다. 무얼 먹을까 생각하다가 무언가 끝나지 않은 것 같은 느낌이 왜 자꾸 따라다녔는지 깨달았다. 중국집에 전화를 걸어 짬뽕을 주문했다. 엄마와 나는 자주 이사를 다녔다. 일 년에 한 번, 운이 좋으면 이 년에 한 번은 집을 옮겨야 했다. 운이 나쁠 때는 일 년도 안 돼 이사를 할 때도 있었다. 이삿날에 엄마와 나는 동네 중국집에 가서 짬뽕을 먹었다. 이 동네 짬뽕 맛 좀 봐야겠지? 엄마는 이삿짐을 다 풀기도 전에 말하곤 했다. 그리고 짬뽕을 맛있게 하는 중국집이 있으면 살만한 동네라고 결론지었다. 짬뽕 맛은 어디나 비슷했고 엄마는 매번, 이만하면 됐다, 살만하겠어, 하고 말했다.
 짬뽕을 먹고 나면 낯선 곳이지만 살아볼 마음이 생기고, 삼동과 이어져 있던 마음의 꼬리도 잘려져 나갈 것이다. 왜 우리는 우리 둘뿐인지 물었을 때 엄마는 누구나 다 각자 자기 별에서 사는 거라고 했다. 씩씩하게.

수상작가 자선작

윤에 대하여

강정아

1

 보름 전에 윤은 퇴근 시간을 한 시간쯤 남겨 놓고, 섬에서 사 온 것이라며 작은 천 주머니 하나씩을 돌렸다. 책 한 권 정도 넣을 수 있을 만한 주머니였다. 얼핏 보기에는 우중충한 자투리 천 조각을 이어 붙여 대충 만든 것 같았는데 가까이 놓고 보니 여러 가지 천을 세심하게 배치한 태가 났다. 천연 재료로 물을 들인 각각의 천 색깔도 은은하고 고왔다. 오른쪽 아래에 붉은 동백이 짙은 초록 잎사귀 하나와 함께 달려 있었다. 새빨간 천으로 꽃잎 하나하나를 만들어 붙여서 꽃은 마치 조금 전 주머니 안에서 피어난 것처럼 보였다. 윤은 최근에 부쩍 그 섬에 자주 갔다 왔다. 한 달에 한 번, 적어도 두 달에 한 번은 가는 것 같았다. 그때마다 소소한 기념품들을 사 가지고 와서 사무실 동료들에게 돌렸다. 마그넷, 볼펜, 코스터, 엽서, 과자나 과일 같은 것들이었다.
 주머니 속에는 딱지 접기 한 편지와 개별 포장된 단 것들이 여러 개 들어 있었다. 튀밥으로 만든 강정 같은 것, 초콜릿, 샌드, 스콘, 비스킷들이었다. 섬의 특산물을 가공해서 만든 주전부리들이었다. 여러 종류를 사서 주머니마다 한두 개씩 나누어 넣은 것 같았다. 같은 것으로 여덟 상자를 사서 하나씩 돌리면 간단할 것을 굳이. 일할 때도 윤은 쓸데없는 일에 열정을 쏟아붓는 경향이 있었다. 회의자료 출력을 부탁해 놓고 한참이 지나도 소식이 없어 왜 늦어지는지 물어보면 잠깐만요, 하며 시간을 끌기 일쑤였다. 대체 무얼 하나 싶어 윤의 자리에 가서 보면 막대그래프의 막대 폭을 줄였다가 좁혔다가, 표의 테두리를 한 겹으로 했다가 두 겹으로 했다가, 자기가 만든 자료도 아닌데 치장하느라 공을 들이고 있었다.

속옛것보다 주머니가 마음에 든다고 했더니 윤이 반가운 얼굴로 그 주머니가 선물이고 나머지는 덤이라고 말했다. 주머니에 대해 윤이 무슨 말을 더 하려고 했을 때 내 핸드폰이 울렸고, 나는 핸드폰을 들고 사무실 밖으로 나갔다. 등 뒤에서 선물을 받은 직원들이 윤에게 인사치레하는 소리가 오갔다. 하지만 복도로 나오자마자 핸드폰 수신음이 뚝 끊겼다. 부재중 통화목록에 뜬 번호를 검색해 보니 스팸으로 삼백 건 넘게 신고된 번호였다. 주된 사유는 멤버십 등 상품 가입 권유. 짜증이 났다. 사람들은 대체 왜 이런 일을 할까. 다른 호구를 잡기 위해 서둘러 다음 번호를 호출하고 있을 미지의 인물에게 다른 일을 하라고 권하고 싶은 충동이 일었다가 가라앉았다. 사회 초년생 때는 속아서 이상한 상품에 가입한 적이 몇 번 있었고, 한두 번은 텔레마케터에게 화를 내기도 했다. 나를 속인 건 당신이라고, 그 회사 사장이 아니라. 시킨 대로 했을 뿐이라고 자위하지 말라고. 당신의 월급과 수당을 위해 사기인 줄 알면서 적극적으로 나를 설득하지 않았느냐고. 좀 덜 나쁜 일을 찾아보라고. 이제는 그냥 안 받고 만다. 남의 말할 처지도 아니었다. 내가 하는 일도 대부분 사회적 보람도 역사적 가치도 없었고, 가끔은 사기도 치고 거짓말도 해야 했다. 덜 나쁜 일이란 게 있기는 할는지, 나이가 들수록 먹고 사는 일이 무서워졌다.

기왕 나온 김에 흡연실로 내려가다가 반대 방향에서 올라오던 센터장을 만났다. 센터장은 바쁘지 않으면 휴게실에서 커피나 한잔하자고 하더니 연구소 일과 개인사를 넘나들며 교훈도 없고 감동도 없는 이야기를 한없이 늘어놓았다. 정시에 퇴근하려고 오후 근무시간 내내 꼼짝도 하지 않고 국회에 보낼 자료를 만들었는데 그가 시간을 다 날려 먹었다. 뒤늦게 퇴근 시간이 지난 걸 알아챈 센터장은 하던 말을 싹둑 끊고 일어섰다. 흡연실에 가서 담배 두 개비를 연거푸 피우고 사무실에 돌아왔더니 모두 퇴근한 후였다.

윤이 나에게 준 천 주머니는 탁한 황갈색과 홍시색 천으로 바탕을 잡고 짙은 감색, 연한 하늘색, 회갈색 천으로 장식한 것이었다. 뒤늦게 사무실에 돌아와서 일을 마무리하고 퇴근 준비를 할 때, 장 실장 자리에 연분홍과 겨자가 섞인 주머니가 있는 것을 보았다. 윤은 천 주머니도 사람마다 다른 것으로 하나하나 골랐나 보았다. 정성이 참 갸륵도 하구나 하고 속엣말을 했다. 어쩌면 헛웃음도 날렸을 것이다. 주머니 안에 있던 편지가 생각나서 꺼내 보려다가 귀찮아서 그대로 나왔다.

윤은 손 편지를 자주 썼다. 색 볼펜으로 그림을 그려 넣고 유아적인 스티커로 장식한 윤의 손 편지는 늘 들어간 품에 비하면 내용이 놀랍도록 빈약했다. 나를 존경하고 고마워하고 있으며 앞으로 더 잘하겠다는 다짐 같은 것들이 적혀 있을 것이다. 윤의 손 편지는 대개 그런 내용이었다. 나는 주머니에 들어있는 그 편지를 아직 읽지 못했다. 윤이 준 주머니는 보름째 책상 위에 있었다. 받았던 그날 퇴근 전에 감귤초콜릿을 한 개 꺼내서 먹었을 뿐이고 나머지 간식거리들도 주머니 속에 그대로 있었다. 서류와 자료들을 펼쳐 놓아 자리가 모자랄 때도 그 주머니에 손을 대지 못했다. 오래 두고 보다 보면 원래부터 거기 있었던 것처럼 자연스러워지고 마침내 무감각해져서 태연스레 편지를 꺼내 볼 수 있는 날이 오려니, 나는 기다리고 있었다.

사무실 책상 위에는 소용도 없이 자리를 차지하고 있는 것들이 많앉다. 연필꽂이에 가득 꽂혀 있는 필기구도 그렇고 책꽂이 가득 꽂혀 있는 서류철도 그렇고 책상 서랍마다 가득 들어있는 기타 등등의 물품들도 그렇다. 썩기라도 하면 버리겠지만 딱히 버려야 할 이유가 없고 아주 드물긴 해도 쓸 데가 생기기도 하니까 그냥 두는 것들. 연구자를 포함해 전체 직원 수가 팔백여 명인 우리 연구원에는 그런 이유로 버티고 있는 사람도 제법 있었다.

오늘 아침에도 장 실장은 사무실 문을 열고 들어오면서 굿모닝, 좋은 아침! 하고 외쳤다. 그것은 그의 트레이드마크이기도 한 오랜 버릇이다. 상황과 기분이라는 게 한결같기도 어렵지만 한결같이 좋기는 더 어려울 텐데도 장 실장의 힘찬 아침의 인사는 한결같았기에 어떤 날은 억지스럽게 느껴졌다. 오늘은 장 실장의 아침 인사가 좀 억지스럽다 생각하고 있는데 어느새 내 옆에 다가온 장 실장이 갑자기 정색하며 화를 냈다. 너무 크게 고함을 지른 바람에 모두 깜짝 놀라 장 실장을 쳐다봤다. 윤이 준 그 주머니를 치우라는 거였다. 내 책상 위에 가만히 있을 뿐인 그 주머니를. 서랍 속에라도 집어넣든지 하라고. 매일 제사 지내는 것도 아니고 대체 왜 그러는 거냐고. 여기 괜찮은 사람이 누가 있냐고. 어이가 없어서 대꾸도 하지 못하고 윤이 준 주머니를 쳐다봤다. 분했지만 직원들 앞에서 장 실장과 싸우고 싶지는 않았다. 나는 주머니를 내 가방에 집어넣고 사무실을 나왔다. 주머니에 손을 댔을 때 찌르르 약한 전류가 흐르는 것 같았다.

2

갈 데를 정해놓고 나온 것이 아니라서 흡연실에서 담배를 피웠다. 연구소를 벗어나면 담배 피울 곳이 마땅하지 않다. 아직 이른 시간이라 흡연실에는 아무도 없었다. 내가 뿜어낸 담배 연기가 실없이 흩어지는 걸 바라보다가 처음으로 그 새끼를 생각했다. 개새끼. 씨발놈. 좆같은 새끼. 죽여 버릴 거야. 사람에게 한 번도 내뱉어 본 적 없는 욕이 머릿속을 가득 채웠다. 칼로 한 삼십 번 정도 찔러서 갈기갈기 그 새끼 몸을 찢어놓고 싶다.

침대에 누워서 잠이 올 때까지 핸드폰으로 뉴스를 확인하는 것이 나의 루틴이었다. 윤이 주머니에 주전부리들을 넣어서 직원들에게 돌렸던 그날 밤, 잘 준비를 하고 침대 머리에 비스듬히 기댄 자세로 뉴스를 검색하다가 그 영상을 보았다. 그 새끼가 어떤 여자를 천천히 뒤따라가다가 갑자기 달려들었다. CCTV 영상은 그 새끼가 여자에게 최초의 일격을 가하기 직전에서 멈췄다. 주위에 있던 사람들이 놀라서 도망가는 모습도 보였다. 영상은 멀기도 했고 해상도가 낮지만 실제 상황이라니 끔찍했다. 웬 미친놈이 별 이유도 없이 모르는 여자를 공격해 죽인 사건은 듣도 보도 못했을 정도로 희귀한 사건은 아니었다. 이례적인 건 그 사건이 일어난 시간과 공간이 사람의 왕래가 활발한 퇴근 시간 직후의 도심 한가운데였다는 점이었다. 그 새끼는 모르는 여자를 여러 차례 찌르고 나서 마지막에는 귀찮다는 듯 칼을 여자의 몸에 그대로 꽂아둔 채 주변을 설렁설렁 돌아다니다가 체포되었다. 사람이 모인 장소에는 미친 놈도 꼭 한두 명 섞여 있기 마련이다. 우리는 매일 그토록 위험한 거리를 기적적으로 통과해 각자의 잠자리로 돌아간다, 영상 속 그 여자만 빼고. 무섭고 불쾌해서 기사의 내용을 제대로 보지도 않고 핸드폰을 껐다. 그러니까 그날 밤 나는 핸드폰으로 그 거리의 어느 CCTV에 찍힌 윤의 마지막 모습을 보았고, 그다음 날 그게 바로 윤이었다는 사실을 알게 되었다.

항상 가장 먼저 출근하던 윤이 출근 시간이 지나도 나타나지 않았다. 장 실장이 김 선생에게 무슨 사정인지 알아보라고 지시했다. 김 선생의 전화를 윤은 받지 않았고, 그 사이 장 실장이 원장실에 불려 가더니 원장과 본부장과 센터장까지 대동하고 돌아왔다. 네 사람 다 이상한 표정을 짓고 있었다. 어딘가 가렵거나 아픈 것을 참고 있는 것 같았다. 장 실장이 사무실 직원 모두를 회의 테이블로 불렀다. 우리가 차례로 자리에 앉자 센터장이 그 사건에 대해 이야기했다. 처음에는 모두 어리둥절해서 눈만 둥그렇게 뜨고 서로를 쳐다봤다. 김 선생이 먼저 아아, 하고 신음 소리를 내더니 어린아이처럼 몸부림을 치면서 울기 시작했다. 윤과 곧잘 붙어 다녔던 또 다른 김 선생이 자리에서 일어나 몸부림치는 김 선생을 부둥켜안고 같이 울었다. 하나둘씩 책상에 엎드리거나 벌떡 자리에서 일어났다가 앉기도 하고 가만히 어깨를 들썩이며 울기도 했다. 얼마 전에 육아휴직이 끝나 복귀한 민 선생은 예? 뭐라고요? 예? 그게 무슨 말입니까? 아무도 대답하려 하지 않는 질문을 해댔다. 장 실장을 제외하면 우리 사무실의 유일한 남자 직원인 한 선생과 나만 울지도 않고 멍하니 앉아 있었다. 원장이 필수적인 업무만 소화하고 조퇴를 하거나 문상을 가도 된다고, 장례가 끝날 때까지 연가를 신청하면 처리해 줄 것이고, 장례가 끝난 후에 심리치료를 위해 전문가가 방문할 것이라고 말했다. 언론사의 취재에는 가급적 응하지 말라고도 했다. 그게 벌써 이 주 전이다. 지난 이 주일은 내가 살지 않았던 시간처럼 지나갔다.

 핸드폰을 꺼내 저장해 놓은 기사를 연다. 그 기사는 사건 다음 날의 것이다. 저장만 해 놓고 보지 못했다. 아직도 손이 떨린다. 검은 면티를 입고 고개를 가슴까지 떨군 채 서 있는 그 새끼는 회칼로 윤의 몸을 다섯 번 찔렀다. 그 새끼는 윤이 기분 나쁘게 쳐다봐서 무시당한 기분이 들었다고 말했다. 입부터 찢어버릴 테다. 눈알을 먼저 뽑아야 하나. 누가 기분 나쁘게 쳐다봐도 볼 수 없도록. 윤이 당한 것보다 더 한 복수에 대한 열망으로 몸이 뜨거워진다.

그 새끼는 가만 놔두고 우리끼리 쉬쉬하고 눈치 보고 화내고 싸우고 울고 난리다. 급격하게 기운이 빠져나갔다. 지독한 허기가 찾아왔다. 무어라도 먹고 싶다. 어디로 갈까. 사무실로는 돌아가지 않을 것이다. 잘난 국립연구원 행정 직원 자리 아쉽지도 않다. 장 실장이 없는 곳이라면 어디라도 가서 굽신거릴 수 있을 것 같다. 흡연실을 나가려는데 그제야 사무실용 슬리퍼를 신고 있는 내 발이 눈에 들어온다. 넌 왜 그런 걸 신고 있니. 내 발이 한심해서 눈물이 날 것 같다. 사무실로 돌아가 신발을 바꿔 신고 나오는 것도 웃기는 짓 같아서 나는 그냥 슬리퍼를 신은 채 연구원을 빠져나온다.

가끔 점심을 먹었던 우동집에 들어가서 카레덮밥, 튀김우동, 감자고로케와 리코타샐러드를 주문한다. 약간 설렌다. 드디어 먹을 수 있다는 기대에 차서 수저를 챙기는데 둥두둥 하고 문자 알림이 울린다. 장 실장이다. 예민해져서 말이 심하게 나가버렸다고, 잠깐 바람을 쐬고 사무실로 돌아오라는 내용이다. 그래, 장 실장이 말도 안 되는 트집을 잡고 화를 냈지. 그 정도면 언어폭력으로 투서를 넣을 수 있을 정도의 사안이다. 하지만 장 실장이 고함을 지른 일은 이미 내 안중에 없다. 몹시 배가 고플 뿐이다.

장 실장은 오래전부터 연필꽂이에 꽂혀 있는 사은품 볼펜처럼 딱히 버려야 할 이유도 없고 아주 드물긴 해도 쓸 일이 생길 수도 있으니까 그냥 두는 사람의 대표적인 인물이다. 정년 퇴임까지는 오 년도 더 남

앉는데 업무에서 손 뗀 지도 오래였다. 하는 거라곤 주기적으로 중요하지도 않은 결재를 보류하거나 반려하는 일뿐이다. 주기가 도래하면 직원들이 쑥덕거린다. 장 실장 생리가 시작됐다고. 주로 윤처럼 어리고 순한 직원이 제물이다. 딴에는 가만히 꽂혀 있는 볼펜 같은 존재가 아니라고 억지를 쓰는, 일종의 지랄이라고 나는 이해한다. 쉽게 할 일을 어렵게 만들고, 언젠가는 할 일을 당장은 할 수 없게 막는 일. 그런 방식으로만 장 실장은 존재감을 드러낼 수 있다.

윤은 우리 센터의 프로젝트가 잇따라 정부 지원 사업에 선정되었던 작년에 충원된 계약직 직원 중 한 명이다. 윤의 공식 업무는 문서수발이었다. 특정한 업무 없이 다른 직원을 보조하는 일이다. 탕비실을 관리하고, 대내외 회의 준비를 하고, 물품 관리 대장 같은 간단한 문서를 작성하고, 서류철을 분류해 정리하고, 필요한 비품을 구매하고 등록했다. 고졸 이상이라고 모집 공고를 냈는데 지원자는 대부분 대졸이었고 윤도 대학교 졸업자였다. 다른 직원들과 업무 능력에 차이가 있다고 할 수는 없었지만 애초에 모집 분야가 달라서 윤은 잡무를 처리하고 적은 월급을 받았다.

윤은 일머리가 있고 부지런했다. 두어 달 지났을 때 나에게 자기도 다른 직원들처럼 고유 업무를 맡고 싶다고 했다. 원래 하던 일은 그대로 하고 월급도 그대로 받을 테니 무언가 중요한 일을 하나만이라도 맡겨 달라고, 열심히 해 보겠다고 했다. 다소 마음에 차지 않는 부분도 있었지만 일을 대하는 자세만은 마지못해 끌려가듯 일하는 나보다 훌륭했다. 나이 차이도 크고 내가 사근사근한 편이 아니라서 따로 표현하지는 않았지만 나는 윤이 마음에 들었다. 윤도 나를 따랐다. 윤은 자주 손 편지를 써서 내 책상에 올려놓고 집에서 만들어 온 음식을 내

가방 속에 넣어두기도 하고 그 섬에 갔다 올 때마다 챙겨오는 기념품에 뭐라도 특별한 것 하나를 더 끼워서 나에게 주었다. 나는 기회가 있으면 윗사람들에게 윤이 착실하고 훌륭하다고 이야기했고, 단기 계약 기간이 끝나갈 때 무기계약직으로 근로계약을 다시 할 수 있게 애썼다. 그리고 내년이나 그다음 해 정규직 공채에 경력직으로 지원하라고 윤에게 일러두었다. 윤이 나에게 부탁하지도 않았고, 내가 윤에게 바라는 다른 게 있는 것도 아니었다. 근무에 의욕을 보이는 보기 드문 직원에 대한 자연스러운 반응이었다.

 윤을 고깝게 보는 사람들이 있었다. 내가 윤을 편애해서 다른 직원들의 사기가 떨어졌고 윤을 위해 업무 분장을 새로 해서 다른 직원들에게 부당한 부담을 주고 있다며 센터장 앞으로 무기명 투서를 보낸 이도 있었다. 센터장은 소명을 바라고 부른 것은 아니라면서도 더 말이 나오지 않게 주의하라고 했다. 글씨체만 봐도 열 명이 안 되는 사무실 직원 중에서 누군지 알 수 있었다. 그런 투서를 써 놓고도 그 직원은 능청맞게 윤에게 농을 건네고 함께 밥을 먹으러 나갔다. 단기 계약직으로 들어와서 무기계약직으로 전환된 것이 대단한 사건인 것처럼 퍼져나갔고 모종의 이유로 특혜를 받았다는 소문까지 돌아서 윤은 마음 고생을 했다. 특히 윤을 겪지 않고 소문으로만 들어 아는 다른 사무실 직원들이 대놓고 홀대하는 일도 있었다. 이곳 사람들에게는 윤이 자기들보다 못한 대우를 받아야 한다는 확고한 신념이 있는 듯했다. 어디에서 기인했는지 모를 그 알량한 우월감이 같잖았다. 한두 번 윤에게 메일을 썼다. 다른 사람들이 뭐라든 신경 쓰지 말고 굳이 대응하지 말라고. 시간 지나면 사과도 없고 흔적도 없이 사그라질 거라고. 이 안에만 들어오면 이상하게도 사람들은 비난할 대상을 찾는데 골몰한다고.

 윤이 훌륭한 사람이었고 좋은 직원이었다는 사실은 그 개좆같은 새끼의 범죄와는 상관없는 일이다. 윤이 약삭빠르고 몰염치한 사람이었다 해도 그런 일을 당하면 안 되는 거다. 시킨 음식을 절반 정도씩 먹고 허기가 해소되자 다시 증오가 나를 채웠다. 윤을 추모할 차례는 아직 오지 않았다. 그 새끼에게 직접 복수할 수 있는 방법은 없는 걸까. 사람 대접을 받으면서 심지어 국가의 지원을 받으면서, 그 새끼가 감옥에서 목숨을 부지하고 살 것을 생각하면 속이 쓰리고 열이 오른다. 해 주는 밥을 먹고 세탁해 준 옷을 입고 비용도 내지 않고. 그 새끼에게도 부모가 있겠지. 그 새끼를 옹호하는 사람도 세상에는 있을 것이다. 별 거지 같은 미친놈들이 세상에는 많으니까. 그 사건을 다룬 기사에는 윤의 잘못을 거론한 댓글도 있었다. 그러니까 사람을 함부로 기분 나쁘게 쳐다보면 안 된다는 둥. 깡그리 모아서 산 채로 태워버리고 싶다. 그 새끼 손에 칼을 쥐게 하고 그런 댓글을 단 사람과 함께 밀폐된 공간에 집어넣은 다음 한 시간쯤 후에 불을 지르는 것이다. 윤이 참담한 희생자가 되어 우주에 없는 존재가 되었다는 걸 알게 된 바로 그날 저녁, 나는 사무실 휴지통에서 연분홍과 겨자색 고운 물을 들인 주머니를 보았다. 죽은 사람이 준 것이라 재수 없다는 뜻이었을까. 그 밀폐된 공간에 장 실장도 들여보내고 싶다.

 갑자기 더 이상 먹는 건 불가능한 시점이 왔다. 많이 먹지도 못했다. 감자고로케는 손도 대지 못하고 일어났다. 선량한 우동집 사장님이 고로케를 포장해 주겠다고 했지만 괜찮다고 하고 나왔다. 사장님의 눈시울이 붉어져 있는 것을 보았다.

3

　날씨가 좋다. 하늘은 푸르고 햇볕은 투명하고 공기는 선선하다. 이런 날 사무실에 있지 않고 밖에 나와 있으니 나도 자유가 있는 사람인 것 같다. 걷다 보니 박물관에 다다랐다. 부노형이라는 사람의 이름이 붙은 박물관이다. 오랜만이다. 연구원에서 박물관까지는 천천히 걸어서 십 분이면 충분하다. 주민센터만 한 소담한 건물과 아늑한 마당이 있다. 마당에는 잘 가꾸어진 꽃길과 연못이 있다. 키 큰 나무들도 몇 그루 있어서 한겨울만 아니면 그늘을 즐길 수 있다. 장 실장의 문자가 또 들어온다. 본부에서 작년 회계 감사 결과 보고서를 찾는다고. 김 선생이 가지고 있다고 답문을 보내려다 그만둔다. 장 실장만 빼고 다 알고 있고, 장 실장이 나서기 전에 벌써 해결되었을 일이다. 사무실에 복귀하라는 재촉성 메시지다.
　장 실장 말고도 장 실장 같은 사람이 연구원에는 더러 있다. 그래도 조직은 굴러간다. 악조건 속에서도 할 일을 하는 사람도 있기 때문이다. 지겹다. 일이 아니라 사람이 지겹다. 왜 장 실장은 일을 하지 않고 월급 받는 것을 당연하게 여길까. 월급은 으레 나오는 거고 일을 하지 않는 건 일종의 수완이라고 생각하는 것 같다. 그러면서 걸핏하면 입에 거품을 물고 정치인 욕을 한다. 도둑놈들이 국민의 혈세를 축내면서 자기 이익만 챙긴다고. 장 실장이야말로 이루 말할 수 없이 쪼잔한 방법으로, 자기 선에서 할 수 있는 모든 방법을 동원해서 매일 혈세를 축낸다. 밥도 술도, 일하지 않고 번, 자기의 돈으로 계산하지 않는다. 장 실장은 연구원 인근 식당 몇 군데에 외상 장부를 만들어 놓고 거저 먹다가 외상이 쌓이면 한 달에 한두 번 열지도 않은 회의 비용으로 처리한다. 가짜 회의록은 장 실장과 공범이 되어 그 식당을 이용하는 직원들이 번갈아 만든다. 연구원은 나랏돈, 장 실장의 언어를 빌리면 혈세로 운영되기 때문에 이의를 제기하고 막아서는 사람도 없다. 장 실장 돈도 아니지만 다른 누구의 돈도 아닌 것이다. 서류만 맞추면 문제가 생기지 않는다. 점점 간이 커지고 긴장도 떨어져서 뒤처리를 엉성하게 했다가 횡령이니 유용이니 하는 딱지를 달고 잘려 나가는 사람도 있지만 장 실장은 작은 이익만 취하고 뒤처리도 깔끔하게 한다. 아마도 정년까지 무사할 것이다. 다른 직원들도 조금 더 혹은 조금 덜의 차이만 있을 뿐 비슷하다. 장 실장이 정치인 욕을 하지만 실상은 그들과 다를 바 없는 것처럼, 직원들은 장 실장을 뒤에서 욕하고 비아냥거리면서 장 실장의 발자국을 따라 조심히 걷는다. 대가를 받으니까 적어도 그만한 값은 해야 하고 우리가 하는 일이 되도록 원칙과 취지와 정의에 맞아야 한다고 생각하는 나 같은 사람도 있다. 명예로운 자리라고 할 것까지는 아니어도 푼돈에 자존심을 팔지 않으려고 하는 사람도 많다. 그러나 비율로 따지면 저쪽이 오, 이쪽이 일이다.

 윤은 달랐다. 윤에게 돈값을 하겠다든지 원칙과 취지와 정의를 지키겠다든지 하는 의지가 있었는지는 모르겠지만 어쨌든 윤은 사소한 일도 열심히 했고 잘하려고 했다. 의미나 보상이 있든 없든, 타인의 부러움을 살 만한 일이 아니어도, 자기가 맡은 일을 완벽하게 해내는 것에서 기쁨을 찾았다. 내가 신경 쓰였을 수도 있지만 윤은 장 실장이 그물처럼 깔아놓은 외상 장부를 이용하지 않았다. 연구원에 계속 남는 것이 윤의 목표도 아니었다. 윤은 보석디자이너가 되고 싶다고 했다. 그런 꿈을 가진 사람은 처음 봤다. 돈으로 바꿀 수 있는 재산으로서가 아니라 보석 자체를 윤은 좋아했다. 돈을 몰랐던 어린 시절부터 보석을 좋아했다고, 엄마를 따라 보석 가게에 처음 갔을 때의 흥분을 아직 기억한다고 말했을 때 윤의 눈은 사파이어처럼 빛났다. 잠재성을 가진 광물로서의 보석, 누군가 찾아내서 가공해 주기만 하면 별도 되고 꽃도 되고 큰 물방울이 되기도 하는 그 놀라운 탄생의 과정을 윤은 좋아했다. 윤에게는 세공과 감정 관련 자격증도 있었다.

오히려 그래서 그랬을 수도 있겠다고, 박물관 포플러나무 아래 벤치에서 문득 나는 깨닫는다. 꿈과 지향이 다른 곳에 있었기 때문에 윤은 다른 사람들처럼 닳아지지 않았나 보다. 장 실장처럼 연구원에서 늙을 생각이었다면 보다 편하게, 보다 영리하게 썩을 궁리를 했을 수도 있지만 윤의 영혼은 그 안에 갇혀 있지 않아서 장 실장 같은 자에게 오염되지 않았던 거다.

그때 나는 왜 곧바로 주머니가 참 예쁘다고, 잘 쓰겠다고 윤에게 말하지 않았을까. 그 기대하는 얼굴에게 합당한 치사를 한 후 핸드폰 발신자를 확인했더라면 굳이 받을 필요 없는 전화라는 것을 알았을 것이고, 윤이 그 주머니에 대해 더 말하려고 했던 것을 들었을 텐데. 나는 윤의 말을 잠잠히 들어 주고 싶지 않아서 벨이 울리자마자 핑계 삼아 전화기를 들고 나가 버렸다. 그래서 윤이 그 주머니에 대해 하려고 했던 말을 영영 들을 수 없게 되었다. 주머니에 관심을 보인 나를 향해 어떤 말을 하려고 했던 윤의 그 얼굴이 자꾸 생각났다. 그 얼굴만 생각나고 그 외의 다른 얼굴은 지워져 버렸다. 지워진 얼굴로 윤은 수시로 떠올랐다. 복합기 앞에서, 탕비실에서, 내 자리 옆에 바투 서서, 윤은 얼굴이 없는 채로 복합기에 걸린 종이를 제거하고, 내 입에 딱 맞는 다방 커피를 제조해 주고, 예산 편성표에 연산을 잘못 입력해서 죄송하다고 말했다.

최근에 윤의 얼굴을 똑바로 바라본 적이 몇 번 없었다. 윤은 내가 달라진 것을 알고 있었다. 안 좋은 일이 있는지, 몸이 아픈지, 자기가 잘못한 것이 있는지 몇 번이나 물었다. 그때마다 나는 왜 그런 질문을 하는지 도무지 모르겠다는 듯 시치미를 뗐다. 내가 왜 그러는지 윤이 모를 리 없다고 생각했다. 알면서도 뭉그적거리면서 떠보는 것 같아 기분이 나빴다.

 정확히 민 선생과 충돌이 있었던 그날부터 나는 윤에게 등을 돌렸다. 장 실장의 고집으로 아무도 보지 않는 종이 신문을 사무실에서 받고 있었다. 정작 장 실장은 업무용 컴퓨터로 뉴스를 보고 무료 게임을 하는 게 일과라서 종이 신문은 배달 음식 깔개로 쓰일 때 말고는 그대로 버려지는 날이 많았다. 그날 오후 화장실에 다녀왔더니 민 선생이 사무실 회의 테이블에 종이 신문을 넓게 펼쳐 놓고 뒤적거리고 있었다. 그 꼴이 보기 싫었다. 평소처럼 남몰래 인터넷 쇼핑을 하거나 메신저로 잡담을 하면 될 것을, 근무시간에 버젓이 드러내놓고 놀고 있는 것이 못마땅했다. 나는 민 선생에게 할 일이 없냐고 물었고, 민 선생은 덤덤하게 그렇다고 대답했다. 그때 내 안의 무언가가 부서졌다. 민 선생에게 올해 나온 연구원 과제 성과 백서를 던져 주었다. 읽고 오타나 오류가 있는 곳에 표시해서 퇴근 전까지 가져오라고 했다. 개선 방안을 보고서로 작성하라고 하려다가 봐준 거였다. 민 선생은 내 이야기를 듣고도 한참 동안 신문에서 눈을 떼지 않았다. 덤빌까, 말까, 머리를 굴렸을 것이다. 나는 나대로 내리누를 준비를 했다. 그러나 영리한 민 선생은 차분히 신문을 정리하고 내가 던져 준 백서를 들고 자기 자리로 갔다. 장 실장은 자리에 없었고 직원들은 모두 숨죽이고 하던 일을 했다. 차락차락 자판 두드리는 소리만 사무실에 울려 퍼졌다. 그때 갑자기 윤이 풋 하고 웃었다. 반사적으로 윤을 쳐다봤고 윤도 나를 보았다. 윤이 자리에서 벌떡 일어나 나에게 달달이 커피 한 잔 타드릴까요, 하고 물었다. 기분을 풀어주려는 시도라고 생각했다. 대답하지 않았는데 윤이 일어나서 탕비실로 갔다. 내가 시킨 건 아니지만 근무시간에 어린 직원에게 커피 심부름을 하게 한 것이 불편해서 뒤따라 일어났다. 내 자리에서 탕비실로 가려면 민, 한, 김의 책상을 지나야 하는데 내가 지나갈 때 민, 한, 김이 차례로 모니터 화면을 황급히 전환하는 걸 봤다. 자기들끼리 메신저로 내 뒷담화를 하고 있었던 모양이었다. 그러다 어떤 대목에서 윤은 웃었고.

나는 탕비실로 가지 않고 처음부터 그러려고 일어난 것처럼 그대로 사무실을 나왔다. 착잡했다. 그럴 수도 있었다. 나도 장 실장이 옆자리에 있을 때 다른 직원과 메신저로 장 실장의 흉을 본 적이 있었다. 주로 윤이 장 실장에게 뚜렷한 까닭도 없이 닦달당한 후였다. 장 실장이 돌연사하지 않는 이상 개선의 여지가 없으니 어쩌겠냐고, 괜히 마음에 담아서 상처 내지 말라고. 똥 밟았다고 생각하라고. 장 실장을 제외한 단체 채팅방이 있으니, 나를 제외한 단체 채팅방도 있겠지. 한쪽 뇌는 그렇게 생각했지만 다른 쪽 뇌는 나와 장 실장은 경우가 다르다고 항변했다. 그걸 구분하지 못하는 멍청이들이 대체 뭐라고 지껄인 건지 화가 났다. 다른 쪽 뇌는 또 윤을 제외한 채팅방도 있고, 민 선생을 제외한 채팅방도 있겠지, 바보들, 하고 비웃었다.

퇴근 시간이 다 되어서 민 선생이 갈피표를 몇 군데 끼운 백서를 내 자리에 들고 왔다. 그리곤 근무시간에 신문을 보고 있어서 죄송하다고, 생각 없이 펼쳐 봤는데 의외로 재미있어서 계속 보고 있었다고 했다. 나는 민 선생이 시간을 어떻게 쓰든 관여할 일은 아니지만 사무실에는 언제든 외부인이 들어올 수 있고 그런 모습을 보면 근태 불량이니 뭐니 말이 날 수도 있으니 근무시간에는 자제하라고 말했다. 시간이 남아돌면 공부라도 좀 해라, 그러니 연구자들이 행정 직원을 무시하는 거다, 시키는 일만 따박따박 하는 건 중학교만 졸업해도 할 수 있다, 배웠으면 배운 값을 좀 해라, 한없이 떠들고 싶었지만 참았다. 침착한 어조로 말을 아끼느라 신경을 썼지만 모두 내가 억지스럽다고 생각할 것 같았고 한없이 수치스러웠다.

그리고 그날 저녁, 나는 결국 다른 쪽 뇌가 시키는 대로 더욱 남부끄러운 짓을 했다. 평소에 컴퓨터 전원을 잘 끄지 않는 한 선생 자리에서 로그아웃이 안 된 채 열려 있던 대화창을 봤다. 예상대로였다. 낮에 장 실장이 생리를 하더니 옮은 거 아니냐, 장 실장 아바타인 줄, 어젯밤에 남편하고 잘 안됐나, 남편이 어딨어, 시집을 못 가서 만성 욕구불만이라고 봄, 등등. 윤의 웃음은 어디에서 터졌을까. 윤이 쓴 챗은 없었다. 그러나 나는 다른 누구보다 윤에게 화가 났다. 윤은 참지 못해 웃었고, 실수를 무마하고자 능청스럽게 달달이 커피 운운한 것이었다. 흙덩이 속에 있는 것을 찾아내서 닦아서 깎아서 반짝이게 해 놓은 게 누군데 그 한심한 말들을 보면서 편을 들어주지는 않고 웃었다고?

4

박물관에 죽은 사람의 이름을 붙인 사람들의 마음은 무엇일까. 한 사람이 사라진 것이 아깝고 잊히는 걸 받아들일 수 없어서 그 이름을 돌에, 건물에, 거리에, 돈에 붙이는 걸까. 무덤을 만들고 비석을 세우고 뼛가루가 든 항아리를 유리관 안에 보관하고 꽃장식을 하는 마음과 같은 걸까. 그렇다면 부노형박물관도 무덤의 다른 형식일까. 그렇다면, 윤의 무덤은 어디에 만들어야 할까.

마당까지는 여러 번 와 봤지만 건물 안에 들어가 보지는 않았다. 딱 한 번, 전시관에 들어가 보려고 현관 입구까지 왔다가 포기했다. 입구에 서 있는 알림판의 빼곡한 글자들을 읽기가 싫었다. 부노형이라는 사람이 어떤 사람이고 박물관이 어떻게 만들어졌는지를 설명한 글이었다. 종일 서류와 자료와 보고서를 검토하고 새로운 서류와 자료와 보고서를 생산하는 노동에 시달리다 보면 글자 같은 건 신물이 난다.

부노형은 일제강점기에 윤이 좋아하는 그 섬에서 출생해서 독립운동에 투신하기 위해 만주로 갔다가 해방 후에는 일본으로 건너가 사업가가 되었다고 한다. 일본에 귀화하지 않은 그는 지금은 굴지의 기업이 된 주식회사 평화식품을 일본에서 시작한 장본인이지만 생전에는 가난과 차별에 시달리며 힘들게 살았다. 성공한 사업가가 된 그의 자식들이 부친 부노형이 한때 가정을 꾸리며 살았고 그들이 태어났던 생가 부지를 매입해 박물관을 건립했다는 사연이 까만 돌에 각인되어 있다. 한 사람의 삶이라기엔 이동 거리도 역사적 부침도 대단했던 것 같다.

부노형 박물관 안에 들어가 본다. 부노형의 생애와 유품, 그의 일가에 대한 자료와 설명이 1관 상설 전시관에 마련되어 있고, 2관 특별 전시관에는 현존 사진작가의 작품전이 열리고 있다. 바닥에 그려진 화살표를 따라 1관으로 들어간다. 백 년 전에 태어나 삼십 년 전에 죽은 한 남자의 사진을 본다. 열다섯 살 적 사진의 배경은 만주의 군사학교다. 총을 들고 카메라를 응시하는 소년의 표정은 흐릿하다. 부노형은 온 나라 사람이 다 아는 독립운동가와 나란히 서 있는 열댓 명의 소년들 가운데 섞여 있다. 열다섯 살에 군사학교에서 총 쏘는 법을 배우는 삶은 어땠을지 가늠하기는 어렵다. 지금도 지구 한편에서는 저만한 소년들이 총을 들고 전쟁터에 나가 있다. 조카들의 열다섯 살을 생각하면 어림도 없다. 그 애들은 위험하고 무거운 총을 드는 것도 버거워서 자기들 엄마에게 들어달라고 할 것이다. 삶은 불평등하게 주어진다. 도저히 할 수 없을 것 같아도 닥치면 해야 한다. 죽음 역시 불평등하게 주어진다. 누구는 살 만큼 살고 누구는 아직 살아야 할 때 죽는다. 무덤 위에서도 시간은 흐르고 또 다른 삶과 죽음이 계속해서 불평등하게 주어진다.

사진과 글자들을 보고 있기가 힘들다. 전시실 한가운데에 놓여 있는 긴 의자에 가서 앉는다. 마흔이 다 돼 갈 때까지 그 섬에 가 본 적 없는 사람은 적어도 우리나라 사람 중에서는 나밖에 없을 거라고 윤은 말했다. 윤은 그 섬의 모든 풍경이 이국적이고 아름답다고 했다. 하지만 자꾸 가게 되는 진짜 이유는 사람 때문이라고 했다. 윤이 간다던 동네와 민박집 이름은 잊어 버렸다. 윤은 언젠가 그 섬에 가서 일 년 살이를 할 거라고 했다. 언젠가 하고 싶은 것이 윤에게는 많았다. 하고 싶었던 것들을 다 한 후였다면 윤의 마지막을 받아들일 수 있을까.

나는 그 섬에 가 본 적이 없지만 가 보고 싶다는 생각도 해 본 적이 없다. 한때는 가장 인기 있는 신혼여행지로 꼽혔다는 그 섬은, 한물간 유원지 같은 인상으로 나에게 남아 있다. 더구나 역사상 가장 길고 잔인하고 희생자가 많았던 제노사이드, 대량 학살 사건이 있었던 곳이다. 사건을 직접 겪은 사람들이 아직 살아 있고, 몇십 년이 지났지만 희생자 파악이 끝난 것은 아니라고 들었다. 그런 곳이 신혼여행지로 각광받은 건 아이러니다. 하기는 그렇게 따지면 이 작은 나라에서 마음 놓고 갈 만한 곳이 없을지도 모른다. 우리 연구원이 있는 이 도시 인근에도 전쟁 때 예비검속자 처형이 이루어졌던 학살터가 있다. 얼마 전에도 다른 지방에서 학살터 발굴 작업이 진행되고 있다는 뉴스를 봤다. 전쟁은 우리나라 전체를 무대로 했고, 전쟁 때 일어난 범죄는 심판받지 않았다. 다만 복수와 복수에 대한 복수와 복수에 대한 복수에 대한 복수가 있었다고 전해진다. 휴전이 성립된 후 얼마 못 가 군부독재의 시대가 열렸고, 또다시 군인의 죄는 묻지 못했다. 한쪽 편에 대한 일방적인 증오와 억압이 명분을 얻었다. 명분은 저 높은 곳에서 만들어지고 칼춤판은 낮은 곳에 깔린다. 전쟁을 일으킨 자들은 따로 있는데 상처 입은 사람들끼리 상처에 상처를 덧내면서 싸운다.

연구원 익명 게시판은 오늘까지도 뜨거웠다. 처음에는 윤을 애도하는 글 몇 개가 올라왔다. 그러다 여성의 안전 귀가가 보장되지 않는 현실을 한탄한 어떤 사람의 글에 남성을 잠재적 범죄자로 취급하지 말라는 댓글이 달렸고, 그 밑으로 남성 혐오와 여성 혐오에 대한 성토가 이어졌다. 말꼬리를 잡고, 온화한 표정 뒤에 숨기고 있었던 불만과 적대를 아낌없이 쏟아냈다. 게시판에 올라온 글을 보고 있으면 사람들은 그 개좆같은 새끼보다 상대편 논쟁자를 더 깊이 증오하는 것 같았다. 연구원은 여직원 조합에서 나누어 준 근조 리본을 달고 있는 사람과 떼어낸 사람으로 나뉘었다.

전시실을 나와 안내데스크로 간다. 팸플릿을 챙겨 돌아서는데 화장실 쪽에서 중년의 여자가 나온다. 여자는 손에 천 주머니를 들고 있다. 윤이 나에게 준 것과 거의 비슷하다. 여자는 안내데스크 안쪽으로 들어가다가 내가 주머니를 흘끗거리는 것을 보더니 웃으면서 연구원 분이냐고 물었다. 얼마 전에도 어떤 여자분이 주머니가 예쁘다고, 어디서 산 거냐고 물어봤다고 한다. 윤이었을까. 나는 얼떨결에 어디서 사신 거냐고 같은 질문을 한다. 그 섬에서 샀다는 답변이 돌아온다. 섬에서 천연염색 하는 분의 가게에서 산 것인데 명함을 그 여자분에게 줘 버려서 없다고, 박물관에 혼자 가끔 오던 분이었는데 연구원에서 근무하신다고 했다고 안내데스크의 여자가 덧붙인다. 아아, 하고 나는 어물쩍대며 뒤돌아 나온다.

박물관 옆 카페에 들어간다. 바깥에서 주문하고 사 가기만 했지 들어와 보기는 처음이다. 민 선생과 기싸움을 했던 그날 이전에는 자주 윤과 점심을 먹었다. 주로 구내식당을 이용했지만 날씨가 좋은 날에는 밖으로 나와 우동집에서 먹었다. 나는 카레덮밥, 윤은 우동. 어떤 날은 리코타샐러드와 감자고로케를 시켜서 앞접시를 놓고 나눠 먹었다. 그리고 박물관까지 같이 걸었다. 처음 박물관에 데려간 날 윤은 가까운 데 이런 곳이 있는 줄 몰랐다며 좋아했다. 건물 안에 들어가지는 않고 포플러나무 아래 벤치에 앉아서 잠깐 쉬다가 이 카페에서 커피를 사 가지고 연구원으로 돌아갔다. 윤은 늘 아쉬워했다. 다음에는 전시실에도 들어가 봐요, 매번 그렇게 말했다. 점심시간 한 시간은 터무니없이 빨리 지나가서 돌아갈 때는 잰걸음으로 걸어야 사무실에 도착해 커피를 마저 마시고 양치질을 끝낼 수 있었다. 이런저런 핑계를 대고 윤을 떼어낸 이후부터 나는 박물관에 가지 않았다. 윤과 마주치고 싶지 않았다. 얼마 지나지 않아 윤은 김 선생과 친해졌다. 하필 김 선생이냐, 나는 속으로 비웃었다. 윤은 투서에 대해 알지 못했다. 윤은 더러 혼자 박물관에 갔을까. 안내데스크의 여자는 연구원에서 일하는, 윤일지도 모르는 어떤 여자가 가끔 혼자 왔다고 했다. 전시실까지 둘러보려면 점심을 먹지 않아야 가능했을 것이다. 윤은 외로웠을까. 나의 복수는 치졸하고 길었다. 그 일의 발단이 되었던 민 선생이나 재미 삼아 나를 흉보았던 다른 직원들과는 전과 다름없이 지냈으면서 윤에게만 화풀이를 했다.

며칠 동안 퇴근 시간이 되면 연구원 앞 도로에 비상 깜빡이를 켜고 정차한 차들이 가득했다. 여직원들을 마중 나온 차였다. 연구원에서 근무하면서 가장 부러운 사람은 사직서를 내고 떠나는 사람이었다. 그러나 사건 이후 젊은 여직원 몇이 퇴직했다는 소식을 듣고 마음이 시렸다. 다들 크든 작든 충격을 받았고 상처를 입었다. 우리 사무실에서도 윤과 친하게 지냈던 김 선생이 장례식에 갔다 온 다음 날부터 무단결근을 이어가다가 우편으로 사직서를 제출했다. 실업 급여를 받을 수 있도록 퇴직 사유를 잘 써 달라는 부탁과 함께.

나는 윤의 장례식에 가지 않았다. 문상도 하지 않았다. 마음이 내키지 않았다. 장 실장이 윗분들과 함께 가자고 할 때는 직원들과 가겠다고 하고, 직원들이 가자고 할 때는 윗분들과 가기로 했다고 둘러댔다. 아마도 누군가는 내가 문상을 하지 않은 것을 눈치챘을 것이다. 장례식에 갔다 온 한 선생이 윤의 오빠가 나를 찾았다고 했다. 윤이 고마운 분이라고 여러 번 이야기했다면서 인사를 하고 싶다고. 자기들끼리 욕했을 것이다, 독하고 매정하다고. 할 일이 많았다. 다들 일이 손에 잡히지 않는다고 했다. 매일 한두 명씩은 병가나 연가를 냈다. 죽은 사람도 있는데 아프다고 말하기가 뭐해서인지 누가 병가를 내든 연차를 쓰든 왜인지 말하지 않았고 물어보지 않았다. 나는 지난 보름 동안 그 어느 때보다 열심히 일만 했다.

이대로 멋대로 어디론가 가버릴까. 충원은 되지 않고 윤과 김 선생은 빠졌는데 당장 다음 주부터 국감 시즌이다. 아무 일도 하지 않는 장 실장이 제일 불안해한다. 원장의 약속을 무시하고 당분간 휴가도 연차도 없다고 엄포를 놓았다. 장 실장이 허가를 하고 말고 할 사안은 아니다. 무시하면 저질스러운 보복을 하긴 할 것이다. 그러나 그만두면 장 실장을 겪을 일도 없어진다. 뒷말들을 할 것이다. 똑똑한 척 정의로운 척하더니 이기적이고 무책임하다고. 그나마 일을 좀 해내는 편인 민 선생은 육아 때문에 초과 근무가 어렵고 남은 김 선생은 아직도 엄마가 퇴근 시간 맞춰 기다렸다가 태워 간다. 한 선생은 다음 주에 민방위 소집 훈련이 잡혀 있다. 이런 걱정이야말로 세상 쓸데없는 걱정이라고 한다. 윤과 김 선생과 내가 빠져도 연구원이 큰 타격을 입거나 망하는 일은 일어나지 않는다. 남은 사람들이 당분간 힘들 수 있지만 곧 국감이 끝나고 새로운 직원이 들어오고 민 선생이 내 자리를 맡고 장 실장은 꼼수를 써서 야근 수당을 챙길 것이다.

문자가 들어왔다. 민 선생이다. '선생님, 어디 계세요. 혹시나 해서 신발 들고 박물관에 왔는데 안 계시네요. 멀리 가셨어요? 힘드신 거 우리 다 알고 있어요. 국감 걱정하지 마시고 푹 쉬고 기운 차리면 출근하세요. 저랑 한 선생이랑 다 커버하기로 했어요.' 핸드폰을 들고 카페 밖으로 나갔다. 민 선생이 박물관 정문 앞에서 핸드폰을 보고 있다. 다른 쪽 손에 쇼핑백이 들려 있다. 민 선생 자신은 사무실에서 입는 카디건과 슬리퍼 차림이다. 내가 신발을 갈아신지 않고 나간 것을 알자마자 서둘러 나온 모양새다. 곧 민 선생이 고개를 들고 나를 발견한다. 천천히 다가온 민 선생이 잠시 망설이다가 나를 껴안는다. 예상하지 못한 행동이다. 민 선생의 몸에서 좋은 냄새가 난다. 나는 길에서 민 선생의 품에 안겨 울음을 터뜨린다. 참으려고 했지만 엉엉 소리가 터져 나온다. 한참을 울어도 그치지 않는다. 민 선생의 초록색 카디건에 내 눈물과 콧물이 얼룩을 만든다.

　내 신발로 갈아신고 나는 걷는다. 내가 벗은 슬리퍼를 쇼핑백에 담아 들고 반대 방향으로 민 선생이 걸어간다. 걷다가 윤이 준 주머니가 들어있는 가방을 열어 본다. 쓰디쓴 한숨이 나온다. 주머니의 조임줄을 풀고 손을 넣어 윤의 편지를 꺼낸다. 딱지 접기를 풀어 읽지는 못하고 그냥 보기만 한다. 접힌 모서리마다 분홍의 하트가 그려져 있다.

　너의 무덤을 어떻게 만들어야 할까. 속으로만 질문하고 소리 내지는 않는다. 질문에 대한 답은, 만들어지지 않았다, 아직.

인터뷰

바다가 알려준 '이만하면 살 만한 세상'

김 동 혁

    길고 무더운 여름이 온전히 끝났다는 신호였을 것이다. 2025년 현진건문학상 본상 수상자의 인터뷰 기회를 얻게 되었다. 때마침 긴 추석 연휴가 시작되던 날이었다. 인터뷰 장소로 가는 길, 동대구로에 늘어선 히말라야시다의 굵은 둥치들이 더위에 가빴던 호흡을 고르고 있는 듯 평온해 보였다. 올해 본상 수상자는 아름다운 남해의 도시 '통영'에서 배출되었다. 미리 읽어 본 수상작은 마치 여름을 견디며 써 내려간 문장인 듯, 삶과 시간 그리고 바다에서 만난 아픔과 또 그곳에서 이루어진 화해가 또렷한 서사를 이루고 있었다. 막 시작된 내륙의 가을 하늘 아래에서 듣게 될 통영의 바닷바람 같을 수상자의 목소리가 자못 궁금해졌다. 먼저 도착한 약속 장소에서 질문지를 정리하는 가슴이 두근거렸다.
    지금부터 2025년 현진건문학상 본상 수상자 강정아 작가의 이야기를 들어보도록 하자.

소설 쓰는 사람 그리고 그 정체성에 관하여

김동혁: 먼저 수상을 진심으로 축하드립니다. 보내주신 수상작과 자선작도 무척 즐겁게 읽었습니다. 작가님의 간략한 약력을 부탁드릴게요. 등단이나 출간 외에도 문학을 시작하게 된 계기, 또 습작 기간 동안 어떤 문학단체나, 기관, 동아리 등을 이용하셨는지, 도움을 받은 스승이나 동료 등에 관련된 내용도 자유롭게 말씀해 주시면 더 좋구요.

강정아: 감사합니다. 부산대학교 재학 시절 교지편집위원회에서 주관하는 시월문학상을 수상한 경력이 있습니다. 그때 심사를 하셨던 교수님들과 인연이 되어서 졸업 후 비평전문계간지 《오늘의 문예비평》에서 4년 정도 편집장을 했습니다. 일하다 보니 문학과 사회이론을 더 공부해 보고 싶어서 대학원 사회학과에 들어갔고 대학원에서 철학과, 국문과, 사학과, 경제학과, 영화이론 전공자들과 다양한 세미나와 스터디를 꾸렸었는데요, 그 공부들이 인식의 확장에 많은 도움이 되었습니다.

생계에 밀려 오랫동안 글을 쓰지 못했지만, 기본적으로 소설 쓰는 사람이라는 정체성은 줄곧 가지고 있었습니다. 막상 이제 그만하자는 생각이 들었을 때, 다소 엉뚱한 인연으로 책이 나오게 됐고, 장편소설을 발간한 이후 하던 일도 접고 용기 내서 글 쓰는 데 전념해 보고 있습니다. 힘을 보태주셔서 정말 감사합니다.

김동혁: 학창시절 작가님은 어떤 꿈을 꾼 학생이었습니까? 그때도 문학과 관련된 활동을 하셨는지요? (꼭 문학과 관련되지 않더라도) 작가님의 과거를 소개할 수 있는 재미난 일화가 있다면 간략하게 하

나 들려주십시오.

강정아: 초등학교 3학년 때 담임선생님이 최초로 글짓기를 잘한다고 칭찬해 주셨어요. 아마 방학숙제로 제출한 일기장으로 상을 받았던 것 같은데 그때부터 중학교 졸업할 때까지 글짓기 대표선수로 뛰었습니다. 대학에 들어가서는 한 해에 단편 50편을 쓸 정도로 정말 열심히 썼습니  다. 그때 어떤 선배가 저더러 너무 그렇게 소진하지 말고 공백기를 가져야 한다, 소설가는 살아가면서 경험하는 모든 것이 재산이니 재산을 모아야 한다는 식으로 이야기했는데 (지금은 사실 잘 기억도 안 납니다만) 제가 그때 크게 깨달은 바가 있어서 그때까지 썼던 모든 글을 다 지워버렸어요. 삶이 빠져 있다 뭐 이러면서. 뼈저리게 후회하고 있습니다. 그 팔팔한 상상력으로 썼던 것을 다 지워버리다니. 공백기도 너무 길어졌고요. 그 선배는 이후에 연락이 끊겼는데 앞으로도 다시는 만나고 싶지 않습니다.

김동혁: 오다가다가도 만나지 않으시길 저도 간절히 바라겠습니다. (웃음)

대학원에서 〈김소진의 작품을 중심으로 한 문학사회학적 연구〉로 학위를 받으셨던데 조금 딱딱한 질문일 수는 있으나 작가님께서 생각하시는 시대 혹은 사회에 문학이 접근하는 바람직한 방법에 대해 한 말씀 부탁드립니다.

강정아: 문학에 바람직한 방법이 있겠습니까. 각자의 방법이 있다고 생각합니다. 독자로서 좀 더 선호하는 문학은 개인의 삶에 예리하게 다가가는 작품입니다. 대표적으로 현진건 선생님의 작품이 그렇습니다. 인물들의 감정이 선명하게 들어오면서 그 인물이 속한 사회, 그 인물이 속한 사회를 사는 다른 사람들을 걱정 어린 마음으로 바라보게 합니다. 수상 소식을 듣고 매우 기뻤습니다만 현진건 선생님의 이름이 걸린 상을 제가 감당할 수 있을는지 살짝 죄송하고 부담스럽달까, 두려운 마음이 들기도 했어요.

지나버린 청춘에 바치는 성장소설 그리고 '나라사랑'

김동혁: 현진건문학상 본상 수상자로서 아주 적절한 답변이었다는 생각이 드네요.(웃음) 프로필을 보니 이미 장편을 하나 출간하셨더라구요. 장편 『책방, 나라사랑』은 어떤 소설인지 소개 말씀 부탁드립니다. 사실 이번 인터뷰를 담당하게 되었다는 소식을 불과 사흘 전에 들어서 아직 책을 읽지 못했습니다.

강정아: 1970년대생, 90년대 학번들의 성장소설입니다. 화자의 언니는 시위 도중 백골단과 전경에게 무차별 구타를 당해 파괴당합니다. 중학생일 때 그 일을 겪은 화자는 그 이전과 이후 세계 사이의 간격을 갑자기 받아들여야 하고 갈등과 혼란을 겪습니다. 세계와 민중은 계속해서 불가해한 형태로 다가옵니다. 가령, 군부독재타도와 직접선거 쟁취가 한 묶음의 투쟁 구호였는데, 겨우 쟁취한 직접선거에서 군부독재를 선택해 버리는 상황이 도무지 이해되지 않습니다.

또 문민정부가 들어섰는데도 과거의 행태가 계속되고, 그럼에도 불구하고 적이 없어졌고 투쟁의 명분이 없다는 담론이 힘을 얻는 과정도 따라가기 어렵습니다. 상식적인 것, 당연한 것들이 짓밟히고 희생되는 시대를 살며 그 시대를 이해해 보려고 안간힘을 쓰는 한 소녀의 성장기입니다.

김동혁: 그런데 '책방, 나라사랑'이라는 제목이……, 일반적이지는 않아요. 어떤 의미를 가지고 있나요?

강정아: 제목이 '안티'라는 말을 정말 많이 들었는데요, '나라사랑 글방'은 부산대학교 정문 쪽에 실제로 있었던 사회과학전문서점의 이름입니다. 대학마다 한두 개씩은 있었을 텐데요, 나라사랑 글방도 걸핏하면 압수수색이나 당하다가 경영난으로 문을 닫았습니다. 그 이름을 고스란히 살려 보고 싶었고, '나라사랑'이라는 어휘가 주는 감각이 그때와 지금 정반대인 것도 재밌는 점이라고 생각했는데 저 혼자만의 생각이었던 걸로…….

김동혁: 작가님의 문학 세계에서 가장 큰 영향을 준 작가와 작품을 말씀해 주시고 그 이유도 덧붙여 주십시오.

강정아: 자주 받는 질문이지만 저에게는 어려운 질문입니다. 세상의 훌륭한 작가와 작품은 두 부류라고 생각합니다. 저에게 자극을 주는 작품, 훌륭한데 나는 다른 방식으로 접근해 보겠어, 하는 도전의식을 고취하는 작품이고요, 또 다른 부류는 너무 잘 써서 따라갈 수 없는, 열패감만 안겨주는 작품입니다.

한두 명의 작가와 작품을 말씀드리기는 어렵고, 처음 읽었을 때 굉장히 충격적이었던 그리고 그 충격이 아주 오래갔던 작품을 들자면 독일 작가 지그프린트 렌츠의 『독일어 시간』이 생각납니다. 한 개인을 통해 사회를 보게 하는 소설의 정점을 찍는 작품이라고 생각합니다. 처음 읽었을 때는 두 번째 부류에 드는 작품이었는데 얼마 전에 다시 읽어 보니 어쩌면 저도 쓸 수 있겠다는 생각도 살며시 들었습니다.

'낯선 곳에서 짬뽕'을 먹는 일에 관하여

김동혁: 그럼 지금부터는 수상작 「짬뽕」에 대한 이야기를 좀 해 볼까 합니다. 가장 기본적인 질문부터 드리겠습니다. 구상이나 발상과 같은 단어는 배제하고 이렇게 질문을 드릴게요.
「짬뽕」은 왜 쓰셨나요?
강정아: 일단 사랑에도 파괴적인 감정이란 것이 있잖아요. 또 사랑을 당연하듯 생각하는 것도 있고. 그런데 저는 그 당연한 것에 대해 의문을 품게 되었어요. 사랑도 노력해야 한다. 저절로 이루어지는 것은 없다는 생각이라고 할까요? 그런 감정이 작품을 쓰게 된 출발점이 되었던 것 같아요.
김동혁: 제목을 '짬뽕'으로 정하신 특별한 이유가 있을까요? 우리가 뭔가 많이 섞여 있는 사물을 이를 때 짬뽕이라는 단어를 쓰는 것처럼 작품 속 '나'의 인생을 함축하고 있는 의미를 품은 것은 아닐까 하는 생각을 했습니다만…….
강정아: 결국 작품 속 '나'는 새로운 곳에 둥지를 틀게 되잖아요. 말하자면 정 붙이는 핑계라고 해야 할까요? 솔직히 그게 짜장면이든 국밥이든 상관은 없었을 거예요. 삶에서 가장 흔하게 만날 수 있는 음식이라면 그 무엇도 상관없었을 거라고 생각합니다. 그래서였을까요? 처음 작품을 시작하면서 염두에 두었던 제목은 '낯선 곳에서

의 짬뽕'이었어요. 그런데 조금 길게 느껴지기도 했고 소설을 마무리하는 음식이기도 하고 해서 그냥 '짬뽕'으로 정하게 되었습니다.

김동혁: 그냥 '짬뽕'으로 제목을 정하신 게 더 멋진 선택이었다는 생각이 듭니다.

작품 속에서 매력적으로 만들어진 공간에 대해 그리 좋은 질문은 아니라고 생각되지만, 그냥 궁금해서 물어보는 건데 혹시 '삼동'은 울산시 울주군 삼동면인가요?

강정아: 아니에요. 울주에 삼동이라는 동네가 있다는 사실을 잠시 잊고 있었나 봐요. 아마 알았다면 삼동으로 짓지는 않았을 것 같아요. 살짝 부정적으로 그려진 면도 없지 않아서…….

김동혁: 물론 저도 그렇게 생각하고 있었습니다.(웃음) 그렇다면 가상의 장소라는 것인데 그 공간이 상징하는 바에 관해 말씀해 주십시오.

강정아: 일단은 '배척'이라는 성격이 강한 작은 '리(里)' 정도 되는 시골 마을을 생각하며 공간의 그림을 그렸던 것 같습니다. 그리고 되도록 작품 속 '나'의 상대편에 서 있는 사람들이 모여 있는 집단의 성격을 만들어 주려고 노력했던 것 같아요. 사실 「짬뽕」에 등장하는 공간이 가진 성격이 그렇게 포근하게 만들어졌다고 생각하지는 않아요. 물론 결말부에서 인물이 정주(定住)하게 될 것이라고 예상되는 공간은 조금은 안정적 이미지를 가지고 있지만…….

김동혁: 그런 공간의 힘이 작용한 것인지 모르지만 「짬뽕」에 등장하는 '나', 엄마, 현진, 중석, 상재는 결국 '태생적 결핍'이 살아가는 원동력이 되는 사람들 같다는 생각을 했습니다. 조금 이따 말씀드릴 자선작 「윤에 대하여」에 등장하는 사람들도 마찬가지구요. 작

가님의 많은 작품을 읽은 것은 아니지만 '결핍'이 작가님의 소설에 미치는 영향에 대해 알고 싶습니다.

강정아: 저는 왜 그런지 모르겠어요.(웃음) 저 역시도 그런 결핍의 서사가 작품 속에 많이 깔리는 것 같아 살짝 신경이 쓰이기도 합니다.(웃음) 결국 소설에서 결핍은 욕망의 다른 말이겠죠? 저는 욕망이 선악의 기준이 될 수 있다고 생각합니다.

김동혁: 욕망해서 선해질 수 있고 또 욕망해서 악해질 수도 있다는 뜻일까요?

강정아: 아마도 그렇지 않을까요?

김동혁: 그렇다면 이 선악의 기준이라는 면에서 연결되는 질문일 수도 있는데, 또 저와 같이 평론을 쓰는 입장에서는 아주 좋은 재료가 될 것으로 보이는 인물 구도에 대해 질문을 드려볼게요.

'엄마와 중석'이요. 개인적으로 저는 이 구도를 메모하면서 결국 소설은 '어떤 식으로든 잘살아보자'는 바운더리를 넘어설 수 없다는 생각이 또 한 번 들기도 했습니다. 그러니까 「짬뽕」을 예로 들자면 내가 어떤 상황에서 돈을 벌게 되든지 간에 '나'에게 큰 보상이 떨어지는 장면에서 쾌재를 불렀거든요. '그래, 이렇게라도 살아야지' 하는 혼잣말을 하면서요. 두 인물을 만들어 가며 독자에게 전하고자 했던 작가님의 의도가 있었다면 말씀해 주십시오.

강정아: 이 구도에서는 선악이 명확해져서는 안 된다고 생각했던 것 같습니다. 물론 중석은 '나'를 해치는 사람이 맞아요. 그렇다고 해서 엄마가 나를 살리는 사람으로만 그려진 것은 아니거든요. 완전한 대비적인 구도라고 할 수는 없어요. 엄마는 자신의 구실을 다 하지 못해요. 술 먹고 우울해하고, 특히 딸에게 음식을 해주지 않는 부

분에서요.

김동혁: 대신 돈을 줬죠.

강정아: 그건 중석이도 마찬가지예요. '나'는 사랑하는 이들에게 외면 혹은 배신을 당하고 대신에 돈을 받은 것이죠. 일종의 보상이라고 해야 할까요? '나'를 사랑하는 독자들 입장에서 보자면 엄마의 죽음으로 받은 돈은 '다행', 중석의 죽음으로 받은 돈은 '통쾌'라는 생각이 들었을까요?

김동혁: 그래서 그 구도가 더 매력적으로 다가왔던 것 같습니다. 제가 소설은 '결국 잘살아보자는 이야기'라는 의미가 바로 그 뜻이었어요. 파국이나 파멸로 끝나는 소설도 독자는 그 결말을 지양하는 방향으로 해석하게 마련이니까요.

딸에게 음식을 해주지 않는다는 말씀에 연결해서, 「짬뽕」은 음식에 대한 이야기를 빼놓을 수 없을 것 같습니다. 저 역시 먹는 일에 대단히 진심인 편이라 "먹고 싶은 건 몸이 필요로 하는 것"이라는 문장에 많이 공감했고 또 자주 쓰는 말이기도 합니다. '먹고, 산다'는 말을 좀 오래 생각하면 대단히 무거운 의미로 다가오는 것처럼 「짬뽕」에 등장하는 음식은 꽤 철학적인 의미를 담고 있었다는 생각이 듭니다. 소설가로서 혹은 그냥 일반적인 삶 속에서 작가님께 음식은 어떤 의미인가요?

강정아: 저는 음식 하는 걸 좋아하는 편이에요. 아주 체계적이고 전문적인 요리라고 할 수는 없구요. 이것저것 막 섞어서 만드는 요리라고 할까요? 맛은 괜찮은 편이라고들 하네요. 「짬뽕」에서 음식이라는 소재는 많이 쓰이죠. 그런데 그 대상을 생각하면 제가 생각하는 음식에 대한 의미를 갈음할 수 있을 것 같은데요, '나'는 중석이에게는 음식을 해주고, 엄마는 '나'에게 음식을 해주지 않아요. 선생님께서 말한 '먹고 사는 것'에 '관계'라는 것을 덧붙이면 이런 '미묘하고 서글픈 관계도'가 형성되지 않을까 하는 생각이 들어요.

김동혁: 저는 단편을 읽는 묘미 중 하나가 결정적 스테이지와 임팩트가 되는 한 장면을 찾는 것이라고 생각합니다. 수상집이 출간되면 많은 독자가 그리 생각하시겠지만 「짬뽕」의 임팩트는 '단란주점에서 술을 마시던 중석에게서 어머니의 일그러진 표정을 보는 순간'이겠지요? 통쾌하기도 하고 또 삶이란 이렇게 한 번에 격동적으로 변할 수 있구나 하는 생각이 들기도 했습니다. 작가님께서 생각하는 다른 「짬뽕」속 '결정적 한 방'이 있다면 소개해 주실 수 있을까요?

강정아: 역시 삼동에서의 마지막 며칠이 아닐까 생각되는데, 상재가 찾아와서 돈을 요구하는 장면, 그리고 작품의 결말부에서 짬뽕을 시키는 장면 정도일 것 같아요.

이만하면 살만한 세상

김동혁: 먼 길 오셨는데 많이 힘드시죠? 이제 몇 질문만 더 드리고 마치도록 할게요. 보내주신 이전 작품 중에 저는 「윤에 대하여」가 아주 인상 깊었습니다. 특히 저는 '외로움이 사람에게 미치는 영향'이라고 해야 할까요? 아님 이런저런 과거의 제 모습이 떠올랐던 것 때문인지는 모르겠지만 작품을 읽다가 울컥하는 마음이 들어 잠시 독서를 멈추기도 했습니다. 그 작품이 담고 있는 서사가 꽤 셉니다. 「윤에 대하여」에 대해 편하게 소개해 주십시오.

강정아: 직장생활에서 느꼈던 인간의 치졸함을 사회적인 서사와 엮어서 이야기하고 싶었습니다. 꽤 길게 일했던 과거의 직장에서 느꼈던 많은 부분이 담겨 있는 소설이기도 합니다.

김동혁: 저는 관계의 균열이라는 측면에서 두 작품이 가지고 있는 연결성을 봤습니다. '균열'이라는 단어는 「짬뽕」에서도 쓰셨던 것으로 기억하는데…….

강정아: 인간이란 관계의 균열이 생길 때 비겁해지기도 하고 또 잔인해지기도 하는 것 같아요. 「윤에 대하여」에서 '나'와 윤, '나'와 사무실 동료들, 윤과 사무실 동료들은 균열을 만들어 가며 살고 있잖아요. 그것이 마치 당연한 일상인 것처럼. 균열 속에서 가장 큰 상처를 받고 또 가장 심하게 비굴해져야 하는 사람은 가장 힘이 없는 윤이었죠. 결국 윤은 말도 안 되는 상황 속에서 죽음을 맞게 되는데, 돌이켜 생각하면 그 별것 아닌 균열로 인간은 누군가에게 얼마나 큰 상처를, 또 스스로에게는 씻을 수 없는 후회를 남기게 되는가에 대한 이야기였다고 말씀드릴 수 있을 것 같아요.

김동혁: 마지막에 민 선생과의 예상치 못한 포옹을 통해 일종의 회복을 경험하는 장면도 아주 좋았습니다. 「짬뽕」도 그렇고, 「운에 대하여」도 그렇고 마지막 장면에서 만들어지는 새로운 관계의 형성 혹은 화해라는 설정이 소설의 온도를 많이 데워주는 것 같습니다.

보통 수상자 인터뷰의 마지막 질문이 뭔지 아시죠? 앞으로의 '각오'인데 그 질문은 일부러 드리지 않겠습니다. 왜냐하면 시상식 수상소감과 또 수상자 인터뷰에서 여러 번 해야 할 말씀이니 이 자리에서는 생략하도록 하겠습니다. 대신 작가님께서 느끼기에 「짬뽕」에서 삶의 각오라고 할까요, 혹은 작가로서의 잠언과 같은 느낌이 물씬 드는 「짬뽕」한 부분을 말씀해 주시면 제가 오늘 인터뷰의 마지막에 넣어두도록 하겠습니다. 수고하셨습니다. 시상식 날 뵙겠습니다.

강정아: 네 감사합니다. 만나 뵙게 돼서 반가웠습니다. 저도 참 좋은 시간이었습니다.

……배가 고팠다. 무얼 먹을까 생각하다가 무언가 끝나지 않은 것 같은 느낌이 왜 자꾸 따라다녔는지 깨달았다. 중국집에 전화를 걸어 짬뽕을 주문했다. 엄마와 나는 자주 이사를 다녔다. 일 년에 한 번, 운이 좋으면 이 년에 한 번은 집을 옮겨야 했다. 운이 나쁠 때는 일 년도 안 돼 이사를 할 때도 있었다. 이삿날에 엄마와 나는 동네 중국집에 가서 짬뽕을 먹었다. 이 동네 짬뽕 맛 좀 봐야겠지? 엄마는 이삿짐을 다 풀기도 전에 말하곤 했다. 그리고 짬뽕을 맛있게 하는 중국집이 있으면 살만한 동네라고 결론지었다. 짬뽕 맛은 어디나 비슷했고 엄마는 매번, 이만하면 됐다, 살 만하겠어, 하고 말했다.

-2025년 현진건문학상 본상 수상작 「짬뽕」 중에서-

■■■ 약 력

김동혁

소설가, 평론가, 동화작가. 2017년 《문학에스프리》에 소설, 2019년 《아동문학평론》에 동화가 당선되어 등단. 현진건문학상 추천작 수상. 단편집 『언터처블 내 인생』, 평론집 『허구와 일상의 사유』, 『소설로 읽는 판타지』, 『자기소개서 문장이 스펙이다』 등을 펴냄. 단국대, 계명대, 경일대, 울산과학대 출강

2025 현진건신인문학상 예심 심사평
불화를 극복하기 위한 서사의 힘

올해 신인문학상의 문을 두드린 작품 수는 총 266편이었다. 두 명의 예심 심사자가 작품을 나눠 읽었고 오랜 시간의 격론 끝에 6편의 본심 후보작을 선정했다. 소설은 사건을 만들고 혹은 사건에 휘말린 한 사람이 살아가는 허구이지만 가치 있는 이야기라고 정의할 수 있다. 그런 의미에서 문학상의 심사를 한다는 것은 한정된 시간 안에 수백 개의 사건을 읽고 가장 공감력이 높은 가공된 삶의 단면을 추려내는 것이라고 하겠다. 소설은 늘 그래왔지만 '불화'를 불쏘시개 삼아 타오르고 '극복'에 이르면 연기를 피우며 은근해진다. 현실을 바라보는 날카로운 시선과 그 현실에 적응하고 화해를 청하는 신인작가들의 언어와 감성의 조직이 서사의 다양한 국면으로 생산된 것을 높이 평가하며 후보작의 면면을 살펴보도록 하겠다.

「이래의 미래」는 낙후지역에서 철거 작업을 하는 한 여성의 시선과 기억을 통해 소멸과 보존의 대비적 양상을 잔잔하게 형상화한 작품이었다. 켜켜이 쌓인 과거의 이야기가 현재에 이르러 한순간에 허물어지는 소설의 구도 역시 매우 자연스러웠다. 특히나 비교적 짧고 읽기 수월한 문장들 속에는 남루한 삶을 위한 잠언들이 별빛처럼 반짝이고 있었는데 도시 빈민의 삶과 그 마지막 흔적을 처리하는 여성의 내면이 응축된 아름다운 표현이었다.

「사생대회」는 가장 적절한 플롯을 만들기 위한 작자의 고심이 고스란히 드러난 작품이었다. 시간이 지나도 나타나지 않는 결혼정보업체 직원을 기다리고 있는 중년 농부의 난감하고 긴박한 처지에서 시작된 이야기는 과거의 아픈 기억을 언급하는 구성을 최대한 배제하고 그것을 대신할 수 있는 현재적 상황을 잘 선별해 배치했다고 평가하고 싶다. 다만 이 현재적 상황에서 등장하는 소녀가 우연히 만난 존재임에도 불구하고 너무 많은 역할을 하고 있는 것은 아닌지에 대한 재고는 필요할 것으로 보인다.

「김무락과 함께」는 자신의 가장 큰 무기를 '지나온 삶이 별 볼일 없다는 것'이라고 인식하는 백수의 일상을 다룬 소설이다. 화자가 블로그를 개설해 자신의 일상을 기록하는 소설의 형식은 이야기가 가진 성격과 잘 어울렸으며 그런 특성을 더 돋보이게 하는 짧은 문장 역시 작자의 좋은 선택이었다는 생각이 들었다. 특히 근래 생산되는 청년의 현실을 다룬 소설들과 다르게 불행을 전시하는 것에 머무르지 않고 주어진 여건 안에서 삶을 설계하려는 긍정성을 갖춘 인물로 소설이 마무리되었다는 점은 높이 평가하고 싶다.

「언제나 거기에 있었다」는 차별의 시대를 불태우는 젊은이들의 이야기다. 말하자면 행동하는 서사가 주를 이룬 소설이라고 평가할 수 있는데 특히 주목할 점은 우리가 그 부조리한 사회의 단면을 알고서도 외면하는 비겁함에 대해 인물이 보내는 차분하지만 매서운 시선들이 소설의 전반적인 이야기를 담당하고 있다는 것이다. 화자가 자신의 주변 인물들을 깊이 이해하며 그들의 집회에 동참하게 되는 과정은 소설의 전반적인 서사이기도 하면서 그 각각의 장면이 가지는 내밀한 형상화는 높은 수준을 유지하고 있었다.

「긴과 긴긴」은 물리학과 대학교수에서 공항의 조류충돌예방대원을 거쳐 현재는 목수로 일하고 있는 한 인물의 고뇌를 다룬다. 소설은 가장 가까운 사람과 맞부딪히는 관계의 반발성을 주로 다루는데 서사와 대화의 경계가 흐릿한 문장의 개성이 혼란한 한 인물의 일상과 어울리면서 작품의 분위기를 잘 고조시키는 좋은 역할을 했다. 또한 생명과 죽음에 관한 작자의 사유를 적절한 비유를 통해 화자의 삶 속에 스미게 한 점을 높이 평가하고 싶다. 다만 주요한 인물들의 갈등이 상황의 설정을 통해 더 많은 장면으로 만들어지지 못한 채 긴 편지로 손쉽게 전달된 점은 아쉬움으로 남는 바이다.

「혼잣말은 멈출게」는 구어체적 문장이 주는 서사의 속도감이 상당한 작품이었다. 특히나 2025년 우리 사회가 겪고, 이루어낸 일련의 과정 속에 한 개인의 상처와 이별, 그리고 타인과 자신을 향한 화해의 메시지가 적절한 조화를 이루었다고 평가하고 싶다. 또한 이혼이라는 '제도적 이별'이 완성된 후에도 어쩔 수 없이 내면에 남아 있는 사람과 사랑의 흔적을 매우 사실적으로 묘사한 부분은 독자의 공감을 이

끌어내기 충분했다.

이상으로 2025년 현진건신인문학상 예심 심사평을 마친다. 오랜 시간 원고를 붙잡고 분투했을, 본심 후보에 들지 못한 260명의 작가들에게도 심심한 위로의 말을 전하는 바이다. 역사가 끝나는 자리에서 신화가 시작된다는 말이 있듯이 이번의 고배가 여러분의 소설 세계를 더 웅장하게 만드는 계기가 되기를 바란다.

심사위원 이화정, 김동혁

2025 현진건신인문학상 본심 심사평
우리는 혼자가 아니란 걸 알기 위해 책을 읽는다

예심을 거쳐 본심에 올라온 6편의 작품을 읽으면서 전반적으로 느낀 점은 스토리에 의미를 부여해 '서사화' 하는 힘이 부족하다는 것이었다. 작가가 이야기를 통해 독자에게 전달하고자 하는 메시지가 선명하지 못하다는 의미이다. 이는 결국 '짜임새' 의 문제와도 관련된 문제인데, 이야기의 '유기적 구조'를 갖춘 작품을 찾아보기가 힘들었다.

심사위원들은 최종적으로 「김무락과 함께」, 「이래의 미래」 두 편을 놓고 토론에 임했고, 김소형 씨의 「이래의 미래」를 신인상 당선작으로 결정했다.

「김무락과 함께」는 가사도우미 어머니와 함께 사는 서른 살 청년의 이야기를 일인칭 화자인 '나'가 블로그 형식을 빌려 독자에게 들려주고 있다. 직장에서 재계약에 실패한 뒤 사귀던 연인에게마저 버림받은 주인공이 이후의 일상을 서술하고 있는데, 무위함 속에 드러나는 과장된 유쾌함이 실은 동시대 청년들의 마음 속에 도사리고 있는 공허함과 무력감, 소외감을 표현하기 장치로 읽혔다. 하지만 중심서사 없이 이완된 상태로 일상을 서술하다 인상적 장면의 제시없이 이야기가 마무리돼 완성도 면에 있어 아쉬움을 남기고 있다.

「이래의 미래」는 본심에 올라온 작품들 중 모든 면에서 단연 돋보인다고 할 수 있다. 안정된 문장을 바탕으로 한 구체적인 서술과 절제

된 표현이 이야기의 구조를 단단하게 받쳐주고 있다. 등장인물들도 각자 제 역할에 맞게 움직이며 존재감을 갖고 독자에게 다가온다. 주인공이자 화자인 '나'는 상습적으로 어머니를 폭행하는 아버지로 인해 어렸을 때부터 깊은 트라우마를 간직한 채 살아온 인물이다. 부모가 세상을 떠난 후에도, 나는 여전히 '이래'를 벗어나지 못한 채 철거용역업체 동료들과 가족처럼 지내며 하루하루를 살아가고 있다. 이는 과거의 지연처럼 보이지만 의미상으로는 과거의 고통을 해소하기 위한 기다림의 선택이기도 하다. 그 때문에 주인공이 철거업체 동료들과 정육점(아버지도 정육점 일을 했다) 건물을 철거하는 대목은 매우 암시적이다. 그리고 마지막 장면, 주인공이 그토록 오랫동안 벽 속에 갇혀 있던 어린시절의 자신을 향해 손을 내미는 모습은 깊은 울림을 이끌어낸다. 작가가 삶을 인식하고 해석하는 시선의 깊이가 돋보이는 대목이다. 따라서 심사위원들은 별 이견없이 이 작품을 당선작으로 결정했다.

한 신인의 등장을 현장에서 지켜보게 되어 기쁜 마음이다. 당선자에게 축하의 말을 전하며, 앞으로 좋은 작가로 성장해주기를 바란다.

심사위원 **구효서, 윤대녕(글), 권지예**

당선소감

자작나무 숲에 수피가 살고 있다

김소형

　간밤에 잠을 설쳤습니다. 창밖은 아직 어둡고 거리의 나무는 검푸른 하늘 위로 뾰족이 두 손을 모은 듯 솟아 있네요. 새벽은 나무에게도 기도하기 좋은 시간일지 모른다는 생각이 듭니다. 한밤을 잘 보내온 나무의 뿌리는 보이지 않게 자라며 땅속을 헤쳐 나가고 있겠지요.
　자리에 앉아 나무의 기도에 또 하나의 기도를 올려봅니다. 기도가 마음 바닥을 서성입니다. 기도 이전에 나는 무엇을 했던가. 어떤 기도는 머뭇거리기에 마음 안에 터를 갖고 뿌리를 내리는지도 모르겠습니다.
　당선 전화를 받던 날, 하루 종일 차가운 바람을 맞으며 불에 탄 나무와 마을이 있던 이방의 땅을 지났습니다. 꽤 많이 걸었고 목이 잠기고 열이 올랐습니다. 폐허가 된 산과 나무를 부러 찾아간 것은 아니었어요. 목적지를 향해 가던 길이었지만 그냥 지나칠 수 없었습니다. 불기둥이 자작나무 숲을 집어삼켰고 폐허가 된 마을은 재건 중이었어요. 나무는 땅 위에 꽂아 놓은 죽창처럼 불에 타고 그을린 채 서 있었어요.

바람은 찬데 마음에 불길이 지나간 듯 통증이 생겼습니다. 그래도 멈출 수 없어 계속 걷는 동안 나무가 조금씩 가까이 눈에 들어왔습니다. 바닥에 쓰러진 채 나뒹구는 몸채를 볼 때면 나무의 비명이 들리는 것 같아 그 자리에서 도망치고 싶었어요. 그때 불에 그을린 나무 사이로 자작나무의 흰 수피가 드문드문 보였습니다. 너 아직 그곳에 있니? 살아 있었구나. 그렇지? 나도 모르게 입말이 터져 나왔어요. 마음 바닥에 있던 기도가 물음으로, 외침으로 솟구쳐 나왔습니다. 생전 처음 만난 사랑을 끌어안듯 나무를 끌어안았습니다.

마을을 돌아 나오는 길에 비가 내렸어요. 자동차 유리 창문으로 흘러내리는 빗방울을 보며 자작나무를 생각했습니다. 폐허 속 수많은 나무 중에 단 하나의 나무, 나무를 안았던 건 잠시였지만 지금도 자작나무가 나를 안고 있다는 생각이 듭니다. 어쩌면 앞으로도 길을 헤매며 내 안의 불길에 휩싸일 때마다 자작나무를 떠올리게 될 거란 걸. 어떤 예감은 뿌리처럼 자라는 건지도 모릅니다.

문학은 제게 자작나무 같다는 생각이 듭니다. 불에 타버린 줄 알았는데 살아남아 나를 부르고 다가갈 때면 안아 줍니다. 내가 안은 줄 알았는데 뒤돌아볼 때면 가슴 안이 뜨거워집니다. 불에 그을린 몸채로도 안간힘을 다해 나를 안아 주는 그것의 이름은 무엇일까요. 저는 아직 그 이름을 뭐라 부를지 알 수 없습니다. 그것이 무엇인지는 자작나무만이 알고 있는지도 모르겠습니다.

오랫동안 문학과는 먼 거리에서 일을 하고 생활인의 삶을 살아오며 글은 늘 가까이 다가가기엔 버겁고도 소중한 무엇이었어요. 바라만 봐도 좋았던 숲이었을까요. 저는 이제 조금이나마 숲 가까이 다가갈 용기를 내어봅니다. 그 숲에 다가가 자작나무의 마음을 닮고 싶습니다. 자작나무의 언어를 배우고 싶습니다. 명명할 수 없는 그것의 이름이 무엇인지 글을 쓰며 찾아보고 싶습니다. 어쩌면 영영 찾을 수 없는 여정이 될지도 모르지만 그래도 행복할 거란 예감이 듭니다.

이제 창밖에 여명이 밝아 오네요. 오늘도 자작나무는 잘 있겠지요. 어쩌면 간밤에 조금 더 뿌리를 내렸을지도 모릅니다. 기도가 이루어지는 중이라고 전해주고 싶습니다.

이토록 아름다운 숲에 작은 씨앗으로 저의 작품을 선해 주신 심사위원분들께 고개 숙여 깊은 감사와 존경을 드립니다. 문학의 선배이며 숲의 거목이신 심사위원분들과 현진건 기념 사업회에 누가 되지 않도록 열심히 쓰겠습니다.

마지막으로 늘 부족한 저를 믿어주고 지지를 보내준 사랑하는 규원과 준성, 재성, 경희 언니, 동생 미정과 하늘에서 지켜봐 주고 계실 사랑하는 김종택, 조동임 선생님, 늘 격려와 응원을 보내주시는 조은정, 이강근 교수님, 처음으로 소설이 무엇인지 알려주시고 좋은 글을 쓰는 사람의 태도에 대해 생각하게 해 주신 박경희 선생님과 존경하는 선생님들, 그리고 함께 해 주신 문우님들께 깊은 감사를 드립니다. 오랜 시간이 지나는 동안에도 변하지 않는 자작나무 수피처럼 오랫동안 쓰는 사람으로 살고 싶습니다. 감사합니다.

제15회 현진건신인문학상

이래의 미래

김소형

작가의 말

　바닥광고에 발을 흠뻑 적셔보고 싶은 날이 있었다. 흰 운동화가 바닥광고 위에 놓이자 알록달록한 색으로 물들었다. 바닥광고 위를 서성였다. 오른쪽에서 왼쪽으로, 경계 밖에서 안으로, 다시 안에서 밖으로. 온몸에 빛이 쏟아지며 내 몸이 광고지가 되어 움직이는 모습을 또 다른 내가 바라보는 듯한 착각이 일었다. 그때의 나는 내가 아니었고 빛의 옷을 입고 소설 속 인물의 욕망을, 바람을, 의지를 투영한 존재가 되었다. 그는 내가 갈 수 없는 시간과 공간을 여행한다.
　"이래의 미래"에서 이래는 누군가의 터전이었고 삶 자체인 공간이다. 그곳에 살았던 사람의 시간 속에 영원히 존재하기에 그곳은 과거이기도 하지만 미래이기도 하다. 그 미래의 공간에 바닥광고와 같은 색을 입혀주고 싶었다. 공간의 기억을 철거할지언정 삶은 철거될 수 없는 미래의 연속이라고. 그 미래의 조각에 색 하나를 놓아주는 글. 그곳에 한 발을 내딛고 유유히 나아가는 사람을 생각한다. 그의 이름은 바로 지금 여기. 여기를 떠나 다시 여기에 도착한다. 이곳은 이래의 미래다.

약력

1970년 전남 광주 출생
홍익대학교 산업정보대학원 컴퓨터공학과 졸업

 도심 외곽에 자리 잡은 상가 옥탑을 향해 계단을 오른다. 철제문을 열고 나오자 밤하늘 아래 드리워진 전선에서 별 모양의 전등이 붉고 푸른 빛을 낸다. 고개를 들어 불빛을 세어본다. 기다란 기둥 끝에서부터 하나, 둘, 셋을 세어 가다 열을 채 세기도 전에 불 꺼진 전등이 보인다. 고장 난 전등은 전선 위에 회색으로 걸쳐져 있다. 언제부터 꺼졌을까. 저 불빛은.
 손에 든 비닐봉지가 묵직하게 정강이에 와 닿는다. 언제 다친 건지 기억나지 않는다. 철거공사 중 튀어나온 모서리나 자재에 부딪혔을지도 모른다. 옆이 쏠릴 때마다 살갗이 따갑다. 비닐봉지를 반대편으로 바꿔 든다.
 불빛의 종류가 바뀌고 별 모양 전등이 색을 바꾸며 현란하게 깜박인다. 타닥, 소리와 함께 전등 너머로 흰 연기가 피어오른다. 소리만 들으면 전선이 타는 소리인가 싶지만, 아니다. 콧속으로 익숙한 냄새가 스며든다. 고기 굽는 냄새다. 그렇지. 이런 냄새였지. 노릇하게 잘 익은 고기 한 점을 기름 소금장에 살짝 담갔다가 입에 넣었을 때의 감각이 떠오른다. 오래전 기억인데 얼마 전처럼 생생하다.
 "연지 씨, 왔어?"
 고기를 굽던 기진이 뒤돌아보며 묻는다. 나는 비닐봉지에서 음료수와 소주를 꺼내며 말한다.
 "여기 영수증이고요. 2+1이라 음료수는 이걸로……."

"이제 막 굽기 시작했어. 어서 앉아. 다른 사람들은?"

영수증을 건네는 사이 동료들이 옥탑 문을 열고 들어선다. "허리가 뻐근해", "하루 이틀 하는 일도 아닌데 몸 챙기면서 해.", "그러고 싶지. 그게 맘대로 되나.", "와, 고기 냄새 죽이네." 온종일 타일을 자르고 벽을 부수며 몸을 쓰느라 힘들었던 이야기가 오간다. 기진이 고기를 굽는 걸 보고 그중 한 사람인 기철이 불 앞으로 다가선다.

"누나. 내가 구울게."

"괜찮아. 오늘은 내가 굽고 싶어서 그래. 내가 예전에 고깃집 아르바이트를 많이 해서 굽기라면 자신 있다 했잖아."

기철은 기진의 만류에 멋쩍은 표정을 짓는다. 집게를 든 기진의 손놀림이 빨라진다.

"기진 대표가 구워주는 고기가 최고죠."

기철이 엄지척을 하며 한마디를 거든다. 기철은 기진의 동생인데 기분 내키는 대로 누나라고도 했다가 대표라고 부르기도 한다. 군대를 막 제대한 기철은 고정된 일자리를 찾는 동안 기진이 하는 일을 돕고 있다.

고기를 구우며 기진이 피식 웃는다. 눈가에 엷은 주름이 잡힌다. 화장기도 없는 기진의 얼굴이 불 앞에서 벌겋게 달아오른다. 나보다 열 살 정도 위인 기진은 남자들이 대부분인 철거업계에서 자리 잡은 여장부다. 그녀는 다용도 상가 옥탑에 세를 얻어 기철과 함께 산다. 철거 작업이 끝난 후엔 종종 고생한 동료들과 옥탑에서 고기를 구웠고 허름한 상가 위 옥탑은 최고의 회식 장소가 되곤 한다.

흰 비닐을 씌운 이동식 테이블에 김치와 야채를 놓고 편의점에서 얻어온 일회용 젓가락을 인원수대로 놓는다. 막내니까 일을 시작한

지 얼마 되지 않으니까 시키지 않는 일이라도 찾아서 뭐라도 하자. 어두운 밤하늘로 흰 연기가 올라간다. 기진이 연기를 피해 마른기침을 한다. 나는 물 한 잔을 따라 기진에게 건넨다. 컵을 받아 든 기진의 손등 위로 튀어나온 힘줄이 유독 푸르스름해 보인다. 마르고 가는 손이다. 저 손이 철거 일을 하던 손인가. 무거운 장비를 한 손으로 들고 벽을 부수던 기진의 모습이 떠오른다. 기진은 내가 처음 철거 일을 배우겠다고 했을 때 받아준 유일한 사람이다.

"고마워. 연지 씨, 근데 고기 정말 못 먹어? 안 먹는 거야, 못 먹는 거야?"

"둘 다요."

"새우는 먹지?"

기진은 철망 끝자락에 몸이 굽은 새우를 촘촘히 올려놓는다. 새우가 익어간다. 고기를 익히던 열기를 나눠 쐬며 새우의 등껍질이 점점 붉어진다.

"연지 씨, 안 해본 일이라 힘들 텐데 생각보다 잘 버텨 놀랐어. 한두 번 하고 달아날 줄 알았는데."

옆에 앉은 동료가 대뜸 말을 건넨다.

"도망가긴요. 아직 초짜라 배울 기술이 많아요."

나는 너스레를 떨며 말하는 남자 동료들 틈에 껴 애써 웃는다. 다른 곳이라면 으레 '여자라서 못 할 줄 알았어.'라는 선입견 섞인 말을 들었을지도 모른다. 하지만 이곳에선 다르다. 누구보다 벽 절단 기술이 좋고 힘든 일을 척척 해내는 기진 대표가 있다. 그녀는 철거가 힘만으로 하는 일이 아니라며 철거도 기술이라 말한다.

아빠는 나에게 기술을 배우라고 했다. 아빠도 기술이 있었다. 고기를 자르고 분쇄하고 칼로 베는 일, 아빠는 종일 고기를 자른 손으로 어린 나를 쓰다듬었다. 아빠의 손가락이 기계에 잘못 들어가 잘려 나가던 날, 왜 하필 그날 나는 아빠의 작업장 앞에서 놀고 있었고, 눈앞에 피를 철철 흘리며 바닥으로 날려 떨어진 손가락을 주워 오라는 아빠의 말을 듣고서도 멍하니 그 자리에 얼어붙어 버렸는지. 어서 손가락을 주워 들고 아빠에게 달려가 '아빠, 여기 있어요. 아빠의 손가락 두 개가 모두 있어요.'라고 두 손으로 건네며 말했어야 했다. 그랬다면 아빠는 달라졌을까. 엄마는 온몸에 자주 멍이 들었고 아팠다. 나는 눈을 질끈 감고 피범벅이 된 손가락을 주워 들고 뛰었다. 모든 게 손가락 때문이라 생각했다.

"엄마. 아빠의 나쁜 손가락이 잘렸어요."

문밖으로 뛰쳐나가다 문 앞에 세워진 벽 앞에서 넘어졌다. 무릎과 정강이가 쓸려 아팠다. 아빠는 피가 흐르는 손가락을 붙들고 쫓아왔고 나는 어디로도 달아나지 못했다. 내가 자랄수록 아빠는 나를 더 많이 쓰다듬었다. 나쁜 손가락을 다시 붙여서 그렇다고. 온몸에 소름이 돋았다. 그럴 때면 눈을 질끈 감고 잠이 든 척했다.

철들 무렵 집을 뛰쳐나왔다. 이후 단 한 번도 집 근처에 가지 않았고 고기도 먹을 수 없었다. 고기를 한 점이라도 먹은 날엔 뱃속을 거의 비워낼 때까지 화장실을 드나들고 머리가 울리도록 토하고 나서야 겨우 잠들 수 있었다.

고기는 내가 이 세상에서 먹을 수 없는 음식이 되었다. 내가 스물두 살이 되었을 때 아빠가 사고로 죽고 난 후에야 아빠가 없는 집으로 가 볼 용기를 냈다. 하지만 내가 돌아간 곳은 집이 아니었다. 그곳에서 단 하루도 머무를 수 없었다.

그 집을 철거하며 기진을 처음 만났다. 그녀가 고기를 보관하던 냉장고 옆 창고 벽을 부수던 날, 나는 바닥에 주저앉아 눈물범벅이 된 채 울었다. 기진이 물었다.

"집이 사라지니까 슬퍼요?"

나는 고개를 저었다. 그러자 기진은 마지막 남은 벽을 모두 부쉈다. 순식간에 두껍고 단단한 벽을 허무는 사람, 나도 그런 사람이 되고 싶었다.

다 같이 술잔을 채우고 건배한다. 기진은 익은 고기를 접시에 푸짐하게 내놓는다. 그릇 위에서 쌓인 고기가 기름을 줄줄 흘리며 반짝인다. 철거 후 남은 폐기물을 중고로 팔아 번 돈으로 사 온 고기라 더 맛있다는 말이 오간다.

잘 달궈진 새우가 접시 위에 놓인다. 서로 몸을 기댄 채 층층이 쌓여 있다. 기진은 뜨겁지도 않은지 새우 하나를 들고 목을 비튼다. 목 부분이 떨어져 나가자 몸통을 들고 껍질을 벗겨낸 후 등 쪽에서 끊어진 내장을 꺼내며 말한다.

"생으로 먹을 땐 이건 절대 먹으면 안 되는 거 알지? 생새우 내장에 비브리오균인가 뭔가 있대. 이건 익힌 거니까 괜찮아. 연지 씨, 많이 먹어."

나는 붉게 구워진 새우의 꼬리를 들고 머리 부분을 살핀다. 양식장에서는 더 많은 알을 낳게 하려고 암새우의 눈을 도려내 번식 조절 기능을 빼앗아 버린다는 기사를 읽었다. 눈을 잃은 암새우는 죽을 때까지 깜깜한 심해에 있다는 착각 속에서 자외선과 적외선은 물론 눈으로 세계를 받아들이는 감각을 모두 잃은 채 살았을 것이다. 설마 이

새우도 그렇다면? 나는 들고 있던 새우에게 눈이 있는지 살핀다. 불에 그을린 새우의 수염과 튀어나오듯 까만 눈이 보인다. 이 새우가 암새우인지 아닌지도 모른 채 눈이 있다는 사실만으로 안도한다. 눈이 있다면 먹어도 덜 미안할까? 잡아먹으면서 미안하면 먹지 말아야지. 내가 새우를 들고 있는 사이 기진이 열 마리도 훨씬 넘어 보이는 새우를 한꺼번에 내 접시 위로 옮긴다.

"막내라고 너무 챙기시네."

동료 한 명이 접시를 가리키며 농담하듯 말한다.

"오늘은 막내가 나를 구했어. 하마터면 깨진 타일 바닥으로 넘어질 뻔했잖아."

기진은 가벽을 부술 때 딛고 올라간 판이 순식간에 옆으로 기울어 다칠 뻔한 이야기를 한다. 기진을 구하기 위해서 옮겨 놓은 건 아니다. 중간 통로에서 폐기물을 주워 담은 봉지를 옮기기 위해 쿠션이 달린 의자를 가벽 옆으로 잠시 옮겨 놓아두었을 뿐. 기진은 다행히 의자에 발을 옮겨 무게 중심을 잡았다.

새우 등껍질을 깐다. 먹지 않고 계속 깐다. 배가 고픈데 선뜻 입으로 들어가지 않는다.

"연지 씨. 안 먹어? 뭐든 잘 먹어야 일도 하지."

"먹고 있어요. 저 잘 먹어요."

나는 까놓은 새우를 한꺼번에 입에 넣는다. 입안에서 두툼한 새우 살이 잘게 부서진다. 물컵에 물을 따라 마신다. 왠지 모르게 뱃속에서 새우가 눈을 뜨고 헤엄치는 느낌이 든다. 이상하다. 나는 새우 눈을 먹지 않았는데 뱃속에서 헤엄치는 새우에게 눈을 붙여준 건 누굴까. 새우 눈이 커진다. 까맣게 튀어나온 눈이 점점 더 커진다. 그때 누군가 새우의 눈을 자른다. 배가 뭉근하게 아프다. 나는 자리에서 일어나 화장실로 달려간다. 거울 속에 피곤한 두 눈이 나를 바라보고 있다. '아무도 너의 눈을 자를 순 없어. 다시는 그 누구도 그렇게 하게 놔두지 않을게.'

수돗물을 틀고 물을 받아 입안을 헹군다. 먹은 것도 없는데 속이 불편하다. 뱃속이 묵직하다. 그때 속옷 아래로 따뜻한 무언가가 흘러내리는 게 느껴진다. 불규칙한 생리가 시작됐다. 하필 지금일까. 이번 주에 또 철거 일이 잡혀 있어 몸이 힘들어도 빠질 수 없다. 언제 터질지 몰라 가방에 넣어둔 생리대를 찾아들고 다시 화장실로 향한다. 그때 기철이 따라오며 묻는다.

"괜찮아요?"

나는 무엇이 괜찮은지 잠시 생각하다 괜찮다고 말하고 자리에 돌아와 앉는다.

아빠의 집을 나오기 직전 두 달간 생리하지 않았다. 내 몸 안에 무언가가 생기는 불안으로 떨던 기억이 났다. 집을 나와 친구 집에 묵는 동안 생리가 터졌다. 10일 동안 피가 흘렀다. 자유로웠다. 피를 흘리는 일이 이렇게 자유로울 수 있다니. 나의 몸에서 아빠에게서 받은 피는 모두 다 흘러 나가길 바랐다. 내 몸에 흐르는 피의 반을 내보내고서라도 그렇게 하고 싶었다. 하지만 열흘이 지나자 피가 멈췄다.

구워놓은 고기가 모두 사라지고 기름기가 흐물거리는 접시 바닥이 보인다.

"내일 아침 6시 30분까지. 오늘도 다들 수고 많았어. 늦지 않게 철거 현장으로 와요. 집기랑 파트너랑 공구들은 내가 트럭에 챙겨갈 테니."

기진의 말이 끝나자 다들 익숙한 손놀림으로 테이블을 정리한다. 철거 후 남은 폐기물을 판 돈이 고기와 새우로 바뀌고 고기와 새우는 다시 기름과 껍질을 남기고 사라졌다. 여름밤, 철거하는 이들의 손은 접착제라도 달린 듯 눈앞의 잔해를 순식간에 치운다. 테이블 위 흰 비닐이 쓰레기 봉지 속에 박힌다. 쓰레기 봉지를 들고 옥탑 계단으로 향하는 동안 봉지가 또다시 정강이에 쓸린다. 봉지를 다른 손으로 바꿔 들려는 순간 뒤따라오던 누군가가 내 손에서 쓰레기 봉지를 가져간다. "괜찮은데요."라는 말이 끝나기도 전에 그가 앞서 걸어간다. 키가 훌쩍 크고 마른 뒷모습이 기철이다. 아무런 내색도 없이 아무렇지도 않게 그는 주변을 챙기거나 대신한다. 무엇을 대신해 주고 싶은 사람의 마음을 나는 몇 가지 알고 있다. 뭔가를 바라서. 아니면 그냥 호의로. 그것도 아니면 관심이나 인류애일지도. 그중 기철의 마음은 무엇인지 난 잘 알지 못한다.

쓰레기 봉지가 기철의 정강이 옆에 붙어 가다 전봇대 아래서 멈춘다. 골목 앞 전봇대 아래 쓰레기봉투를 놓아두면 새벽에 청소차가 지나며 가져간다고 했다. 동료들과 오늘 하루도 수고했다는 인사를 나누고 길 건너 버스정류장을 향해 걷는다. 버스가 오지 않아 핸드폰을 보다 고개를 들었을 때다. 건너편에 기철이 보인다. 그는 아직도 건너편 전봇대 아래 서서 간혹 내가 앉아 있는 건너편을 바라본다. 그가 그곳에서 정확히 무엇을 하고 있는지 알 수 없다. 그는 아직 버리지 못한 무언가를 찾아 쓰레기 봉지 위에 버리려 하는지도 모른다. 내가 자주 그러듯. 보이지 않게 울컥거리는 것을 꺼내는 중이거나, 어쩌면 꺼내 놓고 보니 차마 봐줄 수 없어서 진저리를 치고 있을지도. 아니다. 어쩌면 그는 그 반대일지도 모른다. 그는 가끔 우울해 보였고 종종 편안해 보였다. 기진 앞에서 특히 그랬다. 그런 가족도 있나. 있겠지. 그런 사이도 있구나. 있겠지. '괜찮아요?' 라고 물었던 그의 목소리가 다시 들리는 듯하다. 나는 버스에 올라 창가 자리에 가 앉는다. 버스가 출발할 때쯤 유리창 밖으로 전봇대가 스쳐 지난다. 조금 전까지 전봇대 앞에 서 있던 기철의 모습은 보이지 않는다.

새벽 5시 30분 알람이 울리는 소리를 듣지 못했는지 늦잠을 잤다. 원룸에 딸린 화장실에서 두 손에 물을 받아 급히 세수만 하고 허겁지겁 작업복을 걸치고 집을 나선다. 간밤에 비가 내려 패인 웅덩이에 물이 고였다. 작업화가 젖을까 웅덩이를 피해 발을 내디딘다.

철거 현장은 오래된 시장 골목 안쪽에 자리한 옷가게다. 아침 일찍 모인 동료들이 각자 맡은 일을 점검한다. 해머와 파트너라 불리는 콘크리트 절단 장비가 바닥에 놓인다. 옷가게 뒤쪽으로 세운 콘크리트 벽까지가 철거 대상이다. 나는 철거 전에 밖으로 꺼내 놓을 기물이 있는지 내부를 살핀다. 흰 벽에 격자로 된 굵은 철제망이 보인다. 겨울에서 여름으로 다시 계절이 오고 가기까지 철망 사이 옷걸이에는 새로운 옷들이 걸리고 내려졌을 것이다.

아홉 살 되던 해, 나는 엄마의 손을 잡고 시장에 있는 옷가게에 들렀다. 내가 벽에 걸린 옷을 바라보자 주인은 긴 막대를 들고 철망에 걸린 옷을 내려 엄마와 내게 보여 주었다. 엄마는 원단을 찬찬히 살피고 철망 옆쪽에 걸린 다른 옷도 보여달라고 했다. 주인은 고리가 달린 긴 장대를 이용해 단 한 번의 실수도 없이 능숙하게 옷걸이를 내렸다. 먼저 내린 옷을 내가 만지작거리고 있을 때 엄마가 물었다.

"이 옷이 정말 맘에 들어?"

엄마는 철망에 걸린 옷이 아닌 구겨져도 아무 상관 없이 좌판에 겹겹이 개켜진 옷들을 주로 골랐는데 그날은 달랐다. 엄마는 내게 하얀 시폰 원피스를 사주었다. 옷가게에 있는 옷 중에서 가장 마음에 드는 옷이었다. 엄마는 꽤 많은 돈을 냈고 돌아오는 길에 원피스에 어울릴 만한 구두도 사주었다. 내가 원피스와 구두를 신고 집으로 돌아온 그날 밤, 엄마와 나는 맛있게 저녁을 먹고 잠이 들었다. 그날은 아빠가 먼 친척 집에 가 집에 오지 않는다고 했다.

  밤늦은 시간, 아빠는 술에 취한 채 집에 와 엄마를 찾았다. 방문을 걸어 잠가서인지 나는 아빠가 밖에서 방문을 걷어차는 소리에 깼다. 옆에서 잠든 엄마를 깨웠지만, 엄마는 깊이 잠들었는지 아무런 대답이 없었다. 평소에 아빠가 술에 취해 오면 얼른 옷장에 숨으라고 했던 엄마의 말이 생각났다. 나는 자다 말고 일어나 옷장 안에 숨었다. 엄마 옷이 있던 자리를 옆으로 밀고 들어가 두 무릎을 구부리고 앉았다. 옷장에서 엄마 냄새가 났다. 밖에서 소리치는 아빠의 목소리가 옷장 안까지 들려왔지만, 엄마의 목소리는 들리지 않았다. 나는 두 눈을 질끈 감았다. 아빠가 가고 나면 엄마가 일어나 옷장 문을 열고 나를 꺼내주기를. 어서 이 시간이 지나가기를 기다렸지만, 아빠의 목소리는 점점 더 커졌다. 나는 옷장 안에서 밖으로 문을 살짝 밀어보았다. 자석이 달린 문이었는데 안에서는 잘 열리지 않았다. 방문 밖에는 술에 취한 아빠가 있기에 어디로도 도망갈 길은 보이지 않았다. 벽 너머엔 고기가 들어있는 냉장고와 창고가 있었다. 벽을 부수고 벽 밖의 세계로 통과하고 싶다고. 나는 눈을 꼭 감은 채 주문을 외듯 되뇌었다. "탕탕탕" 문을 두드리는 소리가 들리다 멈추길 반복했다. 그러다 나도 모르게 잠이 들었다.

얼마나 지났을까. 누군가 벽장문을 열었다. 열린 문으로 빛이 들어와 눈부셨다. 날이 밝은지 어느새 꽤 지난 후였다. 제복을 입은 경찰이 옷장에서 나를 발견하고 꺼내주었다. 경찰은 내게 밤새 무슨 소리를 들었는지와 엄마의 목소리를 언제 마지막으로 들었는지 물었다. 엄마는 보이지 않았다. 나는 계속 엄마를 찾으며 울었음에도 그들은 내게 엄마가 어디 있는지 알려주지 않았다. 울다 목이 쉴 무렵 나는 겨우 입을 떼 말했다. 엄마와 저녁을 먹었고 엄마를 불렀을 때 엄마는 깨어나지 않았다고. 내가 잘못 말한 걸까. 혹시 엄마가 일어나 나를 옷장에 숨기고 아빠를 막아선 건 아니었을까. 나의 기억이 어디까지가 진짜인지 여러 번 생각할수록 두 개의 기억이 모두 진실처럼 느껴지기도 했다. 경찰은 나중에 방에서 약병이 발견되었다고 했다. 그들은 내가 뒤에서 듣고 있는 줄도 모르고 차마 딸에게는 줄 수 없었나 보다고 말했다.

"또 비가 오네. 철거를 서둘러야겠어."

기진의 목소리가 등 뒤에서 들린다. 나는 사다리 위에 올라가 못을 걸어 고정해 놓은 철망을 뗀다. 얼마나 오랫동안 그 자리에 있었을까. 멀리서 보면 멀쩡해 보이던 철망 사이사이가 녹슬고 연결 부위가 헐거워져 있다.

"여기 마네킹들 어떻게 해요? 팔아요?"

뒤를 돌아보자 기철이 마네킹을 들고 걸어 나온다.

"누가 사 가려나. 오래된 마네킹이라 흠집도 많고. 안 팔리면 폐기해야지 뭐."

기진이 마네킹을 보며 말한다. 기철은 철거 현장 밖으로 마네킹을 내려놓는다.
옷을 벗은 마네킹들이 보니 둘은 어른이고 하나는 아이 모습이다. 나는 뜯던 철망을 내려놓고 바닥으로 내려간다. 기진과 기철이 '왜 그러는데' 하는 표정이다. 나는 버리려고 모아둔 부직포로 마네킹의 가슴과 아랫도리 부분을 덮는다. 기진은 다시 아무렇지도 않게 일에 몰두한 채 지금 그럴 새가 어디 있냐고 일이나 제대로 하라고 말하지 않는다. 기철은 그사이 부직포로 덮어 놓은 마네킹 사진을 찍더니 중고 매매 사이트에 올렸다.
'무료로 가져가실 분 연락 주세요. 흠집이 좀 있지만 멀쩡합니다.'
철거가 마무리되기 전에 마네킹을 가져갈 사람에게 연락이 오길 바랐다. 철거가 한참 진행 중이었다. 벽체가 사라진 자리를 정리 중일 때 한 사람이 옷가게 안으로 들어왔다. 중년의 아주머니다.
"내가 여기서 옷가게 하던 사람인데요, 저기 저거 철거하실 때 잘라주실 수 있어요? 부탁이에요."
아주머니 옷차림을 보니 아침에 차에서 내려 옷가게로 들어올 때부터 밖을 서성이던 모습이 떠올랐다.
"뭘 말씀하시는데요?"
"저기, 아이들이 자랄 때 키 재기를 했던 건데, 저 기둥 앞이 내 자리였어요. 삼십 년 동안 내가 앉았던 자리. 여기서 장사하며 애들 키웠어요. 이제 여기는 모두 사라지니……."
아주머니는 뒷말을 잇지 못하고 목이 메는지 말끝을 흐린다.
"바닥부터요? 어디까지 잘라드려요? 여기 떼기 좋게 되어 있네요."
기철이 톱을 들더니 합판으로 붙여놓은 기둥 언저리를 자른다. 아주머니는 바닥부터 길이를 재더니 아이들 키재기가 시작되는 곳부터 멈춘 곳까지 잘라 달라고 한다.

철거가 거의 끝나갈 무렵 아주머니는 옆구리에 합판 조각을 들고 옷가게를 벗어났다. 아주머니가 들고 간 것은 삼십 년의 세월이었을까. 아주머니의 발걸음이 무거워 보였다. 바닥에 널브러진 폐기물 잔해를 봉투에 담고 있을 때다. 기진의 전화벨이 울렸다. 기진은 몇 번 고개를 젓고 끄덕이고를 반복하더니 전화를 끊는다.

"세상 참 잔인하지. 자영업자 폐업이 늘수록 우리 같은 철거 회사는 호황이라는 게."

내일 또 한 곳으로부터 철거 문의가 들어왔다고 한다. 이제 이곳 상가에 문을 연 곳이 많지 않다.

"누나도 자영업자였으니. 그 마음 아는 거지. 여덟 번이나 폐업 신고하고 철거업 시작했잖아."

기철이 커다란 봉지를 들고 와 부피가 큰 잔해를 쓸어 담으며 말한다.

철거가 끝났다. 옷가게 상호를 뜯어낸 자리가 휑하니 비었다. 현장을 떠나기 전 기철이 올린 사이트를 보고 마네킹을 가져가겠다는 사람에게서 연락이 왔다. 옷을 만드는 사람인데 수선한 옷을 입혀둘 마네킹으로 적당하다며 어른 모습의 마네킹 둘을 실어 가고 아이 모습의 마네킹만 남았다. 요즘은 애를 많이 낳지도 않기에 사람들이 아이에게 수선된 옷을 잘 입히지도 않는다고 했다.

"혹시 제가 가져가도 돼요? 나중에 옷 만드는 일도 배워볼까 해서요. 마네킹이 있으면 미리 옷을 만들어 입혀 볼 수도 있고."

나는 아이 모습을 한 마네킹을 가리키며 조심스레 말한다. 말은 그렇게 했지만 아이 모습의 마네킹이 마음에 걸린다. 폐기물처리장으로 보내고 싶진 않다.

"그래? 그럼 연지 씨 가져가. 차에 실어놓으면 다음에 집 앞에 내려줄게."

기진은 주머니에서 차 키를 꺼내며 싱긋 웃는다.

좁은 시장길을 따라 걷는다. 한쪽 옆구리에는 마네킹을 끼고 다른 한쪽 손에는 남은 폐기물 봉지를 들고. 좁은 시장까지 차가 들어올 수 없어 폐기물이 든 봉투는 차가 있는 도로까지 옮겨야 한다. 기철과 동료들은 폐기물 수거 봉지를 들고 앞서 걸어갔다. 아침에 왔던 상가 동편 도로가 꽉 막혀 폐기물과 철거용 용구를 실으려고 차를 정차해 놓기 힘들었다. 기진은 주차장에서 차를 빼 서편으로 올 테니 그쪽으로 오라고 했다.

서편으로 가는 시장 안쪽에 사람들이 모여있다. 상가 임대료를 올려 상가에 있는 세입자를 다 내쫓고 시장 상가 자리에 복합단지를 만들려 한다는 현수막이 걸려있다. 사람들 사이로 철거할 때 왔던 옷가게 주인도 보인다. 하지만 어디에도 그들의 말을 들어야 할 복합센터 쪽 사람은 보이지 않는다.

동편은 옷가게 등 문 닫은 곳을 제외하고 건어물, 주방 기구, 신발 등을 파는 가게가 띄엄띄엄 보인다. 서편은 해물과 고기를 파는 상점이 많다. 해동수산, 부산 어물 등 빛바랜 가게 간판이 눈에 띈다. 생선 가게 앞을 지나는데 새우가 든 바구니가 눈에 들어온다. 간밤에 먹었던 새우가 생각난다. 죽기 전까지 저 새우는 제 눈으로 세상을 온전히 느끼며 살았을까.

"싸게 줄게. 가져가요. 떨이요. 손질도 다 되어 있어 편해요."

주인 말대로 새우는 잘 손질되어 있는데 새우의 눈은 보이지 않는다. 양식장에서 눈이 잘렸는지 아닌지 구분할 수 없게 머리가 잘린 채 한 무더기 안에 쌓여 있다.
"아니요. 아니에요."
새우 파는 아주머니를 뒤로하고 앞으로 내달린다. 팔에 힘이 빠지며 옆구리에 끼고 들고 가던 마네킹이 점점 정강이 밑쪽으로 내려온다. 기진이 차를 세워뒀다는 시장 서편의 끝 어딘지. 길을 잃었다. 앞서가던 동료와 기철도 보이지 않는다. 잠시 폐기물이 든 봉지를 바닥에 내려놓고 반대편 손으로 마네킹을 들려 할 때다. 뒤쪽에서 호루라기 소리가 들리고 사람들이 어깨를 밀치며 지나갔다. 나도 모르게 사람들 사이에 휩쓸려 몸이 앞으로 기울었다. 마네킹을 떨어뜨리지 않으려 붙들었지만. 손에서 미끄러져 바닥으로 떨어졌다. 웅덩이 안쪽으로 마네킹의 모습이 눈에 들어왔다. 마네킹의 머리 위로 바닥광고가 보인다. 수년 전 이래시장 개선 사업 때 만들어졌다는 광고는 원형의 테두리 안에서 형광 그림과 글씨를 쏘아대고 있다.
"미래의 꿈이 있는 곳, 이래로 오세요."
바닥광고 문구 아래로 아이가 부모 손을 잡고 웃고 있는 모습의 그림이 선명하다.
사람들이 웅덩이에 반쯤 걸쳐진 바닥 광고를 밟고 지나간다. 발자국이 지나간 자리에도 바닥 광고는 뭉개지지 않고 형광빛을 내리쬐고 있다. 그 옆에 물기가 다 마르지 않는 웅덩이 안으로도 빛이 쏟아진다. 등 뒤에 있던 사람이 등을 툭 밀치고 지나가면서 미안하다는 말을 하지 않았다. 하마터면 무릎이 꺾여 웅덩이로 넘어질 뻔했다. 아래를 보니 바닥 광고가 내리쬐는 마네킹의 얼굴에도 흙탕물이 튀었다. 왜.

미안하다고 하지 않는 거예요. 왜? 내 말을 들었어야 할 사람은 이미 앞으로 가고 없다. 밖으로 나오지 못한 말이 입안에서 메아리친다. 눈도 코도 귀도 없는 마네킹의 얼굴에 주르르 물기가 흐르며 얼룩졌다. 흙탕물이 깔린 땅바닥에는 형광색 바닥 광고가 아무도 읽지 않는 미래의 문구를 연신 쏟아내고 있었다.

"괜찮아요? 안 보여서 찾았는데."

고개를 들자 훌쩍 키가 크고 마른 한 사람이 무리 사이를 헤치며 다가오고 있다. 기철이다. 이상하게 콧잔등이 시큰하다. 나는 들키지 않게 목을 가다듬는다.

"저기 마네킹 좀."

기철이 마네킹을 들어 올린다. 그에게 처음으로 고맙다고 말한다. 기철은 흙탕물이 묻은 마네킹의 얼굴을 소매로 쓱 닦더니 어깨에 걸친다. 나는 그 모습을 지켜보다 옆에 널브러져 있는 폐기물 봉지를 든다. 이번에는 기철이 앞서가지 않는다. 기철과 나는 앞서거니 뒤서거니 하며 좁은 시장길을 빠져나온다. 트럭 앞에서 기다리던 기진이 나와 기철을 발견하고는 얼른 차에 오른다. 시동을 걸며 기진이 묻는다.

"연지 씨. 오다 다친 건 아니지? 길이 복잡해서 고생했어."

사무실 앞에 도착했을 때다. 기진이 잠깐 할 말이 있다고 나를 부른다. 무슨 일인지 기진의 표정을 살폈지만, 평소 표정의 변화가 없는 기진이라 무슨 말을 꺼낼지 궁금하다.

"어디 가서 얘기하기도 뭐하고 그냥 옥상에서 얘기할까? 시원한 맥주 괜찮아?"

옥상은 어제와 별반 다르지 않다. 회식이 있던 시간보다 조금 더 이른 시간에 올라왔기에 어둠에 완전히 휩싸이지 않은 하늘은 푸른빛을 띠고 있다. 고개를 들어 하늘을 바라보는 사이 어둠이 조금씩 짙어진다.

기진이 옥상 기둥과 난간 사이 드리운 전등을 켰다. 검푸른 하늘 위로 불빛이 반짝인다. 어젯밤에 회색빛으로 듬성듬성 죽어있던 전등은 보이지 않는다.

"저 전등 불빛 고쳤나 봐요. 어제는 죽어있던 것도 있었는데."

"기철이가 어젯밤에 전선을 들고 뭘 다시 달고 하더라고. 저 전등 말이야……."

기진이 맥주캔을 따 내게 건넨 후 잠시 반짝이는 전등 불빛을 바라보며 말을 이었다.

"콜라텍 철거할 때 기철이가 폐기될 걸 가져와 달아놓았어. 전등도 시한부라나 뭐라나. 영원할 순 없지만, 빛이 나게 도울 순 있다고."

나는 어르신들이 지르박과 탱고를 추던 콜라텍에서 무도회장을 내리비추고 있었을 전등을 떠올렸다.

잠시 침묵이 흘렀고 나는 기진이 긴히 할 이야기가 무엇인지 먼저 말해주길 기다린다.

"연지 씨. 춤출 줄 알아? 난 꽤 오래되긴 했는데 몸은 기억하겠지."

"음악이 없는데요?"

"음악이 없어도 먼지는 춤을 추지."

"먼지요?"

"아니. 연지."

기진이 농담이라며 웃는다.

"그런데 진짜야. 먼지들 보면 공중에 떠다니며 얼마나 춤을 잘 추는지."

기진은 갑자기 일어나더니 내 손을 잡아끈다. 엉겁결에 자리에서 일어난다. 기진은 따라 하기만 하면 된다며 내 허리에 손을 감고 스텝을 밟는다. 나보다 키가 작고 마른 기진이 오늘따라 더 왜소해 보인다. 나는 춤과는 거리가 멀게 몸치다. 발을 어디로 떼야 할지 몰라 허둥댄다. 잠시 후 바닥에 놓인 뭉툭한 무언가를 밟았고 기진과 나는 둘 다 바닥으로 쓰러질 듯 비틀거리며 '아'와 '악' 비슷한 소리를 냈다.
"이럴 때 대부분 넘어지던데 우리는 용케 안 넘어졌네요."
"예외도 있는 법이야."
내 말에 기진이 답한다. 기진과 나는 서로 붙들고 있던 팔을 떼며 웃었다.
"나, 내일 병원에 가."
옥상 의자에 다가가 앉던 기진이 아무렇지도 않게 말한다.
"병원요?"
갑작스러운 기진의 말에 놀라 물었다. 하늘 위로 불빛이 빠르게 깜박였다. 음악과 함께 스텝이 지나가야 할 자리에 순간 정적이 맴돌았다.
"오늘 전화 온 곳 말이야. 갑작스럽게 철거를 맡아달라고. 꼭 우리 회사에서 해달라는 곳이어서 못한다고 말을 못 했어. 다행히 철거 난이도가 높지 않기도 하고. 내가 아니어도 기술을 전수 받은 기철이도 있고 베테랑인 우리 팀 사람들도 있고. 그리고 연지 씨도 있잖아."
"그래도……. 저는 이제 일을 배우는 중인데요."
"내가 좀 아파. 미리 병원에 예약해 놓은 거라. 기철이에겐 비밀로 해줘."
기진은 자리를 훌훌 털고 일어나 테이블로 다가가더니 맥주캔을 한 모금 들이켰다. 나는 어디가 아픈 거냐고 술은 몸에 좋지 않다고 다그쳐 묻고 싶었지만 묻지 못했다. 아픈 내색을 전혀 하지 않던 기진이다.

"왜 그래. 그렇게 보지 마. 금방 안 죽어. 나 그 병이랑 같이 산 지 오래됐어."

생각해 보니 고기를 굽던 날도 기진은 고기를 거의 먹지 않았다. 기진은 열심히 고기를 구워 기철과 동료들 그릇에 놓아주었다. 머릿속에서 기진이 어디가 어떻게 아픈 걸까 걱정스러우면서도 '빠른 회복을 빌게요' 같은 말은 하지 못했다.

"다치지만 않으면 돼. 그러고 보니 내일 의뢰받은 집에 고기 사러 간 적 있는데. 그 집과 구조가 비슷하더라. 연지 씨가 예전에 살았다던."

내가 살았던 집. 고기를 보관했던 냉장고가 있던 벽을 부수던 기진의 모습이 뇌리에 떠올랐다. 그 집을 차마 볼 수가 없어 철거를 의뢰했었다. 그곳은 내가 엄마를 구해주지 못하고 혼자만 옷장에 숨어 있었다는 죄책감과 슬픔을 넘어 두려움이 잠식했던 곳이다. 그곳에는 어떤 것도 다시 짓고 싶지 않았다. 차마 그 이야기를 기진에게 다 하진 못했다.

"이번에 벽 부수는 기술을 써보면 어때? 내가 가르쳐준 대로 말이야."

기진은 의자에 앉아 밤하늘을 올려다보며 말했다.

일을 마치고 집에 올 때면 온몸이 욱신거리는데 오늘따라 발걸음이 무겁다. 집으로 돌아와 먼지 묻은 옷을 벗고 샤워기를 튼다. 뜨거운 물이 얼굴을 때리듯 쏟아져 목 아래로 흘러내린다. 기진은 많이 아픈 걸까. 지금껏 혼자서 어떻게 감당하며 살아왔을까. 기진에 대한 걱정과 함께 기진의 말이 되살아난다. '그 집과 비슷하더라.' 필름을 되돌리듯 부쉈던 집이 다시 그 자리에 버티고 있을 것만 같다. 쉽게 잠이 들지 않아 뒤척이다 새벽녘에 겨우 잠이 들었다.

툭 하는 소리가 들렸다. 뭔가가 바닥으로 떨어지는 듯한 소리다. 나는 침대에 누워 있고 아직 해가 떠오르기 전이다. 다시 '쿵' 소리와 함께 침대 바닥이 흔들린다. 나는 놀라 두 손으로 이불을 잡아끈다. 이불이 묵직하다. 뭐지? 내 곁에 누군가가 누워 있다. 고개를 돌려본다. 엄마다. 젊은 엄마가 내 곁에 평온하게 잠들어 있다. 나는 엄마를 흔들어 깨운다. 엄마. 무슨 소리가 들려요. 엄마는 움직이지 않는다. 무슨 일인지 싶어 문 쪽으로 걸어 나갈 때였다. 창문으로 새어 들어오는 빛에 내 그림자가 커다랗게 바닥에 드리워져 있다. 다시 한번 '쿵' 소리가 난다. 이번엔 벽 쪽이다. 전등 스위치를 켜지만, 불이 들어오지 않는다. 재빨리 방문을 연다. 문밖에 누군가의 형체가 보인다. 누구지? 내가 알고 있는 누군가인 듯한데 눈도 코도 입도 없는 자그마한 형체가 벽을 부수고 있다. 와르르 벽이 무너져 내린다. 엄마. 눈을 떠봐요. 어서 일어나요. 다시 침대에 누운 엄마를 뒤돌아본다. 엄마는 말이 없다. 벽이 차례대로 무너지고 있다. 흰 잔해가 눈앞을 덮친다. 더는 부술 게 없는데도 형체는 허공을 대고 미친 듯 해머를 휘두른다. 멈추지 않는다. 그가 해머를 놓치는 순간 어디로든 누구에게든 날아가 산산조각을 내며 박힐 것만 같다. 그만. 그만해. 내가 머리를 감싸쥐고 있을 때 그가 서서히 얼굴을 든다. 눈도 코도 입도 보이지 않는데 눈물이 범벅이 된 얼굴이다. 그가 해머를 내려놓으려는 순간 손아

귀에서 벗어난 해머가 허공으로 날아간다. 잠시 후 해머가 되돌아온다. 눈도 코도 보이지 않던 얼굴이 어느새 내 얼굴을 하고 있다. 눈물이 범벅인 채로. 아. 두 손을 휘젓는다.

눈을 뜨자 햇살이 창문에 스며들었다. 아침이다. 나는 양팔을 휘저으며 입을 벌리고 있다. '아, 아' 라고 내뱉지만, 목소리가 안으로 기어들어 간다. 온몸에서 식은땀이 나 침대 시트가 젖어 있다. 천천히 침대에서 일어나 나를 둘러싼 벽을 바라본다. 벽은 어제와 다름없고 문 앞에 두었던 마네킹이 내 옷을 입은 채 바닥에 쓰러져 있다. 마네킹을 일으켜 벽 옆에 세워둔다. 눈, 코, 입이 없는데 이상하게 표정이 읽히는 것 같다.

화장실로 가 거울 앞에 섰다. 헝클어진 머리를 한 얼룩진 얼굴이 보인다. 무슨 꿈일까. 벽을 부수던 해머가 왜 되돌아오는지. 이미 사라진 벽인데 무엇을 더 부수려는 건지. 보이지 않는 벽이 어딘가 있다는 걸까. 설사 있다 한들 그 벽을 부수고 나면 뭐가 남을까.

두 손으로 손 우물을 만들고 흐르는 물을 받아 들었다. 손가락 사이로 물이 쏟아져 내린다. 우물 안에 건져진 물로 연거푸 얼굴을 씻어낸다.

물기를 닦고 나오자 새로운 문자 알림이 떠 있다. 기진이다. 갑작스러운 복통으로 오늘은 철거하러 같이 갈 수 없으니 사고가 나지 않게 조심하라는 단체 문자다. 작업복으로 갈아입고 집을 나선다.

작업장에는 이미 사람들이 도착해 있었다. 기진이 워낙 건강 체력이기에 지금껏 잘 버텼다며 복통이 날만하다는 말이 오간다. 기철은 기진이 이럴 때라도 쉬어야 한다고 말하며 장비를 챙겼다.

철거를 맡은 곳은 살림집이 딸린 정육점이었다. 기진의 말대로 어릴 적 내가 살던 집과 비슷했다. 사라졌다고 생각했던 집이 다시 살아나 눈앞에 턱 하니 버티고 있는 것만 같아 선뜻 들어서지 못하고 멈춰섰다. 가게 옆에 한 젊은 여자가 보였다. 기철이 다가가 주인이라며 인사를 건넸다. 이래 마을에서도 가장 오래된 정육점 중 하나라고 했기에 나이가 지긋한 분이 주인일 줄 알았는데 내 또래로 보이는 젊은 여자가 주인이었다. 그녀는 내내 가게 앞을 떠나지 못하고 서성였다. 아버지가 하던 가게를 물려받아 장사했는데 인터넷과 앱으로 고기 주문이 느니 동네 정육점은 치솟는 월세를 감당할 수 없었다고 했다.
"제가 여기서 태어나고 자랐어요."
그녀는 내부에 있던 물건들을 가지고 나가며 고기를 자르고 분쇄하고 갈던 손으로 눈 밑을 훔친다. 그전에도 울었는지 흰자 위에 가늘고 긴 실핏줄이 보인다. 나는 현실과 동떨어진 장면을 보듯 그녀를 본다.
"이제 정말 부수는 거죠?"
그녀는 대답을 듣지 않고 인사를 한 후 고개를 돌린다. 다시는 뒤돌아보지 않겠다는 듯 빠른 걸음으로 멀어진다.
기철이 정육점 안으로 성큼 들어선 후 사람들이 따라 들어간다. 나는 숨을 크게 들이쉬고 문안으로 들어섰다. 살림집이 있는 문 앞으로 길게 이어진 벽이 눈에 들어왔다. 거대하게만 느껴졌던 벽에는 타일이 붙어 있고 죽은 동물이 남긴 핏자국이 타일의 골 사이에 상처처럼 배어 있다. 닦으면 닦을수록 점점 더 깊숙하게 스며들어 마치 처음부터 그곳에 있었던 것처럼.
강력한 톱날이 벽을 자르는 소리가 윙하고 들려오다 멈춘다. 벽이 잘리는구나. 저 두꺼운 벽이. 잘린 벽과 벽 사이는 칼날만큼의 틈이 생겼다. 벽을 자를 때 톱니가 잘 돌아가도록 뿌린 물이 벽 안으로 스며든 자국이 보인다. 잘린 선을 따라 벽체에서 튀어나온 잔해가 울퉁불퉁한 내장처럼 검붉은색을 띠며 흘러내렸다. 벽은 세로로 잘렸지만 그대로 쓰러지지 않았다. 세월의 흔적을 담아 검고 퀴퀴한 냄새를 풍기면서도 보란 듯이 서 있다.

 이제 잘린 벽을 마저 부수는 일이 남았다. 해머를 들고 벽을 힘껏 내리치면 되는데 발걸음이 떨어지지 않는다.

 반대편 창문으로 아침 햇살이 쏟아져 들어왔다. 눈앞이 부예지더니 이내 흐려진다. 잘린 벽 속, 그곳에 어린 내가 있다. 문을 열고 달려 나가던 내가 보인다. 햇살은 잘린 벽틈을 통과하지 못하고 멈춰선 채 그림자를 드리운다. 바닥에서 일어난 먼지가 춤을 추듯 공중에서 부유한다. 한 손으로 해머를 들고 다른 한 손으로 먼지를 움켜쥐었다. 손을 폈지만 먼지는 너무 작아 보이지 않았다. 나는 서서히 벽 속으로 손을 내밀었다.

제17회 현진건문학상 추천작

고양이는 건들지 마라

이 성 아

■ 작가의 말

　갑작스런 사고로 딸은 죽었는데, 딸의 어린 시절 친구 연하가 내 앞에 나타난다. 아빠도 모르고 엄마마저 일찍 죽어서 늘 쭈뼛거리며 눈치를 보던 아이가 결혼하고 아이까지 낳아 어엿한 가정을 이루었다. 어쩔 수 없이 죽은 딸에 대한 회한에 사로잡힌 나는 연하의 부부싸움조차 부럽다. 딸에게 했던 말들, 딸이 내게 했던 말들, 상처를 주는지도 모르고 함부로 했던 말들이 부메랑처럼 돌아온다. 나는 책을 좋아한다는 이유로 딸보다 연하를 두둔했고 딸에게 연하가 불쌍하지도 않냐며 소리쳤었다.
　어린 나이에 엄마를 잃은 연하에게 '엄마처럼 생각하라'고 했던 말을, 그러나 나는 기억조차 못 한다. 상투적인 위로는 오히려 연하에게 상처로 남았고 연하는 기다렸다는 듯 내게 되갚아준다. 연하를 볼 때마다 딸을 떠올리지 않을 수 없는 나는, 연하를 '딸처럼 생각하며' 아기를 돌봐주는 나 자신이 두려워진다.
　윤리라는 가면을 쓴 행동과 어디선가 들어본 듯한 말. 단지 어른이라는 이유로 함부로 재단하고 가르치려는 사람. 그 대상이 아이들일 때 그 속수무책의 폭력성에 대해 생각한다. 길고양이들에게 먹이를 주노라면 자꾸만 아이들이 겹쳐 보인다.

■ 약 력

경남 밀양 출생
이화여대 정외과 졸업, 중앙대학교 문학예술대학원에서 문학을 공부
단편소설집 『유대인극장』, 『태풍은 어디쯤 오고 있을까요』, 『절정』, 장편소설 『밤이여 오라』, 『가마우지는 왜 바다로 갔을까』 등
제주 4.3평화문학상, 세계일보문학상 우수상, 이태준문학상 수상

　연하를 만난 건, 읍내 마트에서였다. 서울집을 처분하고 시골집으로 내려온 지 반년쯤 지날 무렵이었다. 어머니가 돌아가신 후 폐가가 되다시피 한 집에 내려오게 될 일은 없을 줄 알았다. 하나뿐인 딸, 보미의 갑작스런 사고사는 삶을 뿌리째 뒤흔들었다. 불치병 판정이라도 받고 시난고난 앓다가 죽었으면 달랐을까. 나는 가끔 자살 충동을 느꼈고 술에 취해서야 간신히 잠이 들었다. 자고 싶었고 잠들면 깨지 말기를 바랐다. 그때 시골집이 떠올랐다. 노년의 나이에 혼자 된 후 모든 걸 뒤로 하고 귀촌한 어머니가 임종을 맞이한 집이었다. 나는 먹고 자고 움직이는 최소한의 공간만 손을 봤다.
　엷은 갈색의 긴 웨이브 머리를 올려 묶은 여자의 뒷모습이 자꾸만 눈길을 끌었다. 무릎 길이의 하늘색 원피스 차림에 하얀 운동화가 경쾌하고 산뜻했다. 5백 밀리 우유팩을 이것저것 꼼꼼히 살펴보다가 그중 하나를 들고 돌아서는 여자와 눈이 마주쳤다.
　"이모!"
　나는 연하를 얼른 알아보지 못했다. 이십여 년의 간극이 있었다. 나는 초로의 반백 머리가 되어 있었고, 연하는 성숙한 여인이 되어 있었다. 어릴 때도 작은 키는 아니었는데 이제는 나보다 머리 하나가 컸고 시원한 눈매와 날렵한 콧날이 아무래도 손을 좀 댄 것 같았다. 무엇보다 달라진 건 어딘지 모르게 자신만만한 태도였다.
　연하는 보미와 어린 시절을 함께 보낸 단짝 친구였다. 내가 이혼하고 재취업하게 되면서 보미를 어머니에게 몇 년간 맡겼는데, 그 옆집이 연하네 집이었다. 둘 다 외동딸이어서 친자매처럼 붙어 다녔다. 도시에 나가서 일하던 연하 엄마가 배가 불러서 혼자 돌아왔다는 소문은 어머니에게 들었다. 연하 엄마도 읍내 식당에서 일했기 때문에 밤늦게 귀가했다. 해서 두 할머니가 두 손녀딸을 돌아가면서 거둬 먹이고 키웠다. 아이들은 나란히 엎드려 숙제를 하고 등하교도 같이 했다. 초등학교 4학년부터 3년간을 그렇게 지냈다. 그 후 나는 보미를 서울의 중학교에 진학시켰고, 연하와 할머니는 이듬해에 외삼촌이 데려갔다고 들었다.

연하는 만삭이었다. 키가 크고 날씬한 체형이어서 뒷모습만 봤을 때는 임신했는지도 몰랐다.

"보미는요?"

연하는 보미 소식부터 물었다. 보미 얘기를 꺼내기 싫어서 사람도 잘 만나지 않고 지내던 나였지만 연하에게는 보미의 사고 소식을 스스럼없이 말하고 있었다. 친자매나 마찬가지였으니까. 연하는 금방 눈가가 빨개지더니 나를 끌어안았다. 연하의 어깨가 들썩거렸다. "이모, 어떡해요." 연하의 배가 뭉클하게 육박하는 느낌에 나는 조금 당황했다. 임산부에게 괜한 얘기를 했나 싶었다. 나는 연하의 등허리를 쓸어내렸다.

"울지마. 이제 괜찮아."

*

나는 매일 아침 마당에 고양이 사료를 띄엄띄엄 늘어놓았다. 영역 다

툼을 하는 녀석들이 평화롭게 먹게 하려는 의도였다. 물론 그때뿐이었다. 내가 오기 전에는 고양이들이 이곳의 주인이었다. 그중에서 어머니 집을 아지트로 삼던, 노란 바탕에 진노랑 줄무늬가 있는 녀석에게는 호피라는 이름을 붙여주었다. 겨울이 지나고 날이 풀리자 발정이 난 고양이들의 교성과 지붕을 뛰어다니며 난투극을 벌이는 소리가 밤공기를 찢었다. 노인들만 남은 동네는 야생으로 돌아가고 있었다. 아침이면 온 동네 고양이들이 호피의 눈치를 보면서 어슬렁거리며 몰려들었다. 고양이들은 마당 여기저기에서 야릇한 자세로 털을 고르면서 내가 잠 깨서 나오기를 기다렸다. 어느 날 보니 호피의 배가 예전과 달랐다.

*

연하가 버드나무 가지가 늘어진 천변 풍경 사진을 보낸 건, 전화번호를 교환하고 보름 정도 지났을 때였다.
"예정일이 지났는데도 애기가 내려올 생각을 안 한다고, 의사가 많이 걸으래요. 근데 너무 덥고, 지루하고."
"내가 같이 걸어줄까?"
연하가 좋아서 팔짝팔짝 뛰는 이모티콘을 보내왔다. 나는 서둘러 옷을 갈아입고 천변으로 차를 몰았다. 초여름으로 접어들면서 이른 무더위가 기승을 부리고 있었다. 나는 커피숍에 들러 아이스커피 두 잔을 샀다.
나무 그늘 아래 벤치에 앉아 있던 연하가 웃으며 다가왔다. 보미가 걸어오는 것 같은 착각에 나는 잠깐 멈칫했다.
"안 그래도 힘들 텐데, 날씨까지 더워서 힘들지? 아이스커피 사 왔어."

"이모, 저 산모잖아요."

"어머, 나 왜 이러니? 얼른 가서 시원한 주스로 바꿔올게."

"차가운 것도 안 마셔요. 물 갖고 왔어요."

연하가 빨대가 꽂혀 있는 텀블러를 들어 보였다.

나는 생각이 짧은 자신에게 벌이라도 주듯이 아이스커피 두 개를 모두 쓰레기통에 버렸다. 놀라서 팔을 잡는 연하에게 "나는 쪄 죽어도 뜨거운 커피거든." 하면서 웃었다. 연하도 마주 웃으며 스스럼없이 나의 팔짱을 꼈다.

"이모랑 이렇게 걷고 있다니……, 꿈 같아요."

연하는 걸음을 멈추고 새삼스레 내 얼굴을 들여다보았다.

"이모는 여전히 우아해요. 마트에서 이모를 만난 날은 옛날 생각이 나서 잠을 설쳤어요. 남편한테 이모 자랑을 엄청 했어요. 참 세련되고 멋진 분이라고, 엄마처럼 나를 보살펴 준 분이었다고요."

연하가 이렇게 말을 잘하는 아이였던가. 기억 속 연하는 쭈뼛거리며 눈치를 본다는 느낌이 안쓰러웠고 대체로 조용한 아이였다. 책을 읽고 있던 모습이 가장 기억에 남았다. 주말에 시골집에 내려갈 때 나는 학용품이나 책, 옷 같은 걸 사 가지고 갔는데, 책을 좋아하고 열심히 읽는 건 연하였다. 그걸 확인할 때면 입맛이 썼지만 그만큼 연하가 예뻐 보였다. 보미는 옷에 관심이 많았다. 옷을 나란히 놓고 고르라고 하면 보미가 먼저 자기 마음에 드는 옷을 냉큼 골랐고 연하는 뒤로 빼면서 사양하다가 남는 걸 가졌다. 보미는 자기가 가진 게 더 많은데도 다른 걸 욕심냈고 양보하려고 하지 않았다. 언젠가 내가 연하 것을 먼저 챙겨주자 보미가 뽀로통하게 토라져서는 방문을 쾅 닫고 들어가 버린 적도 있었다. 순간 얼굴이 화끈 달아오르고 연하 보기가 부끄러웠다. 겉치레나 신경 쓰는 태도가 아빠를 닮은 것 같아 보미가 미웠다.

"남편은 어떤 사람이야?"

"보건병원 관리팀장이에요. 다 좋은데, 가끔 당직을 해야 돼요. 애기 낳으면 그게 힘들 거 같아요."

병원장은 시댁 친척이고 시부모가 모두 공무원이라고 말할 때는 자랑스러움이 묻어났다. 앞날에 대한 계획도 야무졌다. 시부모가 살고 있는 도시에 아파트 청약을 목표로 저축하고 있고, 자신은 일을 손에서 놓지 않을 거라고 했다. 지금 다니는 조합은 출산휴가가 끝나고 아파트가 당첨되면 시댁이 있는 도시의 지점으로 전근할 계획이고 그러면 시부모가 은퇴한 후에 아이를 돌봐줄 수도 있을 거라고 했다.

"여긴 산부인과가 없어서 애기는 시댁 근처 병원에서 낳을 거예요. 산후조리원에 2주일 있을 거고 그 후에는 도우미가 올 거예요. 3주일 정도, 정부에서 지원해 주는 거예요."

연하가 장하고 대견했다. 부모도 없이 잘 자라 좋은 집안 남자와 결혼했구나 싶어 가슴 뭉클하면서도 애틋했다. 나는 아기 낳고 힘들 때 언제든지 연락하라고 했다.

"밤에라도 달려갈게."

연하가 두 눈을 동그랗게 뜨고 감동한 표정으로 내 두 손을 꼭 잡았다.

"이모, 저는 이모가 했던 말 기억하거든요."

"무슨?"

"엄마처럼 생각하라는 말이요."

"아······."

"저는 정말 이모를 엄마처럼 생각했어요."

나도 모르게 말을 더듬었다. 감동적이긴 한데 어쩐지 어색하고 불편했다. 그런 말을 정말로 했는지도 선명하지 않았다. 검정 치마저고리를 입은 어린 연하가 장례식장 벽에 기대앉아서 엄마의 영정사진을 멍하니 쳐다보고 있던 건 기억했다. 피를 토하고 병원으로 실려 간 엄마가 말기암 판정을 받고 몇 달 만에 앙상하게 뼈만 남은 채 죽어버린 상황을 감당하기에 연하는 너무 어렸다. 장례식 뒤처리를 도와주던 나는 화장터에서 돌아온 연하를 꼭 안아주었다. 연하는 내 가슴에 얼굴을 묻었다. 가느다랗게 흐느끼던 연하가 어깨를 들썩이며 통곡했다.

"울어, 마음껏 울어."

엄마처럼 생각하라는 말을 했다면, 아마 그때였을 것이다. 졸지에 엄마를 잃은 어린아이에게 할 수 있는 위로의 말, 그 이상의 의미를 두지는 않았을 테다. 그런 말을 했든 안 했든, 나는 이미 책을 좋아하는 연하를 보미보다 똑똑하다고 생각했고 편애하는 마음이 있었다. 그러나 한창 시샘이 많을 사춘기 여자아이들이라 차별하지 않고 공평하게 대하려고 신경 썼다. 둘이 사이좋게 지내야 하는 이유는 또 있었다. 나는 사십 대였고 만나는 남자가 있었다. 어머니에게 보미를 맡길 때 야근이 잦고 출퇴근이 불규칙하다는 핑계 뒤에 미혼의 시절로 돌아간 듯 자유로운 연애를 즐기고 싶은 마음이 숨어있었던 게 아니냐고 따진다면, 선뜻 아니라고 부정할 수 없었다. 그것은 보미에 대한 죄책감의 뿌리이기도 했다. 어린 보미는 그걸 본능적으로 감지했다. 언젠가부터 보미가 내 치마꼬리를 당기고 감겨들기 시작하더니, 때로는 혀짧은 소리를 내며 어리광을 부렸다. 그때 나는 그걸, 내 엄마야, 나는 엄마가 있어, 연하에게 은근히 시위하는 것으로 치부했고, 연하 얼굴에서 아이답지 않게 쓸쓸한 표정을 보았다고 생각했다. 보미는 연하의 험담까지 했다. 엄마가 이혼했다는 걸 연하가 퍼뜨리고 다닌다는 거였다. 그걸 네가 어떻게 아냐고 물었더니, 그런 얘기할 사람이 연하 말고 누가 있냐고 대들었다. 연하가 뒤로 호박씨 까는 여시라는 말도 했다. 나는 작정하고 보미를 앉혀놓고 야단쳤다.
"남의 고자질이나 하지 말고, 너도 조용히 책을 좀 읽으면 안 되니? 기껏 책 사다주면 연하는 다 읽었던데, 너는 손도 안 대잖아. 맨날 옷 타령만 하고."
"엄마는 맨날 연하 칭찬만 하고 나는 꼴 보기도 싫지?"
"억지소리 좀 하지 마."
"엄마는 연하가 친딸이면 좋겠지? 나랑 바꿨으면 좋겠지?"
"그걸 말이라고 하니?"
"그런 건 말로 안 해도 다 안다고."
연하와 비교하면 모자란 게 없으면서도 시샘과 질투만 하는 보미가 한심했다. 나는 치밀어오르는 화를 꾹 참고 보미를 달랬다.
"연하는 엄마가 없잖아. 얼마나 불쌍해."
그런데 보미는 오히려 서럽게 울음을 터뜨리며 소리쳤다.
"나도 차라리 엄마가 없으면 좋겠어."
나는 기어이 보미의 등짝을 후려쳤다.
"그래? 나는 니가 없으면 좋겠다."

*

호피의 배가 점점 불러왔다. 나는 참치캔에 우유를 섞어서 호피에게 주었다. 다른 고양이들이 냄새를 맡고 슬금슬금 다가왔다. 나는 호피가 다 먹을 때까지 지켜 앉아서 파리채를 휘둘러 녀석들을 쫓았다. 며칠이 지나자 호피는 자기에게만 특식을 준다는 걸 알아챘다. 다른 고양이들이 사료 주는 걸 따라서 몰려다닐 때 호피는 도도하게 허리를 세우고 앉아서 자기 차례를 기다렸다. 오후에 간식으로 호피가 좋아하는 소시지를 줄 때였다. 내가 껍질 까는 걸 입맛을 다시며 보고 있던 호피가 날쌔게 앞발을 휘둘렀다.

나는 비명을 질렀다. 동시에 파리채로 호피를 후려쳤는데, 빗맞으면서 바람 소리만 났다. 호피는 도대체 무슨 짓이냐고 힐난하듯 나를 빤히 쳐다보더니 바닥에 떨어진 소시지를 물고 유유히 사라졌다. 오른손등이 깊게 패었다. 핏방울이 빨간 점선처럼 맺히기 시작하더니 이내 실선이 되었다. 녀석이 나를 할퀴려던 게 아니라 다만 발톱이 날카로운 것뿐이라는 걸 알면서도, 나는 응징을 하듯 녀석에게 더 이상 간식을 주지 않았다. 할퀸 자국은 잊을 만하면 따끔거렸다. 연고를 바르고 밴드를 붙였지만 날이 더워 쉽게 아물지 않았다.

*

유도분만을 하게 되었다면서 환자복을 입은 연하가 병실에서 링거를 꽂고 있는 사진을 보낸 게 사흘 전이었다. 진통 시간이 아무리 길다고 해도 다음 날에는 분만 소식이 왔어야 했다. 갑자기 수술을 했을 수도 있었다. 만일 그랬다면 마취가 풀리는 시간과 정신없이 보냈을 시간을 감안해도 너무 오래 걸렸다. 속이 바짝바짝 타들어 갔다. 병원 이름을 물어보지 않은 걸 후회하며 시댁이 있다는 소도시의 산부인과

들을 검색해 보기도 했다. 병원마다 전화를 돌려볼까 하다가 출산 관련 사건 사고까지 검색했다. 나흘째가 되어서야 연하가 아기와 찍은 사진을 보내왔다. 막 산도를 빠져나온 듯 붉은 아기를 안고 있는 연하의 눈에 눈물이 그렁그렁했다.

"딸이에요. 진통을 다섯 시간이나 했어요."

그렇다면 입원 당일 출산했다는 거였다. 나는 한시라도 빨리 기쁜 소식을 전하고 싶은 명단에 없었던 것뿐이었다. 사진을 최대한 확대해서 아기를 들여다보던 내 눈에 뜨거운 눈물이 차올랐다.

"고생했다. 엄마가 된 걸 축하해."

"진통이 길어져서 수술하자는 걸 버티고 자연분만했어요."

"그걸 어떻게 견디었니. 정말 장하다."

"제가 견디는 거 하나는 잘 하잖아요."

산후조리원으로 옮긴 후, 연하는 이삼일에 한 번씩 사진을 보냈다. 가늘게 눈을 뜬 아기, 아기와 눈 맞추며 웃고 있는 연하, 그런 아내를 사랑스럽게 바라보는 남편, 세 사람의 셀카 가족사진. 연하의 얼굴에서는 빛이 나는 것 같았고, 남편은 세상 가장 듬직해 보였다. 애벌레처럼 강보에 싸인 채 얼굴만 내놓고 있는 아기는 하루하루 입술 선이며 눈매가 또렷해지면서 사람 꼴을 갖춰가고 있었다. 나는 시도 때도 없이 사진을 들여다보았고 나도 모르게 슬며시 미소 짓고 있었다. 그러느라고 아기 선물 살 생각을 미처 못했다. 이제 집에 왔으니 아기를 보러 와도 된다는 연하의 문자메시지를 받자마자 나는 인근 도시의 대형 쇼핑몰로 차를 몰았다.

에스컬레이터를 잘못 타는 바람에 지하식품부로 내려간 나는 한동안 어리둥절한 채 가만히 서 있었다. 다시 올라가는 에스컬레이터를 찾아서 앙증맞은 옷과 신발들이 있는 2층 아기용품 매장에 섰을 때 나는 명치를 쥐어짜는 듯한 통증에 미간을 찌푸리며 가슴을 부여잡았다. 내가 허둥대는 이유를 나는 뒤늦게 깨달았다.

사고가 나던 날, 보미가 밤늦게 전화를 했다. 취한 목소리였고 평소와 달리 말이 많았다. 엄마, 어떤 말은 가슴에 대못처럼 박힌다고 하잖아. 그런데 못은 뺄 수라도 있지. 망치가 그렇잖아. 망치는 못을 박을 수도 있지만 반대편에는 빼는 것도 있잖아. 박으면 뺄 수도 있다는 거지. 그런데 말이 대못처럼 박히면 뺄 수가 없더라. 오늘은 또 어떤 진상이 무슨 말을 했길래 이러나. 나는 휴대폰을 들고 창밖을 내다보고 있었다. 가로등 불빛 아래로 굵은 빗줄기들이 마치 대못이 쏟아지는 것처럼 보였다. 무슨 말이든 해야 할 것 같은데, 그 어떤 위로의 말도 섣부르다는 생각이 가로막았다. "금방 갈게, 엄마." 전화가 끊어졌을 때 나는 잠깐 후회를 했다. 빗줄기가 더욱 굵어졌다.

보미는 자라면서 말수가 적은 아이가 되었다. 어릴 땐 짜증을 잘 내고 질투와 어리광이 심해서 힘들었는데, 커서는 잘 참는 아이였다. 힘든 일이 있어도 다 지난 후에 한마디 하는 식이었다. 콜센터에 다니면서부터는 말이 더욱 줄었다. 그런 아이가 만나는 남자가 있다는 말을 슬쩍 흘렸다. 나는 부러 심드렁한 표정으로, "언제 보여줄 거야?" 물었고 보미는 "때가 되면." 하고는 입을 닫았다. 그게 다였다. 나는 궁금해도 꾹 참고 기다렸다. 장대비가 쏟아지던 그 날도 나는 무슨 말이든 했어야 했다. 집에 오면 보게 될 엄마에게 굳이 전화했을 때는 듣고 싶은 말이 있었을 거였다. 간절하게. 그것이 비록 섣부르고 공허한 말일지라도. 내 말문을 가로막은 건, 그 진상이 나 자신일지 모른다는 자각 때문이었다. "금방 갈게, 엄마"라고 말하기 전 잠깐의 침묵은 나에게 주어진 마지막 기회였다. 보미는 과속으로 달리던 차에 치여서 그 자리에서 즉사했다. 시신을 보여주기를 꺼리던 의사가 나를 따로 불러서 말했다. 임신 중이었다고.

 장례식장에서 누군가 귀띔해 주기를 간절히 기다렸지만, 아무도 나타나지 않았다. 보미의 학교 동창이나 직장 동료들이 와서 조문하고 울었지만, 그게 다였다. 뱃속의 아기가 무사히 태어났다면, 지금쯤 아장아장 걸을 나이였다. 앙증맞은 신발을 신고서. 나는 아기 포대기를 사 들고 서둘러 그곳을 빠져나왔다.

 '아기가 잡니다. 노크해 주세요.'
 아파트 현관에 붙어있는 포스트잇을 보고 가볍게 노크를 하자 도우미가 문을 열어주었다.
 "어머, 시어머니보다 친구 엄마가 먼저 오시네."
 도우미는 안방 문을 가리킨 후 두 손을 겹쳐 귀에 가져다 대며, 잔다고 속삭였다. 발밑에서 털이 곱슬곱슬한 푸들이 꼬리를 흔들었다. 내가 쇼핑백을 내려놓고 강아지를 안자 도우미가 진저리를 치며 말했다. "아이고, 애기 있는 집에서…… 온 집안이 강아지 털이에요." 성대 수술을 했는지 강아지가 내 품에서 낑낑거렸다.
 "엄마나 다름없는 분이라면서요. 제발 강아지 누구 주라고 말 좀 하세요."
 도우미는 자기가 사 온 원두로 내린 거라면서 커피 두 잔을 식탁에 갖다 놓았다. 커피 향이 공기 중에 희미하게 떠돌던 젖 냄새 분 냄새를 지웠다. 아기와 산모가 자니 할 일이 없는 건가? 나는 거실을 두리번거렸다. 좁은 거실이 아기용품들로 가득했다. 식탁 바로 옆에는, 아기용 간이침대가 있었다. 산모가 허리를 굽히지 않고 선 채로 아기를 돌볼 수 있게 만들어진 것이었다. 옆에는 주머니들이 나란히 붙어있어서 기저귀와 면수건, 로션과 면봉, 티슈 같은 것들이 잘 정리되어 있었다.

"애가 까탈스러운가 밤낮이 바뀐 건가, 잠을 잘 못 들어요. 산모가 밤새 잠을 못 자니, 애기 재우다가 그냥 안은 채 자버려요. 잠버릇은 애기 때 잘 들여야 되는데. 울더라도 모른 체 놔둬야 나중에 침대에 눕히면 자는 거구나 하고 알거든요. 안 그러면 계속 저렇게 안아 재워야 돼요. 애기들도 다 알거든요. 애기들이 엄마를 길들인다니까요."

도우미가 하도 자신 있게 얘기해서 나는 정말 그런가 싶었다. 그러나 보미가 애기 때도 재우는 게 쉽지 않았다. 아기들이 다 그렇지 않냐고 내가 말하자, 도우미가 잘라 말했다.

"성격 좋은 애들은 젖 먹고 배부르면 바로 자고 그러거든요. 애기 때부터 딱 보면 성격 나와요."

너무 까마득한 시절의 일이라 나는 입을 다물었다. 언제까지 이러고 있어야 되나 생각하며 안방 쪽을 바라보는데 문이 열렸다. 연하가 부스스한 얼굴로 아기를 안고 나왔다. 아기가 너무 작고 무기력해서 쳐다보는 것조차 조심스러웠다.

"안아봐도 되니?"

"그럼요. 손 씻었어요?"

나는 얼른 욕실에 가서 손을 씻고 나왔다.

"이모님, 그 옷 좀 주세요."

도우미가 작은방에서 들고나온 건 얇은 앞치마 같은 거였다. 도우미도 비슷한 걸 입고 있었다. "우리 애기 엄마가 좀 완벽주의예요. 공기청정기에 가습기, 온도계, 습도계에 자외선 살균기까지 얼마나 철저한지 몰라요. 저도 출근하면 옷부터 갈아입어요. 그래봐야 집에 가면 바지에 개털이 잔뜩 묻어있지만." 도우미는 아기 목욕을 시키고 연하가 아기 젖을 먹일 동안 저녁을 차렸다. 시간이 좀 남았지만 엄마나 다름없는 분이 오셨으니 일찍 가도 되겠다면서 퇴근했다. 식탁에는 연하 것만 차려져 있었다.

"이모도 같이 드실래요? 아줌마는 딱 산모랑 아기 것만 챙겨요. 그 외에는 추가 페이를 해야 된다더라고요."

"내 신경 쓰지 말고 얼른 먹어. 내가 아기 봐줄 테니."

"아이고, 미역국. 안 그래도 질리는데, 맛도 없어요. 저 아줌마는 자기가 프리미엄급이라고 자기를 만난 게 행운이라는데 뭐가 프리미엄인지 잘 모르겠어요. 말은 프리미엄급이에요."

나는 혼자 있는 대부분의 시간에 아기 사진을 들여다보았다. 잠결에 배냇짓으로 미소 짓거나 찡그린 얼굴, 모빌을 보며 방긋 웃는 얼굴을 홀린 듯이 보고 또 보았다. 세상에 그 어떤 존재가 이토록 온 마음을 사로잡을 수 있을까. 무엇보다 아기를 안았던 감촉이 잊히지 않았다. 보미를 키울 때는 잘 몰랐다. 사는 것에 치여 아기라는 존재가 버겁기만 했다. 나는 이런저런 핑계를 대면서 연하에게 문자를 보냈다. 샤인머스캣이 나왔네. 아주 맛있어 보이는데 사다 줄까? 치즈케익 먹고 싶다고 했지? 그러면 연하는 대개 좋아서 팔짝팔짝 뛰는 이모티콘을 보내왔다. 남편이 야근하는 날에 연하가 "이모, 와줄 수 있어요?" 하면 내가 좋아서 팔짝팔짝 뛰는 이모티콘을 보내고는 곧바로 자동차를 몰았다. 언제 연하가 에스오에스를 칠 줄 모르니 술을 마시지 않게 되었고 아무 연락이 없는 밤에는 기다리다가 지쳐 잠들었다. 연하는 잠이 모자라서 미칠 것 같다고 하소연했다. 밤에 혼자 아기를 돌보다가 왠지 모르게 억울하고 화가 나서 운 적도 있다고 했다.

그날은 상태가 좀 심각했다. 연하는 얼굴이 빨갛게 달아오를 정도로 흥분해서 어쩔 줄 모르는 모습이었다. "이모, 나 술 마시고 싶어요. 임신하고 지금까지 1년 넘게 한 방울도 안 마셨는데, 오늘은 마셔야겠어요." 남편이 친구 결혼식 때문에 서울에 갔다는 거였다. 젖가슴은 축 처지고 뱃살은 늘어진 데다 이제는 애까지 딸려서 꼼짝 못 하는데, 남편은 자기 챙길 건 다 챙긴다면서 가슴을 쾅쾅 쳤다. 냉장고에는 소주와 맥주밖에 없었다. 그나마 와인이 낫겠다 싶어 얼른 편의점에 다녀왔다. 아기는 아까부터 계속 울고 있었다. 나는 아기를 안고 어르면서 연하의 하소연을 들었다. 남편 친구가 자기들 결혼식에도 와줬기 때문에 안 갈 수가 없다는 것까지는 그래도 납득할 수 있다고, 정히 그렇다면 당일치기로 다녀오면 되는 거 아니냐고, 그런데 단짝 그룹 친구들과 하루 일찍 올라가서 일박을 하는 건 도저히 용납할 수가 없다는 거였다.

"갓난쟁이 때문에 힘든 와이프를 생각하면 그럴 수가 있어요? 그게 말이 돼요? 그리고 솔직히, 서울에서 무슨 짓을 할지 누가 알아요?"

연하는 숨도 쉬지 않고 말했다. 와인은 어느새 반 병이 넘게 비어 있었다.

"연하야, 남편한테 얘기는 해봤어?"

"무슨 얘기를요?"

"방금 니가 이모한테 했던 그런 얘기, 너의 심정 말이야."

"쪽팔리게 그런 말을 어떻게 해요. 안 가면 안 되냐는 말은 했죠."

"그랬더니?"

"예의가 아니래요. 지 와이프한테는 졸라 무례하면서. 진짜 가나 안 가나 오늘까지 두고 봤어요. 그런데 아까 퇴근하고 바로 출발한다고 전화가 온 거예요. 통보를 한 거예요."

아기가 엄마 눈치를 보는가. 흥분한 데다 취기가 오른 연하가 큰 목소리로 떠드는 데도 어느새 아기는 잠들어 있었다. 나는 아기를 침대에 눕혀놓고 살그머니 거실로 나왔다.

"아무래도 나는 엄마 체질이 아닌가 봐요."

"그런 게 어디 있어. 너는 이미 잘하고 있어."

"솔직히 나는 애기 낳고 싶은 생각도 없었거든요. 그런데 애기가 있으면 뭔가 안전할 거 같았어요. 그런데 씨발 더 불안해."

나는 조금 놀랐다. 은근히 남편과 시댁 자랑을 한다는 생각은 했지만, 불안해한다는 건 미처 몰랐다. 연하의 거친 말투도 낯설었다. 하지만 불안의 뿌리에 도사린 어린 시절의 상처를 누구보다 잘 알고 있는 나는 연민의 눈빛으로 연하를 바라보았다.

"연하야, 그게 무슨 소리야. 너처럼 똑똑한 애가 왜 그런 말을 해."

"근본이 없어서 그래요. 내가 자라면서 보고 배운 게 없거든."

연하는 어긋나기로 작정한 불량소녀처럼 입술을 비틀며 차갑게 말했다. 자기 비하의 말이 묘하게 나를 공격하는 것처럼 들렸지만 나는 너그러운 마음으로 타이르듯 말했다.

"연하야, I-메시지라는 말 알지? 너희는 지금까지 전혀 다른 가정에서 살아왔잖아. 그러니까 삐걱거리고 이해 못 하는 건 당연한 거야. 상대를 공격하고 비판하지 말고, 나는, 내 심정은 이렇다고 너의 상태를 알아듣게 설명해 봐. 그러면 남편도 너를 이해하게 될 거야."

"어디서 많이 들어본 소리네요. 이모가 하는 말들이 거의 그렇더라고. 내가 근본이 없으니까 책에서 배운 대로 해봤거든요. 그런데 세상은 책대로 되는 게 아니더라고."
"너무 완벽하게 하려고 애쓰지 마. 그러면 너만 힘들어져."
연하가 한심하다는 듯이 게슴츠레한 눈빛으로 나를 바라보았다.
"이모가 나에 대해서 뭘 알아요? 내가 지금까지 어떻게 살아왔는지 아무것도 모르잖아요."
나는 마침내 입을 다물었다. 흥분한 연하를 달래려고 애쓰면서 나는 과거에 미처 끝내지 못한 숙제를 하고 있는 듯 기묘하고 불편한 느낌을 받았다. 마치 남의 배역을 가로챈 것처럼 나 자신이 역겹고 혐오스러웠다. 그 숙제가 무엇인지 친절하게 알려주려는 듯, "엄마가 뭘 알아? 엄마는 내 마음 아무것도 모르잖아." 소리치던 보미의 목소리가 환청처럼 들렸다.

*

며칠 전부터 호피가 혼자서 어슬렁거렸다. 분명히 새끼들을 이소시켰는데, 먹이를 먹고도 새끼들에게 돌아가지 않았다. 호피는 자기의 출산이 임박한 걸 몰랐는지 아침을 먹다가 황급히 나무 아래로 비칠비칠 걸어가더니 새끼들을 낳았다. 다섯 마리였다. 그날 오후였다. 고즈넉하던 마당이 갑자기 소란했다. 까치 서너 마리가 흙먼지가 일도록 낮게, 날갯짓도 요란하게 원을 그리며 날기를 수 차례 반복하다가 사라졌다. 하도 쏜살같아서 처음에는 뭐가 지나갔는지도 몰랐다. 그리고 잠시 후 우유를 가지고 마당으로 나갔을 때, 새끼들이 세 마리로 줄어있는 걸 발견했다. 호피는 우유를 본 척도 하지 않고 다급하게 새끼들을 한 마리씩 물고 뒤란으로 사라졌다. 그 후로 먹이를 먹으면 새끼들에게 젖을 먹이러 사라지던 녀석이 이제는 먹이를 먹고도 그대로 늘어지게 누워서 잠을 잤다. 여섯 개의 젖꼭지가 퉁퉁 불어서 젖이 방울방울 맺혀 있었다.

*

  나는 다시 술을 입에 대기 시작했다. 휴대폰도 꺼놓았다. 대문 밖도 나가지 않고 술을 마시면서 마당이나 어슬렁거렸다. 한여름 뙤약볕 아래에서도 세상이 온통 회색빛으로 보였다. 그러다가 호피 새끼 두 마리가 까치들의 공격을 받은 날, 나는 휴대폰을 켰다. 아무런 흔적도 없었다. 문자, 부재중 전화 한 통 없었다. 고작 사흘이지만 내게는 삼 년 같았다. 갑자기 심장박동이 터질 것처럼 빨리 뛰기 시작하더니 호흡이 가빠졌다. 누군가 관 속에 집어넣고 망치로 쾅쾅 내려치는 듯 무섭게 외로웠다. 휴대폰에서 아기 사진을 찾았다. 아기는 여전히 천사처럼 그곳에 있었다. 나는 신경안정제를 맞은 듯 서서히 평온해졌다. 얼굴에는 은은한 미소가 감돌았다. 아기 사진을 한참 들여다보던 나는 불현듯 자리를 털고 일어나 옷을 갈아입고 읍내로 갔다. 나는 정육점에서 사골과 사태살을 사다가 푹 고았다. 도우미가 미역국을 끓일 때 맹물을 넣는 걸 보고 진작부터 해주고 싶었는데 찜찜한 뭔가가 자꾸 마음에 걸렸다. 세상 빛조차 보지 못한 아기와 보미 생각이 떨어지지 않았다.
  그러나 이제 와서 후회한들 다 무슨 소용인가. 지금은 산 사람을 생각해야 했다. 아기가 위태로웠다. 연하는 산후우울증이 분명했다. 아기가 태어난다는 건 인생을 통째로 뒤흔드는 사건이다. 그걸 삶의 신비와 기쁨으로 받아들이지 못해서 우울증에 걸린 것이다. 애써 만들어온 삶의 질서를 헝클어버리는 게 너무도 무기력한 존재라서, 어찌할 수 없는 무기력함이 자기파괴로 이끄는 것이다. 더 끔찍한 일이 일어날지도 몰랐다. 아기를 구해야 했다. 천사 같은 아기가 보고 싶었다. 아기를 볼 수만 있다면 어떤 소리를 들어도 상관없었다. 폭염의 한가운데서 나는 하루 종일 가스 불을 키웠다 줄였다 하면서 연하에게 어떻게 연락할까 궁리했다.

사골국 끓이는 사진을 보낼까 생각했지만 무슨 대답이 돌아올지 불안했다. 연하가 그날을 어떻게 기억하고 있을지 짐작이 되지 않았다. 연하는 나를 조롱하고 있었다. 엄마처럼 생각하라던 말을 그토록 가볍게, 의례적으로 내뱉은 것에 대해 일말의 책임이라도 느끼는지 묻고 있었다. 어쩌면 앙갚음인지도 몰랐다. 사흘 동안 연락 한번 하지 않은 건 그것에 대한 처벌일 것이다. 그런데 돌이켜보면 이틀거리로 먼저 연락을 한 건 대부분 나였다. 나는 무작정 찾아가기로 했다. 문전박대를 당하는 경우에 대해서는 생각하지 않기로 했다.

나는 들통이 한소끔 식었을 때 그걸 그대로 차에 싣고 연하네 아파트로 갔다. 노크를 하자 도우미가 나왔다. 도우미는 들통을 열어 보고는 눈이 휘둥그레졌다.

"아이고, 시어머니보다 낫네요."

매사에 시시콜콜 평가하는 도우미가 부쩍 거슬렸다. 고작 도우미의 공치사를 들으려고 하루 종일 땀 흘린 게 아니었다. 연하가 아기를 안고 나왔다.

"이게 다 뭐예요?"

연하는 그날의 일은 말갛게 잊어버린 얼굴로 밥 한 그릇을 말아서 먹었다. 마침내 나는 아기를 안았다. 아기가 나와 눈을 맞추었다. 아무런 표정도 없는 얼굴이지만, 그게 꼭 다 알면서 모르는 척하는 것처럼 보였다. 나는 말을 할 수 없을 뿐이에요. 나는 아기를 감싸안았다.
 도우미에게 다음에는 이 사골국물로 미역국을 끓이라고 했더니, 오늘이 마지막 날이라고 했다. 내가 연하를 바라보자 연하가 애교를 부리듯 고개를 갸웃하며 물었다.
 "이모가 도와주실 거죠?"
 너무나 당연하다는 표정이었다. 나는 얼른 고개를 끄덕였다. 도우미가 퇴근 시간이 얼마 안 남았으니 조금만 기다렸다가 차를 좀 태워줄 수 있냐고 물었다. 집 방향이 같았지만 내키지 않아서 망설이는데 연하가 끼어들었다. "오늘 마침 남편이 일찍 퇴근하는 날이라 이모를 소개하고 싶은데……." 도우미는 그렇다면 괜찮다고 했지만, 남편이란 말에 나는 견딜 수 없는 피로감을 느꼈다. "남편을 만날 기회는 아직 많으니, 다음에 보자." 나는 연하의 남편까지 감당할 자신이 없었다.
 "밤에 애기를 봐주신다면서요?"
 차가 아파트 단지를 빠져 나오자 도우미가 물었다.
 "남편이 야근할 때 가끔요."
 "그러면 돈을 받아요?"
 나는 미간을 찌푸리며 도우미를 힐끗 쳐다보았다.
 "돈을 받다니요. 딸 같은 아이라는 거 아시잖아요."
 나의 시선을 눈치챘을 텐데도 앞만 바라보는 게, 무슨 작정이라도 한 사람처럼 보였다.
 "에이, 그래도 친딸은 아니잖아요. 기분 나쁘게 생각하지는 마세요. 저는 그런 일을 하고 돈을 받는 사람이라서 물어본 것뿐이에요."
도우미는 얕은 한숨을 쉬더니 말했다.
"그런데 엄마가 사 온 선물 있잖아요. 애기 포대기요. 요즘 누가 애를 업냐고, 애기 다리 오자 만든다고, 그걸 당근에 올려놨더라고요. 엄마가 잘 모르는 거 같아서 말씀드리는 건데요, 요즘 젊은 사람들 자기애를 얼마나 끔찍하게 생각하는지 몰라요. 옛말 그른 거 하나도 없다니까요. 애 봐준 공은 없다고 하잖아요. 그렇게 자란 아이들은 또 어떤 어른이 될까요?"

*

장마전선이 북상 중이라는 예보만 무성할 뿐 후텁지근한 날씨가 계속 이어지던 밤이었다. 나는 오래 전 연하가 살던 집 툇마루에 걸터앉아 소주를 마셨다. 연하네 집은 손을 볼 수 없을 정도였다. 흙담은 아이스크림이 녹듯이 햇볕에 바싹 말라 부스러졌고 지붕은 가운데가 내려앉아서 방안에서 하늘이 보였다. 고양이들은 주로 연하네 집, 농기구들이 뒤엉켜 썩어가는 창고나 더러운 이불이 뭉쳐진 방, 부엌 구석에 새끼들을 낳았다. 그들 중 한두 마리가 겨우 살아남았다. 영양상태도 문제였지만 다른 영역의 수컷이나 들짐승이 해치는 경우도 적지 않았다.
마당은 개망초가 무성했다. 시멘트 틈에서도 맹렬하게 싹을 틔운 잡초는 시멘트에 미세한 균열을 내면서 세력을 넓히고 있었다. 담벼락 쪽, 지금은 꼭지가 헛돌고 물도 나오지 않는 수도에는 빨간 호수가 길게 꽂혀 있었다. 물이 흘러나오는 호스의 동그란 끝 가운데를 누르면 물이 분수처럼 솟구쳤다. 뜨겁게 내리꽂히는 한여름 햇살이 물줄기 끝에서 무지개로 피어났다. 초등학교 마지막 여름방학이 시작되었으므로 나는 보미를 서울로 데려가려고 내려온 참이었다. 보미는 엄마가 오는 날만 손꼽아 기다렸을 터였다. 내가 차에서 내렸을 때 아이들의 웃음소리와 물방울이 담장 밖으로 튕겨 나왔다. 내 얼굴에 장난기 어린 미소가 번졌다. 나는 물놀이를 하는 아이들과 한바탕 놀아주리라 작정했다. 마당에 들어섰을 때 내 눈에 들어온 건 머리부터 발끝까지 흠뻑 젖은 보미와 물이 콸콸 흐르는 호스를 들고서 웃고 있는 연하였다. 보미보다 먼저 나를 발견한 연하가 호스를 자기 머리 위로 들어 올려 물을 뒤집어쓰면서 소리내어 웃었다. 나는 연하가 들고 있던 호스를 빼앗아 아이들에게 물을 마구 뿌렸다. 연하는 고개를 떨구고 서 있던 보미의 팔을 잡아끌었다. 그제야 나를 발견한 보미가 마지못해 연하에게 끌려다녔다. 내가 보미의 손에 호스를 쥐여주자 그제야 표정이 풀린 보미가 연하를 향해 호스를 흔들었다. 나는 연하의 손을 잡고 뛰어다녔다. 물놀이는 연하 할머니가, "오메오메, 아깐 물." 하면서 수도꼭지를 잠그면서 끝이 났다. 서울에 도착한 보미는 여름감기를 호되게 앓았다. 폭염이 계속되는 날씨에도 이불을 덮고 식은땀을 흘렸다.

 봉긋 솟아오른 젖가슴이 드러나도록 물을 뒤집어쓴 보미와 조금도 젖지 않은 연하. 보미는 제일 아끼고 좋아하던 푸른색 나염 원피스를 입고 있었다. 서울에 가려고 갈아입었을 터였다. 나는 그 장면을 기억했다. 의기소침해 있던 보미와 아이답지 않게 입술을 비틀고 웃던 연하의 표정도. 그러나 모른 척 대수롭지 않게 넘겼다. 아이들이 놀다 보면 생길 수 있는 사소한 감정 문제에 어른이 개입하는 건 옳지 않다고 생각했다. 그러면 연하가 너무 가엽지 않은가. 방학이 끝날 무렵, 시골에 가지 않겠다고 떼를 쓰는 보미를 야단치면서 끌고 갔던 건 그래서였다.

아기 봐주는 일을 그만둬야 한다. 그러면 연하가 또 무슨 말을 할지, 어떤 말로 나를 조롱할지, 그런 건 무섭지 않았다. 애 봐준 공 같은 건 생각한 적도 없었다. 포대기는 아무래도 상관없었다. 정말 무서운 건 나 자신이었다. 도우미 대신 연하네 집에 가게 된 지 이틀째 되던 날이었다. 무슨 얘기 끝에 도우미에 대한 말이 나왔고, 나는 도우미가 말을 너무 함부로 하더라고 했다. 뜻밖에도 연하는 다 이해한다는 듯이, 그거 다 질투라고 말했다. 얼른 납득 되지 않는 말이었다. "제가 그런 심리를 좀 알거든요. 내가 그랬으니까. 나는 보미가 이모한테 야단맞는 것도 부러웠거든요." 갑자기 튀어나온 보미 얘기에 나는 신경이 곤두섰고 연하는 그때 그 시절이 새록새록 생각난다는 듯 감회에 젖은 표정이었다.

"사실은 내가 보미를 못살게 굴고 심술을 부렸는데, 이모는 보미를 야단치더라고요. 그게 부럽기도 하면서 한편으로는 또 고소한 거예요. 그래서 더 괴롭혔어요. 그런데 어느 날 보미가 그러더라고요. 너는 엄마가 없어서 불쌍하다고, 자기 엄마가 그랬다고. 나는 그때 비로소, 아, 내가 엄마가 없구나, 그걸 확인한 기분이었어요. 이모가 보미를 데리고 서울로 갔을 때는 엄마처럼 생각하라는 말도 다 거짓말이구나 깨달았죠. 그런데 내가 아기를 낳고 엄마가 되고 보니 이모를 이해할 수 있을 것 같아요. 어떻게 자기 딸보다 남의 딸이 더 예쁠 수가 있겠어요? 그때 보미한테 못되게 굴고 심술부렸던 거, 사과하고 싶은데 보미가 없으니 이모에게라도 사과하고 싶어요."

연하는 엷은 미소를 띠며 잔잔하게 보미와 나를 모욕하고 있었다. 그러나 나는 아무런 대꾸도 하지 못했다. 그것보다는 연하가 내 속마음을 꿰뚫어 보고 있는 것만 같아 뜨끔했다. 연하는 내 이야기를 하고 있었다. 나는 연하가 잠을 못 자고 우울증에 걸린 것조차 부러웠다. 남편 때문에 속끓이며 술주정하는 것도 부러웠다. 연하가 술주정을 하다가 곯아떨어진 날 밤에는 아기를 안고 그대로 사라지고 싶은 강렬한 유혹을 느꼈다. 보미의 아기를 안고 있다는 착각을 한 적도 있었다. 아기에 대한 나의 집착과 그것이 점점 병적으로 왜곡되고 있다는 걸 나는 자각하고 있었다. 그 모욕감을 견디며 일주일을 넘긴 것이 증거였다. 그만둬야 한다. 당장 그만두지 않으면 더 끔찍한 지옥이 기다리고 있을 터였다.

소나기가 퍼붓기 시작했다. 장마전선이 도착한 모양이었다. 나는 연하에게 문자를 보내려고 휴대폰을 꺼내 들었다. 그러나 문자 창을 여는 대신 아기 사진만 들여다보다가 내려놓았다. 빗줄기가 점점 굵어졌다. 나는 그대로 누워버렸다. 툇마루까지 빗방울이 튀어 올라 얼굴을 적셨다. 가로등 불빛 아래 빗줄기가 점점 굵어졌다. 모든 것이 무너지고 사라졌다. 그 무엇도 돌이킬 수 없었다. 그러나 돌아오는 것이 있었다. 해소되지 못한 것들은 반드시 돌아온다. 대못은 뺄 수 있지만 가슴에 박혀버린 말은 빼지도 못한다던 보미의 말은 그래서 틀렸다. 그것은 굳이 빼지 않아도 원래 자리로 돌아간다. 원귀처럼……, 돌아온다.

나는 눈을 감았다. 눈을 감은 얼굴에 자조하는 듯한 미소가 슬며시 떠올랐다. 잠시 후 머리맡에 놓인 휴대폰이 환해지면서 부르르 떨었다. 액정화면에는 연하의 이름이 떠 있었다.

제17회 현진건문학상 추천작

학구적인 물고기

박혜원

작가의 말

　뇌출혈로 돌봄을 받아야 하는 김여사. 그녀는 화려한 이력과 상관없는 무기력 앞에 절망하지만, 하루하루 살아내야 한다. 요양보호사 이서라는 철두철미하고 엄격하다. 삶에 불만인 그녀는 유복했던 과거와 어머니의 허상으로 집착에 가까운 애정을 갖고 있다. 이서라의 왜곡되고 병적인 아상(我相)은, 동고동락할 수밖에 없는 상황 속에서 김여사의 기본적 존엄성마저 무너뜨리고 만다.
　'돌봄'의 문제는 남의 이야기가 아니다. 돌보고 돌봄을 받아야 하는 관계의 역학에 대해서도 생각한다. 누구도 인권에 손상을 입지 않아야 함은, 시대의 화두이기도 하다. 누구나 김여사일 수 있으며 이서라가 될 수도 있다. 그들 모두 나의 분신이다. 김여사가 우아하게 황혼의 미학을 구현해 나가길 바랐다. 이서라 역시 경제적 권력 구조 속에서 따뜻하고 조화로운 모습을 이뤄가길 바랐다. 질시와 반목이 팽만한 현실 속에서, 혐오로 가득한 비인간적 관계보다 아름다운 그림을 구현하고 싶었다. 그런데 이야기는 역설적으로 풀려나갔다.
　등장인물과 내가, 사이좋게 함께 길을 찾기도 하지만 접점을 찾지 못해 갈등하거나 전혀 다른 방향으로 가기도 한다. 항상 아름다운 사랑 이야기를 쓰고 싶지만 붓의 끝은 방향을 잃을 때가 많다.
　언제쯤 나는 등장인물과 화해해서 서로가 원하는 길로 나아갈 수 있을까.
　여전히 자신이 없다.

약력

경남 거창 출생
1999년 《세기문학》 여름호 소설부문 단편소설 「회신」으로 신인문학상 수상
2023년 단편소설 「작품」으로 경남문학 올해의 장르별 우수작품상 수상
소설집 『비상하는 방』, 『그래도 우리는』, 수필집 『그 길 위엔 여전히 바람이 불고 있다』

　저승사자라도 온 줄 알았다. 그녀가 문을 열고 들어섰을 때 온 집 안으로 검은 기운이 확 몰려드는 것 같았다.
　그녀는 높이가 무릎 바로 밑에까지 닿는 검은색 가죽 부츠를 벗고 현관에서 거실 마루로 올라왔다. 그리고 열병식을 하는 군인처럼 어깨를 쫙 펴고 보무도 당당하게 거실 중앙으로 걸어 들어왔다. 그 바람에 새까만 롱 패딩 코트의 앞자락이 펄럭거렸다. 그녀는 소파에 앉아 있는 김여사를 향해 직진했다.
　"안녕하세요, 할머니! 전, 실버 노인 맞춤 돌봄서비스센터에서 파견한, 전문 요양보호사 이서라입니다!"
　그녀는 거의 90도 가까이 고개를 꺾어서 인사했다. 절도 있는 모습에 비해 목소리는 의외로 깜찍하고 맑았다. 얼굴은 보통 사람들보다 크고 넓적하면서도 동글동글했다. 주름 하나 없이 팽팽한 피부에, 나이를 가늠하기가 힘들었다.
　"오늘부터 제가, 하루 이십사 시간 내내 할머니를 돌봐 드릴 겁니다. 위생 관리, 식사 관리, 투약 관리 같은 전문적인 케어가 중심이고, 어르신의 외로움을 달래드리기 위해 말벗도 되어드리고 책도 읽어드립니다. 뿐만 아니라, 혹시라도 있을 외출도 도와드릴 겁니다."
　그녀는 숙련된 조교처럼 자신이 해야 할 일을 글을 읽듯이 또박또박 설명했다.
　"네, 잘 부탁드립니다."

김여사도 그녀의 말투를 따라 이렇게 또박또박 말하려고 노력했으나 혀가 꼬이고 속도도 느렸으며 생각한 대로 발음도 되지 않았다. 스스로 생각해도 한심하고 자존심이 상했지만 그래도 그동안 상태가 많이 호전된 셈이라 생각하며 스스로 위로했다.

이서라는 두 눈을 동그랗게 뜨고 휠체어에 앉아 있는 김여사를 머리끝에서 발끝까지 몸 구석구석 점검하듯 찬찬히 훑어보았다.

"센터에서 들은 것관 다른데요? 상태가 훨씬 좋으세요."

김여사는 대답해 봤자 그녀가 못 알아들을 것 같았지만 그래도 웃으며 애써 대답했다. 그러나 그조차 입술만 한쪽 뺨으로 한껏 딸려 올라갈 뿐이었다.

"내가 아직은, 몸을 내 맘대로 움직일 수 없어서 그렇지, 그래도 정신은 말짱하답니다. 암튼 나 스스로 움직일 때까지, 자알 부탁드립니다."

그녀의 마음은 그렇게 말했지만, 현실은 아니었다. 자음과 모음이 각기 따로 놀고 받침은 아예 붙여지지도 않았다. 그러니 이조차 이서라에게 제대로 전달될 리가 없었다. 김여사는 그저 고개를 꾸벅꾸벅 숙이며 자신의 마음을 전하고자 애쓸 뿐이었다.

이서라는 뭔지 모르지만, 자기의 예상이 빗나가서 자존심이라도 상한 것처럼 표정이 딱딱하게 굳어 있었다. 그러고는 김여사 앞에 우뚝 서서 천천히 검은색 가죽장갑을 벗기 시작했다. 그녀의 몸 그림자가 김여사의 몸을 가득 덮었다.

이서라는 매사에 철두철미했다. 일정한 시간에 식단에 따른 음식을 차려서 먹게 했고 후식도 영양소의 균형을 배려해서 준비했다. 하루에 필요한 적절한 양의 수분 섭취에도 신경을 썼다. 식기를 세척할 때는 반드시 살균 과정을 거치며 위생 관리에 철저를 기했다. 식사하고 30분 후에는 알람을 맞춰두고 정확한 시간에 투약했다. 내의는 매일 교환했고 겉옷도 체온 유지에 유념하며 색깔까지 맞춰 코디해서 깔끔하게 입혔다. 집안의 온도 설정 또한 덥지도 춥지도 않게 쾌적한 상태를 유지하도록 관리했다. 김여사의 건강 회복을 위해 이서라는 채광에도 신경을 썼다. 하루 일조량을 따져가며 귀찮아하지 않고 커튼 열고 닫기를 반복했다.

뇌졸중 환자는 실외 운동보다 실내운동이 좋다고 아들을 설득해 레그익스텐션 머신까지 주문했다. 매일 그날그날의 컨디션을 체크해서 운동량을 조절했으며 운동시간에 어긋남이 없었다. 또한 근력이 떨어지면 걸을 수가 없게 되고 나중에는 아예 일어설 수조차 없다면서 덤으로 온 덤벨과 밴드까지 활용해 팔다리 운동을 시켰다. 단 하루도 거르지 않았다.

그리고 저녁 식사 후에는 매일 목욕을 시켰다. 맨 처음에는 다른 사람에게 자신의 벗은 몸을 맡겨야 한다는 사실이 자존심 상하고 어색하기 짝이 없었지만 그건 이미 병원에서 극복한 일이라, 그저 그녀가 시키는 대로 몸을 맡겼다. 그리고 적정한 온도의 물에 부드러운 때밀이와 가벼운 마사지까지 겸한 이서라의 손길에 점점 익숙해져 갔다. 이서라는 김여사에게 정말 최적의 컨디션을 만들어주고자 노력했다.

이서라가 무엇보다 제일 좋아하는 시간은, 돌봄 대상자의 무료함을 덜어주기 위해 실행하는 '책 읽어주기'였다. 그때는 그녀가 늘 장착하고 있는 엄격함을 벗어나는 것 같았다. 이서라는 딱딱하고 철저해 보이는 모습과는 달리 리릭 소프라노 같은 목소리를 갖고 있었는데,

투명하고 매끄러워서 그냥 그 소리를 듣고만 있어도 아름다운 노래를 듣는 것 같았다. 그녀의 곱디곱고 낭랑한 낭송은 판매하는 오디오북을 능가하는 수준이었다. 김여사는, 책을 낭송할 때의 이서라는 음유시인 같다고 생각했다. 낭송이 끝날 때마다 박수를 치며 찬사를 아끼지 않는 제스처를 보냈다. 그러면 이서라는 약간 수줍어하면서도 아주 즐겁고 뿌듯한 내색을 했다.

"저도 어릴 땐, 집에 입주 과외 선생님이 있었어요. 그분이 제 공부를 관리해 주었지요."

그 말을 할 때 이서라는 구연하는 사람처럼 두 손을 가슴으로 모았으며 그녀의 표정은 자랑스러움과 함께 아득한 그리움으로 가득 차올랐다.

"아빠는 서울시 공무원이었고, 엄마는 여성 CEO였어요. 명동에서 직원을 몇 명이나 거느리는, 양장점을 운영했거든요. 외할머니가 물려준 일인데, 확장한 거지요. 우리 엄마는, 여자로서 전문학교까지 나왔거든요. 그 시절에…… 여성 엘리트였어요."

'전문학교'라는 부분에서는 한껏 톤을 높여서 힘주어 말했다.

이서라는 어린 시절 자기 자신이 어떤 환경에 자랐는지 말하기를 즐겼고, 자주 그 시절의 이야기를 끄집어내곤 했다.

"저는 사립유치원에 다녔어요. 노란색 원복을 입었었는데, 병아리 같았죠. 그뿐이 아니에요. 피아노 개인 레슨도 받았어요."

그 이야기를 꺼낼 때마다 그녀는 '개인 레슨'에 엑센트를 주었다.

"제가 쇼팽의 즉흥환상곡을 좋아하는데요, 그건 우리 엄마 때문이에요. 엄마는 피아노를 아주 잘 치셨거든요. 자주는 아니었고, 아주 가끔요. 정말 아주 가끔, 피아노 연주를 하셨지요."

이서라는 자기 어린 시절에 대한 기억을 반복해 떠올림으로써 자존감을 유지하려는 것 같았다. 함께 한 지 얼마 되지 않았지만, 김여사는 수도 없이 반복해 듣는 이야기를, 처음 듣는 척하곤 했다. 이야기를 마친 이서라는, CD 캐비닛에서 쇼팽 피아노곡집을 찾아내 전축에 끼워 넣었다. 이젠, 마치 자기 집에서 그러는 것처럼 그녀의 행동은 아주 자연스러웠다.

피아노 선율이 집안 가득히 퍼져나갈 때 이서라는 회상에 잠기는 듯 황홀하면서도 슬픈 표정을 지었다. 김여사 또한 피아노 음률과 함께 출렁이는 자신의 감정에 따라 아련한 기억을 떠올렸다. 아름답고도 가슴 저린 회억들이 파도처럼 밀려들었다 몰려 나가는 것 같았다.

그런데 김여사 옆에 앉아서 한참 피아노곡을 듣던 이서라가 갑자기 고개를 홱 돌렸다. 그러고는 김여사를 뚫어지게 바라보았다. 그녀의 얼굴 근육은 딱딱하게 굳어 있었고 눈에서 섬광이라도 뿜어나오는 것 같았다. 갑자기 변한 이서라의 표정에 한껏 부풀었던 감상적 감성이 졸지에 무너져 내렸다. 이서라는 눈 한 번 깜빡거리지 않고 말을 툭 던졌다.

"할머니는 우리 엄마랑 똑같이 생기셨어요. 너무!"

그동안의 목소리와는 달리, 낮고 어두웠다. 그리고 그 한마디 한마디에 칼날 같은 날카로움이 배어 있었다. 왜 그런지 딱히 이유를 댈 순 없지만, 김여사는 그렇게 말하는 그녀의 모습에 와락 무섬증이 몰려들었다.

화장실에서 아침 볼일을 보고 일어서는 순간 김여사는, 속이 메슥거리면서 심한 현기증이 밀려와 그 자리에서 쓰러졌었다.

몸이 평소와 완전히 달랐다. 사지가 맘대로 움직여지지 않았다. 목구멍이 꽉 막혀 그 어떤 소리도 낼 수가 없었다. 그러면서도 정신은 가느다랗게 실처럼 살아 있어, 이대로 있다가는 죽을 수도 있겠다는 두려움이 밀려들었다. 몸이 정신과 함께 아주 먼 세상을 향해 떠나고 있는 것 같았다. 삶에 대한 절박한 욕구 때문이었는지 생존본능 때문이었는지, 가물거리는 정신줄을 기를 쓰며 부여잡고, 온몸의 힘을 다 끌어모아서 팔꿈치를 뻗었다가 다시 몸쪽으로 끌어당겼다. 그렇게 하기를 수백 번 아니 수천 번은 더 했던 것 같았다. 시간은 너무나도 더디게 흘러갔다. 김여사의 생각으로는 몇 시간이 흐른 뒤에야, 겨우 화장실에서 나올 수 있었던 것 같았다. 거실을 지나 현관문 앞으로 기어 나오기까지, 그야말로 필사적이었다. 김여사의 몸은 온통 땀으로 함빡 젖었었다. 그리고 그 뒤의 기억은 나지 않았다. 이마에 멍이 들고 팔꿈치랑 무릎이랑 다리 촛대뼈가 성한 데 없이 다 까져서, 그 상처만으로도 오래 치료를 받아야 했었다.

아이들 이야기로는, 문 입구 신발장 앞에 쓰러져 있는 걸 마침 배달 온 우체부가 알아차리길 망정이지 조금이라도 늦었으면 김여사는 이 세상 사람이 아닐 거라고 했다. 하늘의 도우심이었는지 그날따라 등기 우편물이 있어서 우체부는 확인차 초인종을 눌렀고, 안에서 이상한 소리가 나서 문을 열어보았다는 것이었다. 다행히 문은 열려 있었다고 했다. 김여사는 자기가 잠금장치까지 풀고 정신을 잃었는지, 그건 기억해 낼 수가 없었다.

그 뒤로, 마음은 뻔했지만 몸은 그녀의 말을 듣질 않았다. 다행히 약물치료로 사흘 뒤에는 정신이 돌아오고 자리에서 등을 기대고 앉을 수 있게 되었지만 말은 어눌했다. 또한 두 팔과 두 손은 어느 정도 움직여지지만 다리의 힘은 마음대로 쓸 수가 없었다. 그저께만 해도 내 맘대로 내딛던 걸음걸이가 불가능했다. 다리에 전혀 힘이 들어가질 않았다. 허벅지도 장딴지도 그냥 모양만 있을 뿐 빈껍데기처럼 감각이 희미했다. 그리고 한 번 어그러졌던 몸은 예전 같지 않았다. 사람들은 하기 좋은 말로 그만하길 다행이라고 했고 김여사 또한 살아 있음에 감사한다고는 했지만 이만저만 절망스러운 게 아니었다.

병원에서는, 얼핏 표는 나지 않지만 하루하루 시간이 쌓이면서 조금씩 상태가 나아지고 있다고 했다. 그렇지만, 한 번 터졌던 뇌의 실핏줄은 여전히 시한폭탄처럼 언제 어디서 갑자기 터질지 모르는 위험을 안고 있었다.

퇴원 후에도 자식들은, 따뜻한 곳에서 갑자기 찬 곳으로 나가면 안 된다면서 당분간은 실내에만 있으라고 했다. 그러고는 이서라를 불러들인 것이었다.

이서라의 친절함과 철저함과 청결함은 아이들에게 안도감과 만족감을 주었다. 그렇지만 김여사는 한껏 움츠러들었고 주변 사람들의 눈치를 보게 되었다. 특히, 친절하지만 엄격한 선생님 같은 이서라의 앞에서는 심하게 주눅 들어가고 있는 자신을 느끼곤 했다. 이서라의 눈치를 보는 게 마음뿐 아니라, 김여사의 몸까지 감지하게 될 때는, 자기 자신이 한없이 작아지고 보잘것없는 존재라는 자괴감까지 밀려들었다.

노인 고독사가 사회문제라는 이야기는 들었지만 김여사 자신이 그 범주 안에 들어가게 되리라고는 꿈에도 생각하지 못한 일이었다. 게다가 지금은 엄연히, 고독사 위험군의 사회적 고립을 해소하기 위한 돌봄 서비스의 대상자가 된 것이었다. 남의 이야기도 아니고 바로 김여사 자신이, 한 가구 세대주인 고령자로서 명실공히 '고독사 예방·관리 시범사업'의 대상자로 선정된 것이다. 그 사실이, 정말 말도 안 되게 그녀를 우울하고 서글프게 만들었다. 게다가 이서라는 그 사실을 꼭꼭 집어 먹이듯이 수시로 김여사에게 일러주곤 했다. 어느 날 아침 갑자기 내 의지와 상관없이 쓰러졌던 것처럼 또다시 그런 일이 생기지 않으리란 보장은 없었다. 그리고 설사 그렇게 된다고 하더라도 내 몸을 내 맘대로 쓸 수도 없으니, 내 몸의 주인이 내가 아님을 알게 된 이상, 이젠 김여사가 어찌해 볼 수 없는 일이기도 했다.

이서라가 틀어놓은 피아노곡은 즉흥곡에서 녹턴으로 넘어갔다. 고요하고 낭만적인 밤에 들을 법하게 조용하고 달콤한 선율이 되려 사람을 침울하게 만들었다. 김여사는 그동안의 자기 생활의 변화를 돌아보며 한숨을 쉬었다. 그리고 어느덧 자신의 몸을 피아노 선율에 몸을 맡긴 채 암암히 잠 속으로 빠져들고 있었다.

이서라는 시금칫국을 끓이고 생선을 구웠으며 콩나물무침에 깨소금을 뿌려서 정갈한 밥상을 차려왔다.

살뜰하게 생선 살까지 발라 김여사의 숟가락 위에 얹어주었다. 김여사는 그 맛을 음미하며 천천히 씹었다. 며느리가 사다 놓고 간 생선의 하얀 살이 도톰하면서도 담백하고 맛깔스러웠다. 간도 적당하고 뒷맛 또한 고소했다. 오랜만에 입맛이 돌아오는 것 같았다.

"이게 무슨 생선이죠? 맛있네요."

그러나 생각과 달리 입 밖으로 나오는 말은 여전히 자모음이 뭉개졌다. 그럼에도 이서라는 잘 알아들었다. 엄마가 뇌출혈로 쓰러지고 사망에 이를 때까지 간병했다더니, 이서라는 환자의 어눌한 말을 곧

잘 알아들었다.
"모르셨어요? 이 생선은, 아카데믹이에요."
"네? 아카데믹요?"
구체적인 발음은 드러나지 않았지만 김여사는 높고 새된 목소리로 그녀에게 되묻고 있었다.
"네, 아카데믹요! 보세요!"
이서라는 밥을 먹이다 말고 일어서서 냉동고에서 생선을 꺼내왔다. 투명한 포장용지 속에 반건조 상태로 들어있는 생선은 손질이 잘 되어 머리가 없었다. 몸통이 몽톡하게 짧고, 비늘까지 정리되어 없었지만 그 몸빛은 전체적으로 빨간색의 흔적이 남아 있었다. 크기는 작았지만 살집이 두터워 먹을 게 많은 생선이었다. 김여사는 산골 태생이라 생선에 대해 아는 게 별로 없었다. 그래서 대거리할 만한 자신은 없었지만 생선 이름이 '아카데믹'이라는 건 좀 우습다는 생각이 들었다.
"그, 생선 이름이, 무슨 학자도 아니고…… 아카데믹이라니 재밌네요."
선명한 내용 전달은 안 됐지만, 웃긴다는 그녀의 표정과 함께 약간 킥킥대는 것 같은 소리가 입술을 비집고 나왔다. 그 순간, 새까만 코트 자락을 펄럭이며 현관문을 맨 처음 들어섰을 때의 모습처럼 이서라의 표정이 딱딱하게 굳었다. 그리고 아주 단호하게 말했다.
"이게 고급 어종이거든요! 맛이 좋아서, 우린 많이 먹었답니다! 이.아.카.데.믹.을요! 이건, 분명, 아카데믹입니다! 우리 엄마가 분명히 아.카.데.믹.이라고 했단 말입니다!"
그녀는 '아카데믹'이라는 단어 한 글자 한 글자에 힘을 주어 또박또박 반복해 발음했다. 김여사는 아차 싶었다. 그녀가 이서라의 자존심을 건드린 것이다. 더구나 공부나 학벌에 관련된 이야기가 나오면 신경을 곤두세우면서 상대를 깎아내리고 싶어 했는데, 미처 생각하지 못했음이 후회스러웠다. 하긴, 그녀의 집에 들어온 지 시간이 꽤 흘렀는데도, 이서라는 단 한 번도 김여사를 '교수님'이라고 부르지 않았다. 꼭 '할머니'라고만 했다. 늙고 병든 할머니인 것은 맞지만 그래도 자기 이력을 아는 사람들은 대부분 '교수님'이라고 지칭해 줌으로써 병든 김여사를 여전히 존중하고 우대하고 있다는 것을 다소 과장하듯 드러내려는 것 같았다. 비록 몸이 둔해지고 의사소통조차 어눌하지만, 김여사의 쾌차를 바라며 위로와 격려를 보내는 차원에서도 그들은 일부러 지난 날의 그녀의 이력을 끄집어내 호칭했던 것이다. 그런데 이서라는 달랐다. 김여사의 병약함을 부각하는 동시에 자신이 어렸을 때 얼마나 교육적이고도 부유한 환경에서 자랐던가를 틈이 날 때마다 반복해 강조해 왔던 것이다.

아버지가 바람을 피우고, 오빠가 사업에 실패해서 친정 재산을 다 말아먹는 바람에 자신은 대학을 포기해야 했다는 이야기를 한풀이하는 사람처럼 거듭거듭 이야기해 왔다. 배움에 대한 열망에 비례하여 그녀의 아쉬움과 절망 또한 얼마나 컸는지 그리고 지금의 삶에 대한 회한과 불만이 얼마나 많은지 짐작하고도 남을 만했다. 그리고 그런 이서라를 충분히 이해할 만큼 그녀와 함께 한 시간도 꽤 많이 축적되어 가고 있었다. 그렇기 때문에 김여사도 되도록, 그녀의 아픔과 상대적 핍절함을 건드리지 않으려고 그 비슷한 이야기는 피해 왔던 것이다. 여전히 불분명하지만 그래도 조금씩 선명해지는 김여사의 발음 속에서 건져낸 '학자'라는 단어가 이서라에게 가시처럼 걸린 모양이었다. 물론 그동안 공부하면서 사느라 부엌살림과 관련된 일에서 젬

병이긴 하지만, 그래도 생선 이름이 '아카데믹'이란 것은 뭔가 어울리지 않는 것 같아 불쑥 내뱉은 소리였던 것이다.

이서라는 그걸 그냥 넘어가지 않고 정색하며 김여사의 머릿속에 그 생선의 이름을 옮아 넣듯이 반복해 이야기했다. 자기 엄마가 수많은 직원을 거느린 신식 양장점을 운영했고 피아노를 치는 인텔리였으며, 그런 엄마가 가르쳐 준 생선의 이름이 '아카데믹'이라는 것을 주장의 근거로 내세우면서 김여사를 밀어붙였다.

김여사는 과장되게 고개를 주억거리며 그녀의 주장에 동의한다는 표시를 했다. 애초에 토를 달지 말고 그냥 묵묵히 먹기나 할 걸 괜한 대거리를 한 것 같아 후회되었다. 그리고 주눅이 들면서 그녀의 눈치가 보였다. 늙고 병드는 일 앞에서 삶의 이력은 아무런 의미가 없는 것이었다.

어느새 김여사는 입을 다물고 다소곳이 앉아서, 이서라가 숟가락 위에 올려주는 '아카데믹'의 살을 말없이 받아먹고 있었다. 좀 전까지만 해도 맛깔스러웠던 입맛은 어디로 사라졌는지 입안이 썼다.

강건하고 당당한 이서라는 그날 저녁에도 어김없이 김여사의 마음의 양식을 채워주기 위해 맑고 고운 리릭 소프라노의 목소리로 음유시인처럼 책을 읽어주고, 집 안 구석구석 빈틈없이 뒷정리를 한 뒤에 잠자리에 들었다. 그야말로 무엇 하나 빠지거나 모자람이 없었다. 그렇지만 그날 밤 김여사는 오래도록 잠을 이루지 못하고 몸을 뒤척이며, 아무런 대책 없이 쓰러졌던 그날의 기억을 반복해서 떠올리며 아파했다. 그리고 뭐라고 딱히 설명할 수 없는 슬픔과 자괴감이 엄청난 무게로 밀려들어 눈물을 흘리며 제법 흐느껴 울었던 것 같았다.

이서라가 미안한 표정을 지으며, 주말에 자기 집안 결혼식이 있어서 출타해야 한다고 말했다. 김여사는 이상하게도 전혀 아쉽지 않았다. 요즘은 거의 모든 일을 그녀의 손길에 의존하는 일상인데도 그랬다. 오히려 마음이 날아갈 듯 홀가분했다. 애써 아쉽다는 표정을 지으며 걱정 말고 잘 다녀오라고 했다.

대신 아들과 며느리가 왔다. 며느리는 늘 그러듯 먹을 것을 바리바리 싸 와서 냉장고에 쟁여 넣었다.

보행 보조기에 의지해 혼자서도 제법 걸을 수 있게 된 김여사는, 보란 듯이 집안 여기저기를 다니면서 자신의 건재함을 과시했다. 그리고 이제 돌봄서비스를 그만둬도 좋을 것 같다고 이야기했다.

"이서라 씨는, 책임감이 강하고 깔끔해서 놓치기가 싫던데…… 혹, 뭐 불편한 거라도 있으세요?" 며느리는 의아하다는 표정을 지었다.

"아니, 아니야! 부족해서가 아니라…… 이제 나 혼자서도 가능할 거 같아서…… 결국 나중엔, 나 혼자 감당해야 되니까, 자꾸 연습해야지. 너희 부담도 줄이고."

스스로 듣기에도 제법 의사소통이 가능할 정도로 김여사의 발음이 선명해지고 있었다.

"어머님이 그러시다면 일단 센터에 얘기는 해 볼게요. 그렇지만, 이번 정기검진 날, 병원부터 다녀와요. 그 결과를 보고 결정해도 늦지 않을 것 같아요."

"검진부터…… 알겠다. 그러자."

그러다 김여사는 문득 눈물을 흘렸던 그날의 일이 떠올랐다.

"그런데 에미야. 지난번에 니가 사다 준 생선 있잖니? 그 생선 이름이 뭐니?"

"그게? 뭘 말씀하시는지?"

"왜, 그 자그마하고 몸이 도타우면서, 빨간색 물고기…… 그, 맛이 아주 좋더구나."

"아, 아까모찌요? 그거. 보통 빨간고기라고도 하던데요."

"그래, '아까' 가 '빨강' 이니까, 맞네!"

"일본어는 잘 모르지만, 사람들이 눈볼대라고도 하고…… 근데 왜요?"

"아니, 이서라가 그걸, 아.카.데.믹.이라고 빡빡 우겨서…… 찍소리도 못하고 그냥 있었다."

김여사는 '아카데믹' 이라는 단어를 하나하나 또렷하게 발음하려고 애를 쓰면서, 고자질하는 아이처럼 그동안 억울했던 심정을 풀어내고 있었다.

"아카데믹요? 아카데믹, 아까모찌…… 참 재밌네요. 그거, 엄청 학구적인 물고기네요."

며느리도 웃고 김여사도 웃고 아들도 웃었지만 그 웃음 끝자락에 김여사의 가슴엔 아릿한 서글픔과 함께 분노와 괘씸함이 봇물 밀리듯 밀려들었다.

요즘 들어 손발의 움직임도 걸음걸이도 예전에 비하면 많이 유연해졌고 발음도 선명해진 것 같았다. 그런데 불행하게도 생각은 아둔해지고 기억도 깜빡깜빡해서, 낯익은 물건조차 찾는 게 일이 되었다. 늘 놓던 자리에 두지 않고 야물게 보전할 거라고 어딘가 장소를 옮겼다 하면, 그건 하루고 이틀이고 며칠 동안 찾아다녀야 하는 일거리가 되었다. 결국엔 못 찾고 포기를 하거나, 포기하는 게 낫겠다고 마음먹을

즈음에야 요행히 나타날 때도 있었다. 시간이 갈수록 자주 그랬다. 그럴 때마다 이상하게도, 김여사보다는 이서라가 그 물건들을 더 잘 찾아냈다. 그러다 보니 김여사는 점점 더 그녀에게 의지하지 않을 수가 없게 되었다. 그런데, 그러면 그럴수록 김여사의 눈치는 늘어가고 자존감 또한 떨어져 갔다.

검진 결과는 그리 긍정적이지가 않았다. 병원에서 하는 이야기는 김여사의 마음을 어둡고 서글프게 만들었다. 뇌출혈이 일어났던 두 군데의 위치가 이번에는 운 좋게 그냥 지나갔지만, 주변 혈관들이 모두 노쇠한 데다 피 또한 맑지 않아서 언제 어디서 다시 막히거나 터질지 모르는, 시한폭탄을 지닌 것과 같다고 했다. 그래서 더욱 철저하게 식단 관리를 해야 하고 무리하지 말아야 한다고 했다. 의사는 이제부터 늙음과 아픔을 일상으로 삼아야 한다고, 마치 선고라도 하듯이 말했다. 뿐만 아니라 항상 누군가 곁에 있는 게 안전하다고 경고 아닌 경고를 했다. 지금 돌봄 시스템을 이용하고 있다면 그 요양사의 도움을 계속 받는 게 좋다고 했다. 앞으로도 이서라의 도움 속에 머물러 있어야만 하는 것이었다. 김여사는 의사의 말에 그 어떤 항변도 할 수가 없었다. 내 몸이 내 마음대로 되는 것도 아니지만, 다른 사람의 도움을 청해야 하는 부실한 그 몸이 남의 것도 아닌 김여사 자신의 것이어서, 그저 아무것도 내색하지 못하고 갑갑하고 불편한 심정을 꾹꾹 안으로 욱여넣어야만 했다.

베란다 문을 열어도 이젠 춥지 않았다. 게다가 어디선가 바람을 타고 꽃향기도 묻어 들었다. 화창한 봄날이었다. 며칠 전부터 김여사는 기분이 한껏 부풀어 올랐다. 화사한 색의 옷을 입고 파스텔 톤의 머플러를 하고, 산책이라도 나서고 싶었다. 그동안 너무 집안에만 갇혀 지냈다. 그래서 전날 서랍에서 꺼내두었던 머플러를 찾았다. 그런데 그것을 꺼낸 뒤 어디에 뒀는지 도대체 생각이 나질 않는 것이었다. 요즘 들어 늘 반복되는 일이어서 스스로에게 짜증이 났다. 결국 이서라에게 묻지 않을 수 없었다.

"이선생, 혹시, 서재, 책상 위에 둔, 파스텔 톤 실크 머플러 못 봤어요? 어제 꺼냈는데······."

김여사는 그저 지나가는 말로 대수롭잖게 물었다. 그런데 갑자기 이서라의 표정이 바뀌면서 아주 표독스럽게 대답했다.

"난, 절대! 남의 물건엔 손 안 댑니다! 저는, 아주 양심적인 사람입니다!"

그녀는 한 자 한 자 또박또박 힘을 줘가며 고함치다시피 대거리를 했다. 그녀의 목소리에 시퍼런 독기가 서려 있어 그 예리한 서슬에 김여사의 마음이 베여나가는 것 같았다. 순간 와락 무서웠다. 이서라의 몸에서 뿜어 나오는 음험한 기운에 김여사는 한껏 움츠러들었다. 그러고는 겨우 기어드는 목소리로 변명했다.

"아니, 그게 아니라, 내가, 요새 하도 깜빡깜빡해서······ 혹시 봤나 싶어서······ 그냥 물어봤던 거예요."

이서라는 허리에 양손을 얹은 채 씩씩거리며 그런 김여사의 모습을 한참 노려보고 서 있었다. 잘못을 저지르고 나서 꾸중 듣는 아이처럼 김여사는 고개를 푹 숙이고 방바닥을 내려다보았다. 그리고 어느 순간 그 바닥 위로 눈물이 주르르 흘러내렸다.

이서라는 김여사가 원하는 책이 아닌, 자기가 보고 싶은 서적을 선택해서 읽었다. 그리고 자기 기분에 겨워 자기 맘대로 읽기를 멈추고 때론 웃고 때론 울었다. 음악도 자기가 좋아하는 음악을 틀었다. 특히 경음악을 많이 들었다. 언젠가 아침 방송에서 나오는 세미클래식을 듣고 그 음률에 따라 흥얼거리는 그녀에게 김여사는, 자기는 정통 클래식을 좋아한다고 이야기한 적이 있었다. 그 순간 이서라의 표정이 심하게 일그러져, 괜히 그 말을 했다고 내내 자책한 적이 있었다. 그 이후에 더 그러는 것 같았다. 그러나 그런 그녀에게 김여사는 그 어떤 제안도 불평도 할 수가 없었다.

요즘 들어 김여사는 부쩍 더 겁이 많아졌다. 이서라가 뭘 사러 나가거나 볼일이 있어 잠시라도 자리를 비우면, 일부러 클래식음악을 크게 틀어놓고 감상하기도 했지만, 도어락의 번호 누르는 소리가 들리면 얼른 스위치를 껐다. 그러나 그럴수록 스스로 한없이 부끄럽고 쪼그라드는 것 같아서 이젠 그 짓도 그만두었다. 이서라가 지 맘대로 듣는 음악은 그냥 백색 소음일 뿐이라고 자신에게 주억거리며 견뎌냈다.

김여사가 입는 옷도 이서라의 취향으로 변했다. 김여사는 장식이 많고 아기자기한 스타일에 화사한 색의 옷을 몸에 딱 붙여서 입는 걸 좋아했는데, 어느덧 거의 매일 검정이나 회색, 흰색 같은 무채색의 옷을 느슨하게 입고 있는 자기 모습을 발견할 수 있었다. 그러나 그 또한 마음에 들지 않는다고 항변할 수 없었다. 그냥 입혀주는 대로 입고 벗고 했다.

목욕물의 온도도 자기 기분에 따라서 낮게도 하고 높게도 했으며 가끔, 갑자기 뜨거운 물이 왈칵 쏟아져나와서 살이 델 뻔하거나 갑작스레 차가워져서 소스라치게 놀랄 때가 잦아졌다.

그러다 보니 김여사 혼자 있을 때조차 자기가 하고 싶은 일을 스스로 하지 못하고 자꾸만 눈치를 보고 있었다. 동시에 자발적인 의지나 해결 능력도 점점 줄어드는 것 같았다. 옷장을 열고 옷을 선택하는 일도 귀찮고 아래위의 스타일과 색깔을 맞추는 일도 피곤해졌다. 내가 보고 싶은 책을 찾는 일도 심드렁하고 겨우 찾아내 독서대에 꽂아놓았다 하더라도, 읽기 시작하면 얼마 되지 않아 허리가 묵직하게 아파 오고 눈이 침침해졌다.

뿐만 아니라, 잠자다 일어나서 물을 마시려고 찬장에 있는 컵을 잡다가 놓쳐서 몇 개를 깼는지 몰랐다. 깨진 유리 조각을 혼자서 치우려다가 손이 베이고 발바닥이 찢어져서 결국엔 밤중에 이서라를 깨워야 하기도 했다.

내가 할 수 있는 일의 영역이 점점 좁아져 갔다. 김여사 자신도 내 능력의 한계가 이 정도인가 싶어 한심했다. 그럴수록 김여사는 점점 더 위축되고 자존감 또한 낮아지고 있었다.

하루는 이서라와 함께 TV를 보는데 노인 학대에 대한 뉴스가 나왔다. 20여 년간 아들에게 학대를 당해 온 75세 된 여성의 이야기였다. 그 아들은 술만 마시면 집안의 물건들을 집어 던지고 부수고 자기 어머니를 때리고…… 심지어는 한겨울에 노인을 집 밖으로 쫓아내서 동상에 걸려 치료를 받기도 했다. 보다 못한 이웃이 신고했고, 지방자치단체와 상담 기관은 할머니를 공공시설에 보호하고 아들은 정신적인 치료를 받게 했다고 했다. 그리고 덧붙여 아나운서는, 노인들이 주로 자녀에게 학대받는 경우가 많지만 최근 들어서는 돌보는 사람에 의해 폭력을 당하는 건수도 늘어나는 추세라고 했다.

김여사는 온몸에 소름이 쫙 끼치면서 더 이상 뉴스를 보고 싶지 않았다. 그래서 리모컨을 들어서 채널을 다른 데로 돌렸다. 그랬더니 옆에서 같이 보고 있던 이서라가 그녀의 손에서 리모컨을 확 낚아챘다. 그러고는 아까 보던 채널로 다시 화면을 바꿨다. 뉴스는 이미 다른 화제로 바뀌어서 요즘 힘들어진 경제 이야기를 하고 있었지만 이서라의 시선은 그대로 화면에 고정되어 있었다. 표정은 보이지 않았지만 옆에서 본 그녀의 턱선과 콧날은 무언지 모르는 노여움으로 가득 차오르고 있다는 것을 느낄 수 있었다. 이서라의 가슴이 심하게 아래위를 오르내렸고 숨소리도 거칠어져 갔다. 이서라와 김여사 사이에 팽팽한 긴장감이 흘렀다. 김여사는 숨소리조차 낼 수 없었다. 다만 TV만 눈치 없는 사람처럼 혼자 떠들어대고 있었다.

시간이 얼마나 흘러갔는지 알 수 없지만, 김여사는 숨이 막혔다. 뉴스는 끝도 없이 이어졌다.

김여사가 거의 기진해 쓰러질 것 같을 때 마침내 뉴스가 끝이 나고 광고 시간이 되었다. 한 꼭지의 광고가 끝나자 이서라도 TV를 껐다. 그러고도 한참을 소파에 앉아 있었다. 김여사 또한 옴쭉달싹도 못한 채 숨소리까지 죽이며 가만히 앉아 있었다. 시간의 흐름은 더디기만 했다.

이서라가 갑자기 고개를 돌려 김여사를 마주 보았다. 그녀의 눈동자가 튀어나올 듯이 시뻘겋게 충혈되어 있었다. 그녀는 평소와는 다르게 철판을 긁듯이 예리하고 쉰 목소리를 내뱉었다.

"그때 나는, 엄마한테 말했어요. 엄마 귀에다 대고, 속삭이듯 말했지요. 이렇게……."

그렇게 말하는 이서라의 입술이 심하게 일그러졌으며 표정은 깊이를 알 수 없는 심연처럼 어두웠다. 눈빛만이 형형해 김여사의 얼굴을 관통할 것 같았다.

"엄마, 이제 더 이상 추한 모습 보이지 말고, 떠나세요. 이젠 가셔야겠어요. 이렇게 사시니 가시는 게 나아요."

대사를 읊조리듯 한 자 한 자 비장한 결의를 담아 또박또박 말하는 이서라는 연극 무대에 선 배우와도 같았다.

"우리 엄마는, 그렇게 추한 모습으로 살아서는 안 되는 분이었어요."

그 말이 떨어지자 그녀의 표정은 곧바로 확신에 찬 듯 득의만만하게 변했다.

"그럼요! 우리 엄마가 얼마나 우아하고 당당하신 분인데……. 그래서 나는, 엄마가 원하는 대로 해 드렸어요!"

그녀는 자리에서 벌떡 일어나 단말마처럼 외쳤다.

"그럼요! 나는 단 한 번도 후회하지 않았어요! 절대 후회하지 않아요! 그때 엄마의 그 표정은! 그 표정은……."

시뻘겋게 충혈된 눈으로 김여사에게 몸을 바짝 붙이며 다가오는 이서라의 몸집이 산처럼 크게 보였다. 그녀의 얼굴빛이 섬뜩했다. 김여사는 너무나도 무서워서 두 눈을 꼭 감았다. 온몸이 사시나무처럼 떨리고 있었다.

오늘도 이서라는 빨간고기를 구웠다. 그리고 생선 살을 알뜰살뜰 발라내 김여사의 숟가락 위에 얹었다. 그리고 물었다.

"할머니, 이게 뭐지요?"

"네, 선생님. 이건 아카데믹입니다."

김여사는 그녀에게 말 잘 듣는 학생처럼 대답했다.
이서라는 또다시 물었다.
"할머니, 이 고기 이름이 뭐라고요?"
김여사는 발음 하나하나에 힘주어 또박또박 응수했다.
"네, 아.카.데.믹.입니다!"
이서라는 모든 것을 다 이룬 것 같은 아주 만족스러운 표정으로 천천히 생선 살을 발라내고 있었다.

제17회 현진건문학상 추천작

찬란한 수치

노 정 완

작가의 말

인터넷 커뮤니티에서 짧은 동영상을 봤습니다. 가게 앞에 탈진한 까마귀가 있어서 먹이를 줬더니 다른 까마귀들도 매일 찾아온다더군요. 유리문 앞에 서너 마리 까마귀들이 날개를 펼치고 입을 벌린 채 드러누운 겁니다. 서로 좋은 자리 차지하려고 쫓고 쫓기면서도 탈진 연기를 하는 까마귀들을 보면서 저 또한 가게 주인에게 먹이를 구걸하는 까마귀와 다르지 않다고 생각했습니다.

처음 가게 앞에 쓰러진 까마귀는 유리문에 충돌했을지도 모릅니다. 그 어떤 찬란함에 이끌렸는지 몰라도 주변을 살필 겨를이 없었겠지요. 왠지 그 까마귀가 소설을 살고 소설에 직진하는 소설가 같았습니다. 소설 밖에서 소설을 향해 엎드린 제가 돌아 보여서 수치스럽더군요. 그래도 괜찮습니다. 시늉으로나마 소설 언저리를 맴돌던 시간들을 관통해서 지금 여기에 도착했으니 제 몫의 찬란함이 두근두근 저를 기다리고 있을지도, 어쩌면 그럴지도 모르겠다는 생각을 해봅니다.

약 력

경남 김해 출생
1999년 《매일신문》 신춘문예 단편소설 「꿈꾸는 환절기」 당선
2002년 《21세기문학》 신인상, 중편소설 「떠도는 늪」 당선
2021년 소설집 「용들의 시간」, 「몽유」 출간

　동생이 먼저 와서 기다리고 있었다. 카페 주차장 입구의 버드나무 그늘에 서 있는 동생을 보면서 그녀는 차창을 내렸다. 열린 창으로 먼저 들이닥친 건 말매미 울음소리였다. 늙은 버드나무가 온통 시끄러웠다. 폭염과 맞장이라도 뜨듯 열렬하게 울어대는 매미 울음소리가 거슬려 그녀는 미간을 찌푸렸다. 동생이 다가왔다. 새파란 하늘을 배경으로 둥그렇게 떠오른 동생의 얼굴에 웃음기가 번졌다.
　음료와 디저트를 주문하고 이 층 창가에 앉았다. 매미의 집 같은 버드나무와 무화과나무며 대추나무 같은 과실수들이 내려다보이는 자리였다. 햇볕에 달궈진 테이블과 의자가 뜨끈했다. 블라인드를 내리려다가 그만두었다. 환한 햇살과 어우러진 풍경이 찬란해서라기보다, 찬란한 것들의 한 시절, 그 유효기간은 어떻게 될까 하는 생각이 잠시 그녀를 붙들었기 때문이었다.
　진동 벨을 들고 아래층으로 내려간 동생이 돌아왔다. 트레이에는 커피 두 잔과 초코케이크 한 조각이 놓여 있었다. 노릇한 크레마가 뒤덮인 머그잔을 그녀 앞으로 밀어주며 동생이 말문을 텄다.
　요즘도 약 치러 다녀요?
　일정한 생업이랄 것도 없이 닥치는 대로 돈을 벌었던 그녀가 마지막까지 했던 일이 방역이었으나 그조차도 까마득하게 느껴져 시큰둥했다.
　코로나 끝나니 일 없다고 나오지 말라더라. 늙어서 갈 데도 없고 힘도 부치고. 내 입 하나 풀칠하자고 아등바등 그러기가 싫다 이제. 우리 마지막으로 본 게 한 사오 년 됐지?

새아버지 장례식장에서 봤으니 그쯤 됐을 걸요? 그런데 늙으면 다 부모 닮는가, 지금 누나 얼굴이 앨범에서 본 아버지 얼굴이랑 똑같아요.

너랑 닮은 게 아니고? 너 애기 때 손잡고 다니면 엄마와 아들이냐고, 눈 삔 소리 하는 사람 더러 있었거든. 하긴. 나 스무 살 때 너 일곱 살이었으니까.

그럼 1979년이네? 그해 추석 지나고 부마항쟁 터졌잖아요. 마산도 파출소 몇 군데 불타고 군인들 들어오고, 며칠 뒤 박통 그렇게 됐으니까. 아저씨는…… 나는 진짜 그때 엄마나 누나보다 아저씨가 더 좋아서 매일 골목에 나가 기다렸어요.

됐다, 그런 얘기 그만하고 왜 보자 했어?

엄마가 좀 안 좋아요.

팔십 중반이잖아. 여태 좋기만 한 게 더 이상한 거지. 너 이제 수발들 일만 남았네?

자꾸 완월동 들먹이면서 자다 말고 소리를 지르니까. 평생 큰 소리 안 내고 살던 분이잖아요. 그리고 뭐. 엄마 안 보고 사는 누나는 대체 왜 그러는지, 이래저래 술이라도 한잔하고 싶었어요. 핏줄이래야 누나밖에 더 있나요 내가?

동생이 눈을 내리깐 채 이마의 땀을 훔쳤다. 어릴 때부터 워낙에 땀을 많이 흘렸다. 입술에 붙은 밥알을 떼어먹으면서도 땀이 흐를 지경이라 사계절 내내 이마가 젖어 있던 걸 떠올리며 그녀는 동생의 번들거리는 얼굴과 회색 티셔츠의 가슴팍에 점점이 찍히는 얼룩을 힐끗 쳐다보았다. 체질이어서 다행이었다. 에어컨의 냉기로도 아이스커피로도 어찌하지 못할 폭염이 그의 내부에서 들끓는 게 아니라서 참 다행이라는 생각을 하며 그녀는 대답을 망설였다. 수시로 들끓고 오래 얼어붙는 그녀의 마음과는 달리 부드럽고 따뜻한 심성을 지닌 동생이 원하는 건 본인이 했던 말 그대로일 게 분명했다. 하지만 그녀의 마음 또한 분명했다. 마음으로는 이미 해버린 거절을, 그럼에도 자꾸 망설이게 되는 건 그 사람 때문이 아니라 술 한잔하고 싶다는 동생의 마음이 애틋해서였다.

그 사람이, 내 얘기도 해?

거절도 아니고 질문도 아닌 이상한 진심이 저 홀로 불쑥 튀어나와 민망했다. 동생이 기분 나쁘게 듣지 않기를 바랐으나 그는 이미 마음이 상한 듯했다. 꽉 맞문 동생의 입술이 씰룩거렸다.

진짜 듣기 거북하네. 누나는 언제까지 엄마를 그 사람이라 부를 건데요? 오늘 보니 누나는 정말 엄마 죽어도 안 올 게 분명해. 부모 장례식장 와서 그 사람 저 사람 하긴 뭣하고, 안 그래요?

동생이 얼음만 남은 플라스틱 컵을 잘그락잘그락 흔드는 걸 보며 그녀는 커피를 몇 모금 마셨다. 뜨거운 커피로도 데워지지 않는 차가운 기운이 그녀의 내부에서 꿈틀거렸다. 출구를 찾아 고개를 쳐드는 냉기가 쓰라려서 그녀는 잠자코 창밖의 버드나무만 쳐다보았다. 말매미 울음소리가 귀를 파고들었다. 소리는 밖에 있고 그녀는 안에 있지만 그 무엇으로도 가두거나 차단하지 못할 환청의 기습이자 압박이었다. 한 번을 들었든 백 번을 들었든 횟수가 중요한 게 아니란 듯 자동으로 재생되는 말매미 울음소리에 이명이 뒤섞였다. 질주하는 트럭의 굉음이 귓바퀴를 휘감자 그녀는 귓구멍을 마구 후비고 짓이겼다. 소용

없었다. 이미 시작된 싸움이었다. 말매미와 트럭은 그녀의 머릿속에 갇혀 있을 뿐이란 걸 알면서도 그녀는 고요한 귓바퀴를 쥐어뜯으며 창밖의 버드나무만 집요하게 노려보았다. 티슈로 목덜미를 닦던 동생 역시 말없이 창밖만 내다보았다. 서로의 눈을 똑바로 쳐다보지 말자고 약속이라도 한 것처럼 그들은 오래 같은 방향만 쳐다보고 있었다.

*

섬유회사에 다니던 아버지가 하천에 빠져 죽은 건 그녀가 중학교 이학 년 여름방학 때였다. 아버지는 완월동 집에서 회사가 있는 양덕동까지 자전거로 출퇴근했는데 회식을 마치고 집으로 돌아오던 중에 사고를 당했다. 천변에 줄지어 선 버드나무가 아니었으면 시신조차 찾지 못했을 거라는 말을 들었다. 버드나무에 걸려 아슬아슬하게 펄럭였을 아버지를 상상할 때마다 그녀 또한 물속에 거꾸로 처박힌 듯 숨이 막혔다. 무작정 대문 밖으로 뛰어나갔다. 좁고 긴 골목을 벗어나면 바로 산복도로였다. 산의 발치와 무릎을 지나 옆구리와 배를 걸터듬듯 구불구불 이어지는 산복도로는 열기에 휩싸여 있었다. 여름의 한복판에서 끓고 있는 건 도로 뿐만 아니었다. 짐을 가득 실은 리어카를 끌고 산복도로를 오르는 사람의 등에서도 더운 김이 피어올랐고 가게 앞에 내놓은 두부와 콩나물 좌판에 부채질하는 노인의 찐득한 얼굴에도 파리가 들러붙었다. 그녀 역시 땀을 뻘뻘 흘리며 산복도로 배꼽에 주저앉았다. 배꼽은 그녀가 붙여준 이름이었다. 밑동이 바짝 잘려서 무슨 나무였는지는 모르나 나이테가 두껍고 거무스레한 그루터기가 왜인지 몰라도 그녀의 배꼽 같다는 생각이 들어서였다.

배꼽에 앉으면 시내가 훤히 내려다보였다. 폭염이 이글거리는 도시의 지상은 뜨거웠으나 하늘은 깨끗한 유리창처럼 맑아서 눈이 시원했다. 앉은자리는 여전히 시끄러웠다. 떼로 울어대는 매미와 경적을 울려대는 자동차와 악다구니로 얽히는 사람들 목소리가 왁자했다. 세상은 이미 너무 소란스러웠고 거기에 그녀의 속울음쯤 보탠다 해도 그 어떤 표시도 나지 않을 것 같았다.

맴 맴 맴…….

가게 노인이 들썩이는 그녀의 어깨를 두드리며 뭔가를 내밀었다.

아이스께끼 먹을래?

포장지 벗긴 아이스바를 건네는 노인의 눈빛이 축축했다. 노인은 아버지와 친했다. 퇴근할 때마다 소주나 막걸리를 사러 가게에 들렀던 아버지는 아예 노인과 술판을 벌이기도 했다. 동생이 어쩌고 누님이 어쩌고 하면서 둘은 손님이 없는 틈틈이 술잔을 부딪쳤다. 그래서인지 노인은 그녀에게 각별했다. 입맛 다시라며 사탕 한 알이라도 꼭 쥐여주던 노인의 주름진 손을 그녀는 쳐다만 보았다. 아이스바는 이미 녹기 시작했다. 정수리와 밑동이 팥물 색깔로 흘러내리는 아이스바와 그녀를 번갈아 보며 노인이 재촉했다.

다 녹겠다. 땡볕에 그래 앉았지 말고 어서 먹어. 니가 그래 모가지 빼고 다니면 니 아버지 얼마나 돌아보이겠냐.

한마을에서 자란 그녀의 부모는 나이 차이가 많았다. 스무 살에 그녀를 낳은 어머니는 그녀가 자기 인생의 파괴자라고 했다. 너만 아니었어도. 직접적으로 암묵적으로 들었던 그 말의 지배력은 대단했다. 그녀는 어머니 뒤에서 어머니가 하라는 대로 그림자처럼 자랐다. 그렇다고 부모가 그녀를 미워하거나 구박했냐면 그건 아니었다. 어머니는 누구에게나 상냥했고 아버지는 어머니에게만 다정했다. 사랑이든 관심이든 온통 어머니에게 쏠려 있던 아버지는 그녀와 마주치면 싱긋 웃어주는 게 다였다. 부모는 자기들끼리 놀고 어린 그녀는 제 배꼽을 만지며 놀았는데 아무 데서나 배꼽을 만질 수 없는 나이가 되고부터 그녀는 늘 고개를 숙이고 다녔다. 찬란하게 피어날 꽃봉오리를 억지로 열어젖힌 죄가 왜 그녀의 몫인지는 몰랐으나 죄인은 고개를 빳빳이 들지 말아야 한다는 걸 너무 일찍 알아버린 셈이었다.

 아버지가 죽고 세 식구가 남았을 때 늦둥이 남동생은 두 살, 어머니는 서른 중반이었다. 어머니는 폭우로 불어난 하천이 아버지를 삼킨 게 아니라 술이 아버지를 데려갔다고 믿었다. 애주가인 데다 애처가였던 아버지의 유산은 방 세 칸짜리 낡은 집뿐이어서 어머니는 장례가 끝나자마자 본채를 세놓았다. 부엌과 마루가 딸린 두 칸짜리 본채에 살던 세 식구는 곁채로 옮겼다. 기역자 형태로 본채와 연결되어 있는 곁채는 단칸방이어서 마루는 물론 부엌이랄 것도 없었다. 본채와 곁채 사이의 좁다란 공간에 찬장을 놓고 연탄아궁이 옆에 석유곤로를 놓았다. 그럼에도 크게 불편하지는 않았다. 본채 처마와 마당 귀퉁이 수돗가까지 플라스틱 슬레이트로 차양을 만들어두었기 때문이었다. 곁채에 세 든 사람의 편의를 위해서 만든 부엌의 연장이었으나 정작 그 공간에서 살다시피 한 사람은 어머니였다.

 곁방을 거쳐 간 어느 신혼부부는 봄에 와서 그해 가을에 이사했다. 문이란 문은 다 열어젖히고 살던 여름인데도 방문을 잘 열지 않던 부부였다. 밤에는 더 그랬다. 그녀의 아버지는 걸어 잠그듯 닫히는 곁방 문을 쳐다보며 한창 좋을 때라고 했으나 어머니 생각은 달랐다.

새댁, 그러다 쪄 죽지. 훔쳐 갈 것도 없는데 문은 왜 닫고 살아?

수돗가에 마주 앉아 설거지하던 어머니의 조곤조곤한 참견에 곁방 아내가 대답했다.

자꾸 마당에서 등목하시니까…….

서둘러 떠나버린 그들의 속사정이야 알 수 없으나 짐작은 어렵지 않았다. 어머니와 아버지는 연하늘색 차양이 드리운 마당의 수돗가에서 여름 내내 등목을 즐겼다. 어머니의 등에 물을 끼얹으며 허허거리는 아버지의 웃음소리가 메아리처럼 마당을 맴돌았다. 환한 달빛은 탐스러운 듯 그들을 어루만졌고 슬레이트 차양을 두드리던 빗소리는 그들을 취하게 했으며 열기를 품은 바람마저 은근히 그들 주변에서만 불던 시절이었다.

좋은 시절 다 갔다고 수군거리는 이웃들의 염려와는 달리 어머니는 본채 월세로만 세 식구의 의식주를 꾸리면서도 의연했다. 아버지의 직장 동료들과 친구들이 번갈아 찾아왔다. 쌀과 연탄을 들여 주고 생활비도 보태주는 그들과 더불어 몇 번의 계절이 지나갔다. 어머니는 조금 수척해졌을 뿐 여전히 상냥하고 환했다.

어느 날 오후였다. 학교에서 돌아온 그녀는 열린 방문 앞에서 멈춰 섰다. 동생은 진간장에 비빈 밥을 퍼먹느라 온 얼굴에 밥풀이 묻었고 어머니는 얇게 썬 오이를 얼굴에 붙인 채 누워 있었다. 동생이 어머니 얼굴에 붙은 오이를 떼먹으려다 왈칵 밀쳐졌다. 팔을 휘젓는 어머니의 왼손 약지에 처음 보는 붉은 보석 반지가 끼워져 있었다. 하늘이 내려줬는지 땅이 선물했는지 궁금했으나 물어볼 수 없었다. 금반지는 본래의 자리였던 왼손 약지에서 추방되어 오른손 약지에서 반짝거렸다. 아버지가 영영 추방된 게 아니라서 다행이라는 생각은 들지 않았다. 그녀는 저도 모르게 배꼽을 만졌다. 교복 안으로 손을 집어넣어 그루터기처럼 툭 튀어나온 배꼽을 쓰다듬고 문지르면 그녀가 딛고 선 땅이 덜 흔들릴 것 같아서였다. 우는 동생을 달래지도 않고 배꼽을 후비면서 멍하니 서 있는 그녀를 향해 어머니가 손짓했다.

우리 딸, 창이 데리고 가게 좀 갔다 올래?

얼굴에 붙은 오이를 골고루 두들기는 어머니의 흰 손과 붉은 반지에서 눈을 떼지 않으며 그녀는 창이를 끌어안았다. 아버지 영정 앞에서 자식들 잘 키울 테니 걱정 말고 가시라 하던 어머니. 어머니의 약속은, 어쩌면 그런 약속은 미래형인 동시에 과거형이며 번복이 예정된 운명일지도 몰랐다. 봄날의 버드나무 가지를 닮은 어머니 손가락에 몇 개의 반지가 더 끼워질지. 상상하는 순간 확정되어 버릴 것 같은 불길한 예감에 그녀는, 그럴수록 더 조용히 어머니바라기가 되어야겠다고 생각하면서 창이를 데리고 나갔다.

중학교를 졸업한 그녀는 수출자유지역의 섬유공장에서 일했다. 아버지가 다니던 회사에 들어가서 산업체 부설학교에 입학하고 싶었으나 어머니가 반대했다. 일만 해도 벅찬데 공부까지 하려면 몸이 상한다는 이유였다. 어머니 말이 맞았다. 종일 실 감는 기계만 쳐다보면서 실이 떨어지면 잇고 또 잇는 것만으로도 고된 나날이었다. 해가 뜨는지 지는지도 알 수 없었다. 계절이 오는지 가는지도 모른 채 집과 공장만 오갔다. 완월동 산복도로를 밤낮 기어오르는 버스와 한 몸처럼 살던 그녀에게 집은 잠만 자는 곳이었다. 머리를 뉘자마자 잠드는 그녀를 위해 어머니는 동생을 단속했다. 괜한 짓이었다. 늘 그녀보다 먼저 잠든 동생은 떠메고 가도 모를 정도로 깊이 잠들었다. 나날이 평화로웠다. 아버지가 없어도 어머니의 등목은 계속되었고 어린 동생이 어머니의 등에 찰박찰박 물을 끼얹었다. 쌀과 연탄도 넉넉했다. 아버지 동료 중의 한 사람, 창이와 그녀가 합성동 아저씨라고 부르는 사람 덕분이었다. 자식 없이 이혼한 그는 옛 동료의 어린 자식에게 아버지 노릇을 하기로 작정한 듯 한결같이, 물심양면으로 어머니를 도왔다.

어쩌다 보니 그녀도 스무 살이 되었다. 스무 살을 수식하는 찬란한 것들은 그녀의 몫이 아니었다. 깡마르고 창백한 그녀는 잘 웃지 않았다. 스무 살에 그녀를 낳은 어머니가 오월의 장미였다면 갓 스물의 그녀는 여름 잡초처럼 존재감이 없었다. 여전히 고개를 숙이고 다녔고 친구도 없었으며 동료라고 할 사람조차 없었다. 그래도 괜찮았다. 공장 일이란 시키는 대로 성실하게 하면 그만인 데다 복종과 성실이야 말로 그녀의 가장 큰 장점이기 때문이었다.

나날이 말라비틀어지던 스무 살의 그녀 앞에 그가 나타났다. 진해 군항제 소식으로 들썩이던 봄날이었다. 출판사 직원이었던 그는 수출자유지역 사원들을 대상으로 책을 팔았다. 그와 그의 동료들은 점심시간이나 퇴근 시간에 임시 매대를 설치하고 호객했다. 전집류가 많았고 대부분 할부 판매였다. 그녀는 구경만 했다. 진열된 한국문학전집과 왕비열전을 살피다가 이듬해 초등학교에 입학할 동생이 생각났다. 동화책을 사주면 글을 빨리 배울 텐데 하는 생각이 들었으나 돈이 없었다. 월급은 전부 어머니가 관리했다. 어머니는 그녀가 결혼할 때를 대비해서 월급을 모은다며 차비만 줬다. 매대 앞에서 서성이는 그녀에게 그가 다가왔다.

책 좋아하세요?

당황한 그녀는 저도 모르게 고개를 끄덕였다. 끄덕이면서 점점 수그러든 목덜미가 꺾일 듯 땅만 내려다보는 그녀에게 그가 또 말을 걸었다.

잘해드릴 테니 한번 골라보세요.

그의 목소리는 다정하면서도 시원시원했다. 그녀는 제 앞에 멈춰선 깨끗한 운동화만 쳐다보았다. 운동화를 살짝 덮는 잘 다려진 바지와 반짝이는 버클까지 시선을 끌어 올리던 그녀가 문득 고개를 들었다.

돈이 없어요.

그가 그녀를 마주 보며 웃었다.

돈 주고 사는 사람 없어요. 다 월부로 하니까.

그래도…….

그쪽한테는 백 년 월부라도 해드릴 수 있어요. 얼굴이 온통 벚꽃 색깔인데, 그렇게 부끄럼을 타는 사람이 돈 떼먹는 걸 저는 본 적이 없거든요.

그날 그는 단행본 한국소설 한 권을 그녀 손에 쥐어주었다. 나중에라도 전집을 사게 되면 반드시 자기와 계약하자는 조건이 붙었으나 그건 그저 형식적인 조건일 뿐이란 걸 그녀는 본능적으로 알아차렸다. 노란 표지에 한자와 한글로 쓰인 제목과 작가 이름이 읽기 힘들었으나 그에게 묻지 않았다. 모르는 것을 모른다고 말할 용기도 없을뿐더러 어쩐지 창피한 마음이 들어서였다. 이후로 그녀는 그가 임시 매대를 펴는 장소마다 기웃거렸고 기웃거리는 그녀의 눈길을 낚아채듯 마주 웃어주는 그 때문에 얼굴이 붉어졌다. 아무나 밟고 다니고 아무도 눈여겨보지 않는 잡초이긴 해도 때가 되면 꽃이 피고 때가 되면 씨앗을 퍼뜨린다는 걸 그때의 그녀는 알지 못했다. 알지 못해서 찬란했던 봄날, 알 수 없어서 설레는 나날들이 그녀를 기다리고 있었다.

누나, 책 아저씨 언제 와?

출근 준비하는 그녀의 꽁무니에 붙어 앉아 동생이 물었다. 선풍기에 머리를 말리던 그녀가 동생을 쳐다봤다.

추석 때 왔다 갔는데 또?

또!

냉큼 대답하는 동생의 벌어진 입이 지저분했다. 이똥이 잔뜩 낀 데다 침 흘린 자국이 허옇게 말라붙은 동생의 입을 외면하며 그녀가 말했다.

아저씨가 그랬잖아. 창이 양치 잘 하고 세수 잘 하면 맛있는 거 사준다고. 누나 출근해야 하니까 엄마한테 씻겨달라고 해, 알았지?

땀과 먼지가 뒤엉킨 머리카락을 흔들며 동생이 마당으로 뛰어나갔다. 본채에 세 든 아주머니와 나란히 설거지하고 있던 어머니가 보채는 동생에게 사근사근 타일렀다.

엄마 지금 얘기하는 중이니까 나가서 놀아. 놀고 와서 씻자 응?

늘 그랬다. 잠시 아이 얼굴 씻기는 게 무슨 큰일이라고. 선풍기 버튼을 끄면서 그녀는 퇴근 뒤에 동생 목욕을 시켜야겠다고 생각했다. 골목을 내닫는 동생의 발자국 소리가 멀어지자 두 사람의 대화가 이어졌다. 본채 아주머니는 한평생 이사만 다니다가 끝장날 인생이라며 늙은 남편을 닦달하면서도 느긋하고 씩씩해서 어머니와 사이가 좋았다. 그런 그녀가 볼멘소리를 늘어놓았다.

창이 엄마, 우리 이 년 기한으로 들어왔잖아. 일 년도 넘게 남았는데 겨울 되기 전에 비워라 하면 어떡해.

그러게 말예요. 저도 큰애 결혼할 때까지 몇 년은 더 이렇게 살 테다 했거든요? 그런데 막상 집에 사람이 드나드니까 마음이 급해서.

아니, 창이 누나 이제 스물이라며? 앞날이 창창한 처녀를 벌써부터 사람 정해놓은 듯 그러면 되나 모르겠네. 아무려나, 젊은 사람 드나드니 사윗감이라고, 그렇게 좋아?

아이, 그걸 말이라고요.

꿀을 바른 듯 달콤한 어머니 목소리에 마지못해 따라 웃는 아주머니의 웃음소리가 겹쳤다. 갑자기 방을 비워야 하는 아주머니 처지야 어찌 되었든 그녀는 마음속으로 제발, 하고 되뇌었다.

곁채가 그리 비좁진 않으나 어쨌든 단칸방이었다. 그녀는 빨리 그 방을 벗어나고 싶었다. 합성동 아저씨의 흔적이 눈에 띄는 것도 마땅찮았고 콜드크림을 뒤발한 번들거리는 얼굴로 우리 딸, 수고했어, 라고 말하는 어머니의 상냥한 목소리 역시 점점 듣기 힘들어졌다. 작년 여름이 끝날 무렵 그녀는 어머니에게 본채로 옮기는 게 어떠냐고 조심스레 물었다. 어머니가 되물었다. 왜? 그녀가 우물쭈물 대답했다. 합성동 아저씨도 자주 오시고, 마당에서 돗자리 펴고 주무시게 하는 건 좀……. 어머니가 쌩긋 웃으며 그녀의 말을 가로챘다. 에이, 그 사람은 마당에서 별 보고 달 보면서 자는 게 그렇게 좋다는데? 그녀도 어머니를 따라 웃었다. 웃는 시늉이라도 하지 않으면 누를 수 없는 어떤 감정이 그녀를 뒤흔들 것 같아서였다. 막연히 스멀거리던 역겨움의 정체만 더 또렷해졌던 그날 이후 그녀는 본채 얘긴 아예 꺼내지도 않았다.

갑자기 이사를 해야 할지도 모르는 아주머니 못지않게 그녀 역시 그 상황이 얼떨떨했으나 어머니의 너스레를 조금이라도 더 들으려고 자꾸 꾸물거렸다. 매만진 머리와 옷차림을 거울에 비춰보면서 등 뒤에 그가 서 있는 듯 기분이 좋았다. 그 모든 좋은 징조가 그에게서 비롯되었다는 걸 빨리 알리고 싶은데 아쉽게도 그는 본가가 있는 부산에 출장 중이었다.

　벚꽃이 피기 시작할 무렵에 만난 그들은 늦은 봄꽃이 질 때쯤 손을 잡았다. 손을 잡고 걷는 게 그들의 데이트였다. 마침 그녀는 부서를 옮겨서 정시 퇴근을 할 때가 많았다. 미싱부로 옮긴 그녀는 손바느질 담당으로 소매 안감을 꿰매는 작업을 했는데 실을 잇기만 하는 작업보단 난이도가 높았으나 어느 정도 자율성이 보장되었다. 다행히 그녀는 손이 빨라서 잔업을 하지 않고도 할당량을 가뿐하게 채웠다. 그는 퇴근하는 그녀를 기다렸다가 집까지 바래다주었다. 수출자유지역 후문에서 완월동까지는 버스를 타도 먼 길이었다. 그런데도 둘이 걷다 보면 그 길이 너무 짧게 느껴졌고 숨이 차서 천천히 걸어야 하는 산복도로마저 평지를 걷듯 산뜻했다. 귀가가 늦어지는 그녀에게 어머니는 대뜸 뭐 하는 남자냐고 물었다. 회식을 했다거나 잔업을 했다거나 그 어떤 거짓말도 통하지 않았다. 어머니가 살짝 한숨을 쉬었다.

　어쩜 팔자까지 나를 닮고 그래.

　그녀의 생각은 달랐다. 아버지 정도면 괜찮고, 그 사람 정도면 더욱 괜찮으니 어머니 팔자를 닮아서 나쁠 게 뭐 있을까 싶었다. 그렇더라도 자식을 자기 인생의 파괴자라고 여기는 어머니의 생각 따위는 절대로 닮지 않을 자신이 있었다. 그녀의 그런 마음을 알 리 없는 어머니는 그를, 어디서 굴러먹던 늙다리 책 장사인 줄 아냐며, 더 정들기 전에 헤어지라고 했다. 그럴 수 없었다. 어머니에게 복종하는 마음보다 그를 좋아하는 마음이 더 컸기 때문이었다. 어머니가 한발 물러섰다. 당신 눈으로 직접 보고 결정할 테니 집으로 데려오라고. 그녀는 걱정하는 그를 안심시켰다.

오빠 싫어할 사람 아무도 없어요.
　예상한 그대로였다. 어머니와 동생은 처음 본 그를 홀린 듯 반겼다. 잘생기고 깔끔하고 다정다감한 그에게 홀리지 않으면 그게 더 이상한 거였다. 동생은 그를 책 아저씨라 부르며 따라다녔고 어머니는 두고 봐야 알겠지만, 하면서 부끄러운 듯 입을 가리고 웃었다. 말만 그럴 뿐 어머니는 처음부터 그를 사위 대하듯 아꼈다. 그가 집에 오는 날이면 화사하게 화장하고 반지란 반지는 다 낀 손가락으로 없는 솜씨라도 힘껏 발휘해서 달걀말이며 돼지고기 두루치기를 만들어 밥상을 차렸다. 그는 그대로 최선을 다했다. 그녀와 둘이 만날 땐 담담하다가 그녀의 집에 가는 날이면 과할 정도로 허풍과 과시가 더해졌다. 어머니 화장품과 소고기를 수시로 사다 날랐고 하다못해 동생이 좋아하는 군만두를 사더라도 빈손으로 오지 않았다. 어머니는 정리가 되지 않는 너저분한 살림살이를 이 구석 저 구석으로 밀고 포개면서도 그녀보다 더 그를 반겼고 동생은 그의 꽁무니만 졸래졸래 따라다녔다.
　그를 만나 두 계절이 지나고 가을이 깊어지는 동안 그녀도 많이 달라졌다. 더 이상 고개를 숙이고 다니지 않았으며 저 자신이 뒤숭숭 말라가는 잡초라고도 여기지 않게 되었다. 모든 게 순조로웠다. 꽃봉오리 같은 어머니를 찢고 나와서 어머니 인생의 파괴자인 줄만 알았던 그녀에게도 드디어 꽃피는 시절이 찾아온 것이다. 수돗가에 쏟아지는 두 사람의 수다를 못 들은 척 재킷 앞섶을 매만지며 그녀는 다녀오겠다는 인사를 하고 집을 나섰다.

　산복도로 버스정류장에 도착하자마자 타야 할 버스가 떠나버렸다. 어머니와 아주머니의 수다를 엿듣느라 평소보다 좀 늦게 나온 탓이었다. 기분 좋게 대문을 나섰던 것과는 달리 초조해서 마음이 동동거렸는데, 출근 시간에 늦을까 봐 그런 건 아니었다. 책 읽을 시간이 없는 게 마음에 걸렸다.

벚꽃 피던 봄날 그에게서 받은 소설책 제목은 『背反의 여름』이었다. 그녀는 그 제목이 마음에 쏙 들었다. 배반이란, 믿음을 지켜야 할 대상을 등지고 저버린다는 뜻이었는데 그녀 삶에선 절대로 일어나지 않을 일이란 확신이 있었다. 배반할 일도 배반당할 일도 없었다. 그녀의 세상이면서 그 세상을 바라보는 창문이자 우상인 그를 그녀는 자기 자신보다도 더 믿었다. 그는 고등학교 졸업하고 십 년째 출판사에서 일했는데 세상사에도 관심이 많았다. 손을 잡고 걷는 내내 그녀는 그의 관심사를 들어야 했다. 오일 파동에 대해선 덤덤하다가, YH사건에선 목소리가 커지고, 대통령을 독재자라며 비난할 때의 그는 싫은 기색이 역력했다. 그녀는 비슷한 처지의 여공들 얘기엔 잠시 솔깃했으나 대통령이 독재자인지 아닌지는 알 바 아니었다. 그럼에도 그녀는 무조건 그에게 동조했다. 똑똑한 그가, 그녀의 우상이 그렇다면 그런 거였다. 출판사 직원은 다 그렇게 책을 많이 읽는지는 모르겠으나 그는 자기가 읽은 책에 대해서도 가끔 말해줬다. 고역이었다. 알아듣기 힘드니 막무가내 동조도 어려웠다. 입을 꼭 다문 채 가만히 서 있는 그녀의 등을 토닥이며 그가 말했다.

하루에 한 페이지도 괜찮고, 아니, 한 줄이라도 괜찮아요. 그것도 안 되면 자기 전에 책장만이라도 한번 넘겨보든가. 나는 그렇게 하거든요.

그 정도는 어렵지 않았다. 흉내는 얼마든지 낼 수 있었다. 매일 일찍 출근해서 탈의실 구석에 앉아 책을 읽었다. 그런 자신이 그럴듯해서 그녀는 남모르게 가슴이 펴지고 어깨가 올라갔다. 그는 만날 때마다 참 잘했어요, 하면서 그녀를 칭찬했다. 때로는 부추기고 때로는 격려하는 그의 기대에 맞춰 그녀 또한 참으로 성실하게 일과를 수행했다. 하지만 그가 기대한 만큼의 효과는 나타나지 않았다. 언제 어디서 무엇을 했는지는 명확한데 무엇에 대한 내용은 거의 언제나 그녀를 비껴가 버렸다. 그는 이상하리만치 책 내용을 기억하지 못하는 그녀를 의아하게 여겼으나 정작 그녀는 부끄럽다기보다 기뻤다. 그로 꽉 차 있어서 다른 무엇이 깃들거나 저장될 공간이 없는 그녀를 열어 보여 줄 수 없어서 아쉬웠을 뿐.

기쁨으로 지켜온 그녀만의 일과가 버스를 놓쳤다고 어긋나게 할 순 없었다. 그녀는 가방에 넣어 다니는 책을 꺼내 가슴에 안고 주변을 둘러보았다. 가게 앞의 배꼽이 눈에 들어왔다. 묘하게 낯설었다. 늘 거기 그 자리에 있었을 텐데 언젠가부터 거들떠보지도 않고 지나친 때문이었다. 배꼽에 앉아 시간을 때우거나 몰래 제 배꼽을 만지던 그녀는 이제 어른이 되었고 연인도 생겼는데 가까이 가서 본 낡은 배꼽은 파이고 쪼그라들어 흉터투성이였다. 마침 가게 문을 열고 나오던 노인과 마주쳤다. 노인이 배꼽과 그녀를 번갈아 보며 물었다.

출근 안 하나?

버스 놓쳤어요. 그런데 할머니, 이 나무는 무슨 나무였어요? 그냥 뒀으면 그늘도 되고 좋았을 텐데.

그녀가 배꼽을 가리키자 노인이 고개를 저었다. 전에 주인이 가게 가린다고 베었다는데 글쎄, 수양버들이랬지 아마? 물가에 있어야 할 나무가 언덕바지에 치렁치렁, 새파랗게 머리 풀고 있으면 속 시끄럽지 않겠나. 봄바람 나서 다 풀어 젖히고 나다니는 뭐 마냥 이리 출렁저리 출렁. 어이구, 나라도 베었지 그 꼴을 어찌 봐.

언덕바지에 버들로 태어난 게 죄는 아니잖아요. 밑동 보니 오래 살았던데, 버들 아니라 벚나무라 해도 거치적거리니 뭐니 하면서 기어이 베고 말았겠죠.

그렇지. 세상만사 시절 인연이니 그 신세라고 뭐 다를까. 나랏님도 자기 자리 지킨답시고 저렇게 기를 쓰고 버텨봤자 시절을 어떻게 이길까 싶네. 어젯밤 가게에서 밤늦도록 술 마시던 대학생들 얘기 듣다 보니 긴가민가, 틀린 말은 아닌 것 같아서 더럭 겁이 나더라고. 무서운 세상이지. 이럴 땐 누가 뭐라 하든 입조심 몸조심이 최고야. 니도 절대 그런 데 휩쓸리지 말고.

알겠어요. 아, 할머니? 혹시 창이 와서 뭐 먹고 싶다 하면 그냥 주세요. 외상 달아놓으면 나중에 제가 갚을게요.

그런 건 엄마가 챙겨야지 누나가 왜. 내 이제야 말이지만 살다 살다 니 엄마처럼 복 많은 사람은 처음 본다. 자기는 밤낮 놀면서 하나뿐인 딸 공장 보내 돈 벌어다 줘, 자기는 꽃같이 단장하고 낭창낭창 놀러 다니면서 하나뿐인 아들은 거지꼴로 내돌려, 서방 없다고 늙은 놈 젊은 놈 번차례로 드나들며 쌀 들여 주고 고기 사다 줘. 어이구, 니 아버지 일찍 잘 죽었지. 복 많은 여편네 잘 먹고 잘 살라고 그래 일찍 내뺐나 몰라.

아니에요 할머니. 어머니가 워낙 꾸미는 걸 좋아해서 그렇지 저랑 창이랑 얼마나 챙긴다고요.

그래도 그런 게 아니다. 사람이 해서 될 게 있고 안 될 게 있지. 애당초 정신머리 똑바로 박힌 인간이라면 애비 없는 자식 등골 빨아서 그래 칠락팔락 못한다, 못하고말고.

혼잣말처럼 잦아드는 노인의 말이 그녀를 울컥 떠밀었다. 때맞춰 버스가 오고 있었다. 푸들푸들 콧김을 뿜듯 다가오는 버스의 엔진 소리가 거대한 굉음처럼 그녀를 덮쳤다. 허둥거리는 게 마음인지 몸인지 가늠할 새도 없이 버스는 들이닥쳤고 노인은 어서 가라고 손짓하며 한참이나 그녀를 쳐다보고 있었다.

수출자유지역 후문에는 퇴근하는 근로자들이 한꺼번에 몰렸다. 여느 날과 달리 끼리끼리 웅성거리는 사람들을 보면서 그녀는 반장의 경고를 떠올렸다.
쓸데없이 데모 기웃거리다가 인생 조지지 말고 곧장 집으로 가란 말이야.
반장 말에 의하면 국가에 반대하는 불순분자들이 폭동을 일으켜 시내에서 경찰과 대치 중이라는 것이었다. 후문 버스 정류장에선 별다른 낌새가 느껴지지 않았다. 노선버스는 죄다 만원이었다. 특히 시내로 들어가는 신마산행 버스는 창원공단에서 퇴근하는 사람들로 이미 미어터져 비집고 탈 엄두가 나지 않았다. 몇 대나 그냥 보내고 나서야 걸어갈까 생각했으나 혼자 걷기엔 너무 먼 거리였다. 허전했다. 하필이면 이럴 때 출장 간 그가 아쉬우면서도 다행이란 생각이 들었다. 다른 건 아무래도 상관없었다. 시위를 하는 사람은 할 이유가 있는 것이고 막는 사람은 막을 이유가 있을 것이라 생각하면 그뿐이었다. 그럼에도 그녀는 마치 그가 옆에 있는 것처럼, 그와 손을 잡은 채 시위대를 구경하는 상상을 하며 걸었다.
가랑비가 흩뿌리기 시작했다. 조금씩 굵어지는 빗방울처럼 시내에 가까워질수록 사람들이 늘어났다. 분주하게 술렁거리는 거리엔 평소와는 다른 소음이 가득했다. 함성이 올리는 쪽으로 고개를 돌려 한마디씩 거들던 사람들이 우르르 몰려갔다. 홀로 뒤쳐졌다. 소리 지르며 앞서나가는 사람들을 보고 있으니 그녀 또한 가슴이 뛰는 것도 같고 배꼽이 가려운 것도 같았다. 불순분자니 반동분자니 하는 반장의 말 따위 별 거 아니란 생각이 들어서 고개를 빳빳이 들고 걸었다. 젖은 머리를 쓸어 올리고 어깨를 털며 걷는 그녀 앞에 문득 시위대의 후미가 보였다. 불종거리 앞이었다. 선두에서 외치는 구호가 들렸다.

독재타도! 유신철폐!

시위대에 막힌 버스는 더 이상 운행을 하지 못하고 버스에서 쏟아져 내린 사람들까지 시위대에 합세했다. 거리를 가득 메운 사람들의 노랫소리와 구호가 어두운 밤을 불빛처럼 밝혔다.

불 꺼라!

쫓기는 사람들의 다급한 외침이 산복도로 쪽에서 들렸다. 완월동 부근은 경남대와 시청, 경찰서와도 가까워서 늦은 밤까지 산발적으로 시위가 계속된 모양이었다. 그녀는 빨래를 하다 말고 캄캄한 하늘을 올려다보았다. 비는 그쳤으나 달이 보이지 않았다. 불종거리에서 경찰이 쏜 최루탄을 피해 사방으로 흩어지던 시위대들은 어떻게 되었을까. 주택가 골목으로 우왕좌왕 숨어들던 사람들과 추적추적 내리는 비도 아랑곳없이 젖은 머리를 흔들며 내달리던 사람들. 진압봉을 거머쥔 채 뒤쫓는 한 무리의 경찰들까지 그들 대부분은 청년이었다. 그들 속에 그가 없다는 사실이 새삼 다행스러워서 그녀는 밤하늘 어딘가를 어림잡아 두 손을 모았다. 추석 때 그와 함께 보름달 보며 소원을 빌었던 것처럼.

그날 달을 향해 쏘아올린 그녀의 소원은 좋아하는 사람과 오래 함께 사는 것이었다. 그는 사람이 사람답게 살 수 있는 세상이 왔으면 좋겠다고 했다. 다정하게 웃는 그의 표정을 자꾸 살폈다. 진심인지 장난인지 헷갈리는 그녀의 궁금증을 풀어주듯 그는 모든 사람이 평등하게 행복을 누리는 세상이 올 거라고 했다. 그가 소원에 살을 붙이면 붙일수록 그녀는 더 혼란스러웠다. 서로를 생각하는 마음의 크기와 형태를 가늠하기 어려운, 그런 '뜬구름 같은 소원도 소원일 수 있는가 싶어서. 마냥 어리둥절했던 그날의 기억 때문에 그녀는 두 손을 슬그머니 내려놓았다. 빨래를 마저 헹궈서 널었다. 비좁은 골목을 울리는 어지러운 발자국 소리가 들렸다. 야간 통행금지 시간이 다가오고 있었다.

바깥세상이야 어떻든 집 안은 고요했다. 동생은 일찌감치 잠이 들었고 어머니는 희미한 조명등 아래 엎드려 손톱 손질을 하고 있었다. 헐렁한 원피스 잠옷으로 갈아입고 동생 곁에 눕는 그녀에게 어머니가 물었다.

정말이지? 부산 출장 간 거 맞지?

네.

별일 없을 거라고 말하려던 순간 대문 두드리는 소리가 들렸다. 어머니가 벌떡 일어나 마당으로 나갔다. 그 시간에 집으로 찾아올 사람은 합성동 아저씨 말고는 없었다. 그럼에도 심장 박동이 빨라졌다. 불안하게 나대는 가슴을 지그시 누른 채 바깥에서 들리는 소리에 귀를 기울였다. 잔뜩 낮춘 어머니 목소리가 간들거렸다. 그였다. 시커먼 그림자처럼 방으로 들어선 그는 떨고 있었고 축축한 옷에선 매캐한 화약 냄새가 풍겼다. 이내 통금 사이렌이 울렸다.

넷이 누운 단칸방엔 불규칙한 숨소리만 들렸다. 장롱에 바짝 붙어서 누운 어머니 옆에는 동생이, 동생 옆에는 그녀가, 그녀 옆에는 그가 누웠다. 벽에 찰싹 붙은 그의 커다란 몸이 뒤척일 때마다 그녀 또한 같이 뒤척였다. 서로에게 닿지 않으려고 애를 쓰면 쓸수록 체온은 더 뜨겁고 끈끈해졌다. 캄캄한 단칸방은 후끈한 열기로 들끓어 언제 스파크가 일어날지 몰랐다. 어머니는 미동은커녕 숨소리조차 내지 않았다. 그녀도 마찬가지였다. 코를 골며 쩝쩝거리는 동생의 잠꼬대에 맞춰 겨우 숨을 몰아쉬었다. 얼마간의 시간이 지났다. 벽에 붙여놓은 찰흙처럼 단단하게 뭉쳐있던 그가 조금씩 풀어지기 시작했다. 가만히 그녀의 손을 찾아 쥐는 그의 손이 뜨거웠다. 맞잡은 그녀의 손 또한 축축했다. 서로의 몸을 더듬는 은밀한 손길이 오가면서 부풀고 젖은 몸들이 삐걱거렸다. 멀리서 다가오는 천둥처럼 낮게 으르렁거리며 일어서는 핏줄들. 그녀는 터지기 직전의 뇌관에서 손을 떼고 동생 쪽으로 돌아누웠다. 등진 그녀를 찌르는 그의 몸짓이 다급했다. 억눌린 그의 숨소리에 포개지는 또 다른 신음 소리. 그건 그녀의 숨소리가 아니었다.

*

누나, 나는 아직도 아저씨가 왜 그랬는지 모르겠거든? 그럴 이유가 없잖아. 두 사람 결혼할 거라 해놓고 왜 갑자기 그런 험한 짓을 벌인 거야 대체?

그녀를 쳐다보는 동생의 눈자위가 불그레했다. 낮술을 핑계 삼아 쏟아내는 동생의 추궁처럼 그녀 또한 누구든 붙잡고 추궁하고 싶어졌다. 하지만 싶어지는 마음을 가라앉혀 지금 여기, 현재에 있어야 했다. 마음이 과거에 있으면 후회하고 미래에 있으면 불안하다던데, 어디에서 봤는지 들었는지 확실하지도 않은 내용에 기대어 평정심을 유지하려 했으나 뜻대로 되지 않았다. 그녀의 마음은 현재에 머물지도 미래에 가닿지도 못한 채 오로지 과거로만 내달렸다. 이마가 벗어지고 낯빛이 불콰한 쉰 넘은 동생과 허구한 날 누런 이똥이 껴 있던 일곱 살의 동생이 같은 사람이라고도 할 수 없고, 위수령이 포고되던 그해 음력 구월 그믐의 캄캄한 대낮처럼 피기도 전에 스러져버린 그녀와 아귀찜 콩나물 대가리만 골똘히 들여다보는 지금의 그녀가 같은 사람인지조차 알 수 없었다. 도대체 누구를 추궁하고 누구와 싸워야 하나. 정말 싸우고 싶기나 한가. 그녀가 고개를 번쩍 들고 물었다.

우리 완월동은 왜 떠난 거지?

엄마 합성동 아저씨와 살림 합치느라 그랬죠. 엄마랑 나랑 합성동으로 가고 누나는 그 집 안 들어간다 해서 혼자 성호동으로 가고. 아, 이제 기억나네, 우리 이사 가기 전날 아저씨가 왔어요.

그래서?

뭘 그래서야. 그 전에도 가끔 낮에 와서 엄마랑 나랑 중국집 데려가고 그랬는데요?

그걸 왜 이제 얘기하는데?

그러게요. 누나 출근해서 일하는데 우리끼리 노는 게 미안해서 그랬나?

그 사람이 말하지 말라고 시킨 건 아니고?

그 사람 누구?

네 엄마.

동생이 제 앞에 놓인 술을 가만히 들여다보다가 벌컥 들이마셨다. 술잔을 내려놓는 손길이 사뭇 거칠었다. 그녀의 가슴도 거칠게 뛰었다. 카페에서 그냥 헤어질 걸. 밥이라도 먹고 가라며 동생을 붙잡았던 게 후회스럽고 낮술 한잔 어떠냐며 생색을 낸 건 더 후회스러웠다. 몸 여기저기 뭔가 돋아나는 것처럼 스멀거렸다. 얇은 셔츠 위로 팔을 쓰다듬고 목덜미를 쓰다듬던 그녀의 손이 문득 배꼽에 멈췄다. 불룩한 뱃살에 파묻힌 배꼽이 거기 있었다. 오래전에 말라버린 우물, 형체만 남은 얕디얕은 우물 같은 배꼽을 의식하자마자 매미 울음소리가 그녀를 가득 채웠다. 이제 곧 트럭의 굉음이 들이닥치고 천둥 같은 신음소리까지 들이닥칠 것이었다. 양쪽 귓구멍을 검지로 틀어막고 엄지로 귓불을 접었다. 임시방편이었다. 더 먹먹해지기 전에, 갈 데 없는 후회와 불안이 그녀를 더 옥죄기 전에 그 자리에서 일어나야 했다. 그녀가 동생을 불렀다.

나는 그 사람들 얘기 안 하고 싶어. 사실은 아는 것도 없어. 내가 아는 건 그 사람들이 나를 배반했다는 거. 그러니 그 사람이 왜 갑자기 죽어버렸는지 궁금하면 살아 있는 그 사람한테 물어봐. 아, 이 말은 꼭 해야겠다. 사람은 말야. 어떤 경우에든 해서 될 일이 있고 안 될 일이 있단 말이지. 그럼 되고 말고는 누가 결정할까? 내가 해. 내 판단대로 내 방식대로…….

동생은 한참 동안 그녀를 쳐다보기만 했다. 그녀 또한 동생의 눈을 피하지 않았다. 대치 상태의 두 마리 고양이처럼 먼저 입을 떼는 순간 공격을 당할 게 두려운지도 몰랐다. 가슴 깊숙한 곳이 아려왔다. 칼처럼 곤두세운 눈빛으로 찌르고 싶은 사람이 동생일 리 없었다. 동생 역시 그럴 터였다. 진실과 오해의 그 어디쯤, 자기만의 감옥에 갇혀버린

핏줄과 그저 소주 한잔 나누고 싶었을 뿐이었는지도 몰랐다. 눈물이 차올랐다. 아무리 곤두세워도 허물어지고 흘러내리는 그녀를 보면서 동생은 제 앞의 수저며 접시를 가지런히 정리했다.

대리 부를게요.

그녀가 고개를 끄덕였다. 비틀 일어서는 그녀를 붙잡으려는 듯 동생이 다가왔다. 손사래를 쳤다. 동생은 엘리베이터를 타고 그녀는 계단으로 내려갔다. 난간을 붙잡고 한 걸음씩 내디뎠다. 취기와 이명이 멱살잡이하듯 그녀를 뒤흔들었다. 계단에 주저앉았다. 가장 찬란하면서도 가장 수치스러웠던 그해 가을. 마주보기 두려워서 외면했던 그 가을에 붙들린 채 그녀는 푸른 불빛이 깜빡이는 계단 비상구만 바라보았다.

제17회 현진건문학상 추천작

모래톱

고경숙

----- 작가의 말

　모든 사랑에 대해 생각해 본다.
　어쨌든 사랑은 만남에서부터 시작한다. 자식과 부모, 형제자매, 친구, 연인 등. 그 만남의 형태도 다양하다.
　사랑에는 선택하는 사랑과 운명적인 사랑이 있다는 것. 사랑은 아름다워야 한다는 사실을 소설을 쓰면서 알았다.
　여기서 선택적 사랑을 말하려 한다. 도덕적으로 또는 법적으로 윤리적으로 문제가 된다. 안 된다는 것 외에도 소설 속에서도 말했다시피 거룩한 그분의 말씀에 반한다는 것이다.
　그렇다면 그분을 믿지 않은 사람은? 사회적 순리에 맞지 않다고 사랑을 포기할 것인가? 포기할 수 없으니 거리로 나선 것일 거다.

　여기 한 가족이 있다. 그들은 행복하다. 하지만 시선의 문제와 사회적 외면에 반항한다. 그들은 여전히 반항한다. 옳고 그르다 문제보다 자신들의 사랑을 인정해 달라는 거다. 글을 쓰면서 그들의 아우성이 들려왔다. 그 함성을 끝내 떨쳐내지 못했다. 사랑에 답을 얻지 못했다는 표현이 바르다.

----- 약력

경북 성주 출생
2017년 《대구문학》 단편소설 「그 곳에 있다」 등단
2023년 단편 「고립 또는 삶」 천강문학 우수상 수상
2024년 소설집 『그곳에 있다』 출간

　그때 그들이 잠시 헤어진 건 순전히 나 때문이다. 내가 가출만 하지 않았어도 그들이 헤어지는 일은 없었을 것이다. 작은아빠는 내 가출 원인을 집에서 나를 잘못 케어한 큰아빠 탓으로 돌렸다. 큰아빠는 억울해했고, 이 일로 서로의 감정을 다스리지 못했다. 나를 찾는 방법도 의견이 달랐다.

　큰아빠는 일단 주위에서 찾아보자고 했고, 작은아빠는 먼저 경찰에 신고부터 해야 한다고 했단다. 며칠을 기다려 보자는 큰아빠 말에 그러다 애가 어떻게 되면 책임질 수 있냐고 작은아빠가 큰소리로 따져 물었다고 한다.

　작은아빠는 경찰관과 친구도 지인도 아니지만 경찰을 신뢰했다. 작은아빠는 무슨 집회나 행사 때마다 경미한 폭력이나 기물파손 등으로 파출소에 연행되어 훈방이나 경고를 받았다. 제목이 업무방해 또는 기물파손 등 경미하지만 반복되면 리스트에 오른다고 한다. 하지만 다음 날이면 경찰관이랑 커피를 마실 정도로 친분을 쌓았다. 밖에서 집회가 있을 때마다 살짝 걱정이 되는 건 사실이다.

　그들은 서류상 입양 절차를 마치고 나를 집으로 데리고 온 날, 그 기쁨에 서로 손을 잡고 눈물을 글썽거렸다고 했다. 내 모든 행동은 그들을 즐겁게 하였고, 행복은 나를 통해 왔다고 말했다. 그들은 하루에도 수십 번 내 작은 행동에 카메라 셔터를 눌렀다. 나는 정리 정돈을 잘하는 큰아빠 덕분에 사진 파일을 열어서 봤다. 어릴 때는 그림책을 보듯이 모니터 화면에 띄워놓고 봤었다. 그들은 연도와 날짜까지 손으로 짚어가며 그때의 내 행동을 각자의 기억으로 세밀하게 말해 주었다.

"여기 이날 기억나? 우리가 양쪽에서 여진이 손잡고 그네 태워주다 팔 빠졌잖아."

"맞아. 아파서 우는데 우리는 막 웃었지. 귀여워서……."

사진만 봐도 내게 얼마나 정성을 쏟았는지 보였다. 하루에도 몇 번 옷을 갈아입히고 동영상 기록까지 했다.

나 또한 어릴 때는 아무것도 몰랐다. 내가 예민하기 시작한 것은 아빠들의 지나친 애정이 나를 피곤하게 하면서다. 사랑이 간섭이 되고 구속이 된다는 것을 그들은 모르고 있었다. 나는 숨이 막혀왔다. 그 누구의 관심도 받고 싶지 않았다. 시간을 혼자 갖고 싶었다. 그게 되지 않았다. 집에서 혼자 있는 것이랑 그 누구도 없는 곳에서 혼자 있는 거랑은 다르다. 집에서 혼자 있는 시간은 공간만 다를 뿐이지 혼자가 아니다. 학교에서 혼자는 왕따가 아닌 이상 꿈에도 기대할 수 없고, 하교부터는 아빠들이 나를 둘러싸고 있으니…….

나는 천천히 야무지게 가출 준비를 했다. 집에서 먼 곳으로 가기로 했다. 딱 한 달 정도만 혼자 살고 싶었다.

그들은 어느 날 갑자기 가출이라니 이해하지 못했다. 원인이 무엇인지 이유를 몰랐을 것이다, 내가 어떤 생각을 하고 있었는지? 내 생각까지는 들여다볼 수 없었을 테니까. 생각은 자유롭고, 유통기한이 없고 누구와 함께 할 수 없는 오로지 나만의 선택이다.

내 가출의 아픔이 깊었나 보았다. 그들의 언짢은 말과 행동은 서로에게 상처를 주었고 급기야 누군가 입에서 그럼 헤어지면 되겠네 했고, 작은아빠가 집을 나가버렸다고. 나는 그들을 단단하게 묶어주는

끈 같았다. 가정을 이루었다는 증거가 나인지 모른다. 내가 있으므로 완전한 가족관계가 되었으니까.
  그들은 가정을 이루기 위해 법적으로 인정받고 싶어 미국에서 결혼했다고 한다. 자라면서 알게 되었다. 아빠만 둘이라는 사실이 부끄럽지는 않았지만, 자랑스럽지도 않았다. 자랑스럽지 않은 것이 문제였다. 자라면서 자꾸만 숨기고 싶었으니까. 내가 그때 왜 그랬는지 모르겠다. 하교 때마다 정문에 서성이며 나를 기다려준 아빠가 정말 싫었다. 내가 자랐다는 걸 모르는 것 같았다. 보호하고 돌보아 주어야 하는 어린아이가 아니었다. 가출하자고 결심한 것은 물론 혼자 있는 시간이 필요해서다. 혼자 있는 시간이 왜 필요한지는 구체적으로 말할 수 없다. 굳이 변명하자면 "그냥"이다. 그냥이 좀 애매한 답변이지만 그렇게밖에 말할 수 없다. 또 가출의 동기를 확실하게 만든 것은 두 아빠의 대화도 한몫했다.
  "여진이 데리고 올 수 있지?"
  "또 나야? 오늘은 자기가 좀 해."
  큰아빠가 귀찮은 듯 말했다. 나는 혼자 집으로 올 수 있을 뿐 아니라, 혼자 뭐든 다 할 수 있는 중학생이었다. 내가 그들에게 귀찮은 존재라는 사실이 서글펐다. 귀찮으면서 뭐 하러 입양은 했는지? 반항하고 싶었다.
  한 달 정도 가출할 생각이었으나 나는 이 주일 만에 돌아왔다. 편리함보다 불편함이 많았고 무엇보다 막막했다. 숙박 시설 이용도 술, 담배도 심지어 영화도 내 마음대로 이용할 수 없었다. 내게는 미성년자라 벽이 있었다. 나 자신이 아직 어리다는 걸 확인만 하고 돌아왔다. 조금은 싱거운 해프닝으로 끝났다.

동네 슈퍼에 들렀더니 주인아줌마가 깜짝 놀랐다. 나 때문에 두 아빠가 크게 싸웠다고 말했다. 항상 다정하게 어깨를 맞대고 걷더니 어느 날부터 함께 다니지도 않고. 어깨를 축 늘어트리고 각자 걷는 모습이 안타깝고 안쓰러웠다고 했다. 아줌마가 큰아빠에게 전화를 하고 아빠가 달려왔다. 나는 그날 처음으로 귀싸대기를 맞았다. 그런데 이상하게 기분이 좋았다. 잘못을 용서받는 느낌이었다. 큰아빠가 그렇게 화를 내는 걸 처음 봤다.

그날 큰아빠는 아무 말을 하지 않았다. 어디 갔냐고? 무얼 했냐고? 묻지 않았다. 다만 피곤할 텐데 쉬어라, 이 말이 전부였다.

다음 날부터 나는 작은아빠가 돌아올 수 있도록 아빠 폰으로 톡을 보내고 전화로 아양을 떨며 아빠 맘을 움직이기에 바빴다. 내 정성이 통했는지 작은아빠가 돌아왔다. 작은아빠도 내 귀싸대기를 때려주기를 바랐다. 작은아빠는 귀싸대기 대신 돌아와 줘서 고맙다고 축축한 음성으로 말하더니 나를 꼭 안아줬다. 아빠 품이 아빠 사랑을 대신했다. 넉넉한 사랑을 확인하는 순간이기도 했다. 작은아빠는 품에서 나를 떼어놓고 내 얼굴과 머리를 쓰다듬고 가만히 바라봤다. 그 표정에서 안도하는 모습을 봤다. 우리 가족은 다시 예전처럼 평범한 일상을 되찾았다.

문제는 내가 자라 연애라는 것을 시작하면서다. 내 아빠들이 게이라는 사실을 어떻게 말할까? 이해해 줄까?

내가 기호에게 이렇게 말했다.

"난 두 아빠랑 셋이 살아."

혈연관계가 아닌 가족관계라는 사실을 말했을 때, 기호가 반짝 호기심을 보였다. 기호도 다른 사람처럼 의아해하고 비웃고 비난할까 봐 속으로 조금 두렵기도 했다. 기호의 미묘한 반응이 복잡해 보이기도 했지만, 표정을 감춘 그 얼굴이 재미있기도 했다.

유명한 사람들이 커밍아웃을 선언하고, 당당히 살아가는 모습을 지켜보면서 사회적으로 어느 정도 받아들여지고 있다는 걸 알았지만, 기호 생각은 알 수 없으니······. 살면서 곱지 않은 시선으로부터 도망치고 싶을 때가 종종 있었다. 이제는 면역이 생겨 아무런 방어 장치 없이도 웃을 수 있지만, 기호에게만큼은 조심스러웠다.

그날 기호는 무언가에 정신이 빼앗긴 사람처럼 조금은 멍한 표정으로 조금은 바보처럼 입을 약간 벌리고 나를 바라봤다. 사실 나는 뭘 감추는 일이 체질상 맞지 않았다. 감출 만큼 부정한 것도 아니다. 그렇다고 누군가에게 피해를 주는 일은 더더욱 아니었다.

기호가 입을 다물며 눈을 동그랗게 떴을 때, 놀랐다. 그렇게까지 충격적인 이야기였나? 사람에 따라 다르게 받아들일 수 있으니 이해는 했다.

커피숍에서 커피를 마시다 말고 즉석에서 파도를 보자며 포항에 가기로 결정한 직후였다.

엄밀히 말해 두 아빠랑 셋이 산다는 말은 거짓이 될 수도 있고, 아닐 수도 있다. 함께 살았지만, 현재 나는 독립했다. 그러나 가끔 본가에 들렀고, 주말이면 아빠 집에서 보내기도 한다. 큰아빠는 내게 집안에서 해야 하는 일을 가르치려 했다. 가령 시금치랑 두부의 조합이라든지, 설거지할 때는 큰 그릇부터 씻어야 편리하다는 것. 그러면 나는 식기 세척기가 다 알아서 합니다! 했다. 큰아빠는 내가 꽤 불량한 태도로 말했지만 개의치 않았다. 무엇이든 알아야 한다는 것이 큰아빠의 주장이다. 그것은 짜증 나는 일이었지만 이제 익숙해졌다. 나는 성장하면서 큰아빠의 가정교육은 엄마가 없는 자리를 어쨌든 채워주고 싶어 했다는 사실을. 그 사실을 알고 가끔 생각했다. 내 엄마는 어떤 사람일까?

나는 거리에서 중년의 여성을 만나면 엄마의 이미지를 떠올려보고 지웠다.

큰아빠가 잘하는 요리는 알감자와 양파를 듬뿍 넣고 만든 닭볶음탕이다. 닭에 스며든 양념 맛은 그 누구도 흉내 낼 수 없다. "아빠. 오늘 집에 갈게."라고 말하면 큰아빠는 알고 있었다. 주기적으로 또는 간헐적으로 두 아빠를 보고 싶은 것이 아니라 닭볶음을 먹고 싶어 한다는 것을.

굳이 큰아빠 작은아빠라고 구분 짓는 것은 두 아빠를 구별하기 위함이다. 작은아빠는 키로 구분 지어 부르는 것에 약간의 불만이 있다. 키가 작아서 또 작은아빠냐고 했다. 작은 키에 콤플렉스가 있다.

큰아빠는 집안일 하는 것이 즐겁다고 했다. 일반 가정주부보다 살림을 더 잘 해냈다. 처음부터 큰아빠가 살림한 것은 아니다. 처음엔 아빠 둘이 사업을 했다. 사업이 번창하고 경리 일이 많아지자 사람을 더 고용하고 큰아빠가 집안으로 들어 왔다. 말하자면 등가 교환인 셈이다. 큰아빠는 집구석구석까지 닦고 쓸어 먼지 하나 없이 말끔하게 청소했다. 거실 탁자 위에는 계절마다 싱싱한 꽃이 꽂혀 있었고, 집안은 은은한 꽃향기로 가득했다.

아빠들이 어떤 규칙이나 룰을 정해놓았는지 알 수 없지만, 집안일에 있어서는 철저하게 나눠서 했다.

큰아빠는 세탁물을 색상별로 용도별로 정리해 두었다. 서랍을 열면 호텔처럼 깔끔하고 단정했다. 침대 위 이불은 반듯하게 각을 세웠고, 흩트리는 게 아까울 정도다. 깔끔해서 문제일 정도다. 작은아빠는 세탁물을 거의 둘둘 말거나 쑤셔 넣어 놓은 것같이 했다. 큰아빠는 손이 커서 날아다니는 것들을 두 손바닥으로 잘 잡았다. 파리, 모기 등이 날아오른 것과 동시에 큰아빠 손바닥에 있었다. 작은아빠는 기어다니는 것들 사냥을 잘했다. 지네라든지 그리마(쉰발이) 바퀴벌레 등이 마당이나 하수구에 나타나면 작은아빠가 실력을 발휘했다.

큰아빠는 사과를 잘 깎았다. 작은아빠가 사과를 깎으면 제법 큰 사과도 야구공 만하게 만들어 버렸다. 큰아빠는 사과 표면을 따라 얇고 길게 이어지게 깎았고, 작은아빠는 껍질을 두툼하고 굵게 회를 뜨듯이 저며냈다. 작은아빠는 불을 잘 피웠고, 큰아빠는 연기만 피워 올렸다. 아빠들은 자연스럽게 자신이 잘하는 일을 스스로 찾아서 했다.

나는 어린 시절부터 두 아빠와 함께 성장하고 생활했기에 아무렇지 않은데, 주변의 불편한 시선이 종종 까끌까끌한 시멘트 바닥처럼 서늘할 때가 있었다. 가령 마트에서 큰아빠랑 쇼핑하는데 소곤거리는 소리가 들려올 때다. "쟤는 아빠가 둘이래. 한집에 산다네. 맙소사! 티브이 '세상에 이런 일이' 프로에 나와야 하는 거 아니야? 여자가 능력이 있나 보네. 크크크. 아님, 게이 아니야? 킥킥킥." 내게 없는 엄마 이야기를 들을 때면 기분이 묘해지기도 했다.

그런 말을 들으면 능력 있는 여자는 두 남자랑 살아도 되는구나 싶었다. 능력, 무슨 능력일까? 경제적인 능력, 아님 뭘까? 그게 뭐가 되든지 통념상 그 통념을 넘으면 수치스럽고 부끄러운 일이 되는 일반적인 생각이 싫었다. 아무 문제 없이 가정이 평화롭기만 했다. 가끔 두 아빠 간에 긴장감은 있었다. 사는 방식에 대한 대립이었다. 예를 들자면, 화장실 사용에서 남자 소변기가 없으니 설치하자는 쪽과 앉아서 소변을 보면 된다는 소소한 주장이 부딪히면 한동안 집안에 차가운 기류가 흘렀다. 이 또한 며칠 후면 어느 한쪽이 양보했다. 또 다른 문제로 갈등이 한동안 계속되었다. 작은아빠는 물건을 늘어놓고 사용하는 버릇이 있다. 손톱깎이며 책이며 신문을 읽고 그 자리에 두었다. 손톱깎이는 서랍에 책은 책꽂이에, 신문은 보관대에 이게 안 되었다. 늘 큰아빠 잔소리에도 고쳐지지 않았다. 이젠 큰아빠랑 내가 포기해 버렸다. 그렇게 하고 보니 오히려 편안했다. 사소하고 일반적이고 일상적인 문제다.

여느 집과 비교해도 별반 차이가 없다. 사람들은 왜 남의 행복을 자신의 잣대로 판단하고 이름을 지으려 하는지 나는 이해가 되지 않았다.

포항으로 가는 고속도로에서 기호가 조심스럽게 말했다.

"내 방에서 창문을 열고 보면, 바로 앞집 거실이 보여. 언젠가 우연히 봤는데, 두 남자가 살고 있더라. 둘이 거실에서 포옹하는 걸 봤어. 그 후 내가 계속 훔쳐보게 돼. 크크크. 그렇다고 관음증 환자 취급은 하지 마."

기호는 말을 조심하는지 느리게 했다. 굳이 게이라는 호칭은 사용하지 않았다. 게이라는 단어를 사용하면 안 되는 것처럼. '그래서?'라고 물으려다 그만뒀다.

"네 아빠들은 서로 호칭을 자기야?로 부르지?"

"당연하지. 어떻게 알아?"

"그냥 짐작으로…… 말해 본 거야."

그들은 언제나 자기야! 하면 응하고 서로 바라보며 눈을 찡긋거렸다. 그럴 때면 나도 왼쪽 눈을 찡긋거리곤 했다. 무슨 뜻이 있어서 한 행동은 아니다. 무의식적으로 따라서 하는 거다. 그들을 따라서 하는 것은 그뿐만 아니다. 자연스럽게 포도 껍질을 벗겨 먹는다든지. 걸음을 걸을 때 손을 허리춤에 얹고 걷는 행동, 작은아빠를 부를 때, 큰아빠를 따라 자기야! 하고 부르면 두 아빠는 번갈아 가면서 내 얼굴을 비비거나 볼에 손에 뽀뽀를 퍼붓거나 큰 손으로 머리카락을 흩으며 화르르 웃었다.

어린 시절을 떠올리자 웃음이 나왔다.

"왜 웃어?"

"아빠들 생각이 나서……. 아빠들은 서로 힘이 센 척을 잘했어. 가끔 팔씨름을 하면 내가 심판을 봤어, 두 아빠는 승부욕이 강해. 역도 선수가 용상을 들어 올리는 것처럼 얼굴이 벌겋게 달아올라서 바들바들 떨어."

기호가 말했다.

"나는 네 아빠들 이야기를 들으면 자꾸만 앞 동 거실 장면이 떠올라. 어색하지 않고 자연스러웠어. 남녀가 사랑을 나누는 것처럼 아름다웠다니까. 구스타프 크림트 키스 있잖아. 그게 생각나. 연인이 포옹하는……."

"그래! 사랑하는데 어색함이 어디 있어."

"밖에서도 손잡고 다녀?"

"당연하지."

기호는 궁금한 것이 많은가 보다.

"너도 나랑 다닐 때 손잡고 싶지?"
"당연해."
"아빠들도 똑같아. 이제 이해가 돼?"
나는 아빠들을 알고 있다. 그들의 대화가 갑자기 떠올랐다.
"자기는 옷을 좀 화려하게 입어도 돼. 내가 허락할게. 나랑 다닐 때만이야."
"자기는 말을 참 잘해. 표현이 좋아."
"고마워!"
"어제 읽던 책 다 읽었어? 모비딕."
"그 책 자기가 읽었기에 나도 읽어. 자기랑 대화하려면 그 정도 수고는 필수겠지?"
"자기는 그런 점이 좋아,"
그들의 대화를 통해 나는 사랑하는 법을 배웠다. 사랑은 서로 닮아 가려고 노력해야 하는 것임을. 그래서 서로를 따라 하고 싶어진다는 것을 이해했다. 가끔 치간 칫솔질을 큰아빠가 하면 작은아빠가 하고 또 내가 그렇게 따라 했다. 또 작은 아빠가 현관의 신발을 가지런히 두면 큰아빠랑 내가 따라서 했다.

이렇게 차분하고 섬세한 작은아빠가 집회나 퍼레이드에 참석만 하면 과격해지고 폭력을 행사하니 그 이유를 모르겠다. 나는 기호가 작은아빠의 이런 행동을 알아 버릴까 봐 은근히 걱정되고 간혹 조바심마저 들었다.

잠시 휴게소에 들렀다.
"넌 심리를 전공한 사람이 어떻게 시시한 질문만 하냐?"

기호가 나를 똑바로 바라만 봤다. 얼굴에 나타난 표정은 언어보다 강한 메시지를 전하고 있었다. 눈빛은 질책보다 한심하다는 투로 느긋하게 바라봤고, 얼굴은 굳은 듯 냉정한 표정을 담고 있다. 나는 말해 놓고 짐짓 놀라서 얼굴을 옆으로 슬쩍 돌렸다. 기호의 시선이 느껴졌다. 돌아보지 않았다. 돌아볼 엄두를 내지 못했다. 이제 어떡할까? 아무리 농담이라도 할 말과 하지 말아야 될 말이 있는데……. 기호의 아킬레스를 건드리고 말았으니. 기호는 요양시설에서 임상심리사로 일하고 있다. 노인들의 일상에 관여하고 임상심리 목적으로 고민이나 말을 들어주었다. 그렇다 보니 그들의 하소연이나 맹목적이고 하찮은 이야기를 들어주는 사람으로 착각하는 이들이 많다고 했다. 그걸 알고 있으면서……. 위로는 아니더라도 자존심은 건드리지 말아야 했다. 기호는 고민을 솔직히 말하고, 해결책은 아니지만, 잘할 수 있다는 희망적인 메시지를 듣고 싶었는지 모른다.

나는 기호가 하는 일을 어렴풋이 알고 있을 뿐이다. 그래도 "사"자가 들어갔잖아, 하고 놀리곤 했지만 웃기는 이야기였다. 처음 임상심리사라고 했을 때, 존경스럽다고 말했다. 임상심리사가 뭔 존경까지냐고 반문하던 기호는 시간이 갈수록 자신의 직업 이야기만 했다. 조금 지겹기까지 했다. 아니 너는 네가 하는 일밖에 할 이야기가 없냐고 핀잔을 줘도 그때만 히죽 웃을 뿐 조금 있으면 또 그 이야기였다.

기호는 친구 모임에 갔다가 만났다. 기호는 친구 강의 고등학교 동창이었다. 덥수룩한 머리카락이 자유분방했고, 그 머리카락을 새 꼬리처럼 노란 고무줄로 끝을 질끈 맨 모습이 인상적이었다. 말할 때마다 한 번씩 흠흠 추임새를 넣었다. 말을 정돈하려는 듯 또는 말을 조율하듯 했다. 취기가 돌자 서로 동갑내기니까 말을 놓자고 했고, 친구처럼 야! 라는 지칭이 자연스럽게 나왔다. 기호는 엉뚱하게 자신의 이름과 관련된 말을 했다. 자신의 아버지가 소쉬르의 언어 기호학을 무척이나 존중해서 기호가 태어나자 "넌 기호다." 라고 했단다. 그 말은 좀 웃겼다. 도무지 무슨 말을 하겠다는 건지. 기호는 말해 놓고 혼자 킥킥 웃었다. 기호를 따라 웃는 사람은 아무도 없었다. 그러고는 자신도 자라면서 기호에 관심이 가더라고 말했다. 기호를 가만히 들여다봐, 얼마나 재미있는지. 다 모양과 뜻이 포함돼 있어, 가끔 언어보다 편리할 때가 많아 문자나 그림 부호의 상위 언어란 말이지. 다들 기호를 바라보고만 있었다. 기호학과 기호가 대체 무슨 관계가 있다는 건지. 저기 봐 출입구. 다들 출입구 쪽으로 고개를 돌렸다. 출입구에 빨간색 화살표 하나가 보였다. 얼마나 편리해. 저쪽으로 나가란 말이잖아. 기호가 한 말의 마지막이 가관이었다. 지금까지 내가 한 말은 다 잊어. 흐흣. 내 이름을 기억하게 한 궤변이었어. 하하하. 그래서일까. 기호 이름이 각인되어 버렸다. 기호에게 호기심이 가는 것도 그 때문이었다. 엉뚱함의 매력이랄까. 기호를 가까이서 바라봤고 함께 시간을 보내면서 같은 초등학교에 다닌 것까지 알았다. 그리고 놀랍게도 한동네에서 자랐다는 사실은 또 다른 개인정보 노출에 대한 불안감을 자극해 불편하기도 했다.

  나는 어린 시절을 기억하고 싶지 않았다. 아빠가 두 명이라는 것은 집 밖에서 나를 외롭게 했다.

  사춘기를 지나 사랑이라는 걸 시작했을 때, 하나같이 아빠가 둘이라는 사실을 말하면, 팬데믹 현상이라도 일어난 듯 거리를 두었고, 그러다 헤어졌다. 그래도 나는 숨기지 않았다. 내 환경을 이해해 주는 남자가 어딘가에 있을 거라 믿었다. 그것은 묘한 심리적 반발이었다.

나는 한동안 아무 말을 하지 않았다. 슬쩍슬쩍 기호를 바라봤을 뿐이다. 속으로 미안했지만 미안하다고 말하지 못했다. 아니 미안하다는 말을 배우지 못했는지 모른다. 아빠들은 미안하다는 말 대신 침묵으로 주변을 두리번거리며 도와주기를 바랐다. 괜히 내게 말을 걸고 헛웃음으로 그 상황을 벗어나려고만 했다.

기호는 알까? 나는 용기를 내어 왼손을 뻗어 기호 무릎 위에 조심스럽게 올려놨다. 기호가 고개를 돌려 시익 웃었다.

멀리 바다가 보였다. 바다는 그곳에서 기다렸다. 주차장에 차를 세우고 모래톱으로 내려갔다. 수많은 발자국이 어제와 오늘을 이어놓았고, 파도 소리는 오늘과 내일을 소리로 불러 모으는 듯했다. 기호가 남긴 발자국을 따라 걸어갔다. 하나 둘 셋……

모래톱에 해초가 떠밀려와 널브러져 있다. 해초를 보자 문득 작은아빠가 떠올랐다. 작은아빠는 식료품 유통 사업을 한다. 김이며 다시마, 각종 부각, 기름에 튀긴 고추. 수입 양념류 등이다. 작은아빠는 생활비며 공과금, 교육비 따위를 책임진 가장이었다. 가끔 공장에 가 보면, 몇 명의 직원들이 흰 가운에 흰 모자를 눌러 쓰고 마스크와 비닐장갑까지 하고 일했다. 집의 밑반찬은 대부분 공장에서 갖고 온 것들이다.

흰 가운과 흰 마스크로 온몸을 가렸지만, 작은아빠 성형은 좀 과할 정도다. 얼굴뿐 아니라 신체 일부를 고쳤다. 바로 키다. 키를 얼마나 키웠는지 알 수 없지만 아직도 키는 작은 편이다. 작은아빠는 요즈음 문신에 매력을 느끼고 있다. 눈썹과 손목과 팔, 옷을 벗으면 배꼽 위에 커다란 호랑나비 한 마리가 가슴을 향해 금방이라도 날아오를 듯 날개를 활짝 펴고 있다. 그 정도는 순진하다. 며칠 전 새롭게 한 문신은 셔츠를 입으면 오른쪽 목에 삐죽이 독사 대가리가 막 목을 타고 머리 쪽으로 기어오르는 형상을 하고 있다. 작은아빠는 나약하고 왜소한 신체를 감추려고 문신을 조금씩 더 위협적인 것으로 몸에 새겨 넣는 것 같았다. 작은아빠가 그랬다. "우리 이쁜 딸은 내 닮아서 키가 작다고……." 아빠 말을 당연하게 받아들이면서도 미안해하는 아빠 마음은 이해하지 못했다. 가끔 아빠가 귀엽다. 아빠 말에서 묻어 나오는 감정을 읽을 수 있었기 때문이다.

어릴 적 동네 할머니가 생각났다. 양자(養子)로 둔 아들을 자신이 배 아파 낳은 아들이라고 말하고 다녔지만, 양자라는 사실을 모르는 사람은 없었다. 작은아빠는 그 할머니를 닮았다.

언젠가 친구 강을 따라 성당에 간 적이 있다. 성당은 입구부터 정갈하고 깔끔한 인상을 주었다. 예쁜 집을 보면 그곳에서 살고 싶은 맘이 생기듯이, 나는 성당 외부를 보고 성당을 다녀볼까 싶었다. 초록의 잔디밭을 지나자 하얀 석상이 눈에 들어왔다. 강은 몇 걸음 앞서 마리아 앞에서 두 손을 모아 기도했다. 그리고 나를 마리아 앞에 세우고 사진을 찍었다. 폰에 저장된 사진을 보는데 마리아 품에 내가 안겨있는 것처럼 보였다. 포근하다. 가끔은 막연한 생각이 공허하게 만들었다. 나는 고개를 돌려 성당 안을 둘러보았다.

마리아 석상 맞은편에 조각된 피에타는 어딘가 모르게 섬세함도 정교함도 아름다움과 우아함도 부족했다. 그러나 피에타에 마리아를 꽤 오랫동안 바라봤다.

마리아님! 당신은 존재만으로도 모든 이의 갈망의 대상이며 자애의 대변자이지요. 저는 믿음이 없지만 마리아님! 내 엄마도 당신처럼 자식의 아픔을 느꼈을까요?

나는 마리아를 보며 생각했다. 그러니까 마리아가 대답하는 듯했다.
'착하고 예쁜 아가씨! 세상에 모든 어머니는 자식을 사랑합니다. 아마도 많은 시간 괴로움으로 흐느꼈을 겁니다. 미워하지 마세요. 원망하지 마세요. 다 어떤 이유가 있을 것입니다.' 이유. 이유. 이유.
나는 입속으로 이유를 우물거리듯이 반복해서 말했다.
저만큼 달려가던 기호가 멈추어 섰다.
"너희 아빠들은 설거지 할 때 함께 해?"
"당연하지."
실은 큰아빠가 집안일을 거의 혼자 다 한다. 큰아빠가 설거지며 식사 준비를 할 때 작은아빠는 대체로 거실 소파에 비스듬히 앉아 있다. 작은아빠는 집안일에 간섭을 하지 않는다. 큰아빠 역시 작은아빠가 하는 사업에 관여하지 않았다.
"술은 잘 마셔?"
"당연하지."
언젠가 술에 취해서 들어온 작은아빠가 말했다.
"오늘은 손이 필요 없었어. 입만 벌리면 됐어. 하하하."
큰아빠가 싸늘하게 말했다.
"좋았어. 왜! 그 예쁜 손을 핥고 싶지는 않았고? 그걸 말이라고 해. 잘났어."
빈정대는 큰아빠를 향해 작은아빠가 약을 올렸다.
"자기도 요 앞, 길 건너 다이아몬드 바에 가 봐. 엄청 친절해."
그때 큰아빠가 들고 있던 주걱을 주방 바닥에 내동댕이쳤다. 그 소리에 깜짝 놀랐다.
기호는 끊임없이 질문했다. 알고 싶은 것이 많은가 보다.

"청소는 누가 잘 해?"

"청소는 분담해서 해. 작은아빠는 손이 작아서 화장실 담당. 큰아빠는 발이 커서 주방과 거실. 베란다는 공동으로.

언젠가 큰아빠가 청소를 마친 화장실로 들어가 스크래치를 걸며 잔소리를 하자 작은아빠가 그랬다. 그럼 자기가 다 해! 그 후로 큰아빠는 한 번도 작은아빠 청소에 불만을 말하지 않았다. 아빠들을 보면 말을 해야 할 때와 멈추어야 할 때, 화를 내야 할 때와 멈추어야 할 때를 잘 이용했다. 이용을 잘 한다는 것은 문제해결에 도움을 줬다.

나는 마리아를 알고부터 기호와의 갈등 문제도 아무것도 아닌 사소한 것으로만 느껴졌다. 물론 사소한 것이지만.

기호랑 해변을 다녀오고 몇 주 후 맥주 때문에 말싸움을 했다. 문제는 말 때문이었다.

"맥주, 거품 없이 따라 봐."

"왜?"

"거품 일게 하지 마."

내가 맥주병을 탁자에 탁 내려놓았다.

"그럼 네가 따라 마셔!"

"왜, 화내는데?"

다음 날은 고기를 굽다가 또 부딪혔다. 삼겹살에서 기름이 자글자글 나와서 팬에 고이자 기호가 말했다.

"기름 옮길 종이컵 갖고 와?"

"여기 키친타월로 닦아."

"종이컵 갖고 와!"

"왜, 명령이야! 키친타월로 닦아 봐"
"종이컵 갖고 와!"
그러고는 버럭 화를 냈다. 이런 부딪힘이 기운 없게 만든다. 왜 그래야 하는지.
아빠들은 어떠한 것에도 너그러움이 있고, 말은 부드러웠다. 서로의 주장이 강하지 않으니 화낼 일이 없다.
다시 기호를 바라봤을 때, 기호는 말없이 열심히 고기를 굽고 있었다. 진지하기까지 했다. 갑자기 까르르 웃음이 나왔다. 산다는 것은 즐거움이다. 평범하면 삶일까? 일상의 하찮은 것도 삶의 일부분인 것을.
기호와 어린 시절 한동네에 살았다는 것과 이름을 기억하지 못한 그 아이가 기호라는 사실을 처음 알았을 때도 그랬다. 세상을 향해 웃고 싶었다. 상상도 못 했던 성형으로 기호는 얼굴 일부분을 고치고 사시를 정상으로 만들었으니……. 까맣던 피부는 햇볕을 안 봐서인지 하얗다. 그때부터였던가. 버스를 타도 지하철 승차를 해도 사람들의 얼굴이 다 성형한 모습으로 밖에 보이지 않았다. 저 사람은 눈썹 문신이네. 저 사람은 입술을 수술한 거 같아. 저렇게 도톰할 리 없어. 코가 저렇게 오똑하다니 성형 아니야? 등으로 지레 짐작했다.
작은아빠 문신은 점점 이구아나처럼 징그럽게 변해갔다. 성형하는 걸 보면 신기하다. 도대체 무슨 이유로 하는지? 궁금해서 물으면 대답은 오직 하나.
"저항하는 거야."
무슨 말을 하는지 나는 알 수 없었다.
'도대체 누구에게 왜 저항을 하는지.'
작은아빠의 저항은 행동을(집회나 퍼레이드) 전부로 알았는데, 몸에 하는 문신도 저항이었다니…….
　아빠들과 나는 점점 외모부터 멀어지고 있다. 처음부터 그랬지만. 가족은 닮는다는데 분위기마저 닮지 않았다. 성형 때문일까? 이 집에서 나만 원시인처럼 납작한 코 가느다란 눈을 가지고 있다.
　기호가 넌 견적이 몇 천 나오겠다. 했을 때, 몹시 기분이 나빴다.
　"넌 절대 성형하지 마라. 지금 네가 매력적인 얼굴이야. 개인적으로 난 현재 네가 너무 좋아."
　"뭐야! 이건 성형하라는 말보다 더 무시무시한 말이란 걸 알아?"
　"넌 개성이 있어"
　"개성. 개성 좋아하는 네가 왜 성형을 했을까?"
　"해봐서 아는 거야. 경험만 한 선생은 없어."

　기호가 내 집을 방문하는 것은 큰 사건이고 이변이었다. 한 번도 단 한 번도 누구를 집으로 데리고 간 적이 없었다. 집에는 큰아빠만 있었다.
　인사를 마치자 큰아빠가 예상하지 못한 말을 했다.
　"우린 게이 부부야. 괜찮지? 여진이 작은아빠 오면 함께 식사하고 가."
　큰아빠가 갑자기 커밍아웃을 해버렸다. 내가 무슨 말을 할 틈도 없었다. 아빠는 어쩌자고 식구들 다 모이는 것을 보여줄 참인가. 아무리 기호가 내 가족을 이해한다고 해도 직접 한자리에서 음식을 먹고 이야기를 나누다 보면 가족 구성원을 세밀히 들여다볼 수 있다. 그날 기호는 신기한 것을 발견이라도 한 듯, 우리 가족을 주의 깊게 살펴보는 것 같았다.

나와 기호는 다리를 꼬고 앉아 티브이를 시청했다. 각국의 성소수자들이 무지개 깃발을 흔들며 자신들의 인권을 외쳤다.

언젠가 종로에서 퀴어문화축제를 한다기에 나도 아빠들과 함께 나갔던 날이 떠올랐다. 외국인이 더 많았다. 무지개 깃발이 휘날리고 사람들은 노래를 부르고, 메인 무대 위에 사회자 목소리는 컸다. 군중심리라는 것을 실감할 수 있었다. 나중에 알았지만, 외국인은 지원 유세를 온 거였다. 그날 구호에 "인정하라"라는 말을 제일 많이 들었다. 그날 또 작은아빠가 작은 소동을 벌여 경찰에 연행되는 사건이 있었다. 나는 작은아빠한테 소리쳤다.
"아빠랑 함께 못 다니겠어. 부끄러워!"
작은아빠는 아무 말을 하지 않았다.
돌아오는 길에 그들이 말했다.
"어쩌라고……. 우리가 잘못한 게 뭐가 있어?"
"있지. 하하하. 사랑이 죄야. 하지 말라는 걸 하니까. 거룩하신 그분도 동성연애는 하지 말라 했어."
"사람의 힘으로 안 되는 게 있지. 감정은 계획하고 노력한다고 되는 게 아니야. 감정은 본능적으로 일어나는 거야."
"알아. 그게 사랑이야."
나는 한동안 "인정하라"는 말이 귓가에 쟁쟁하게 맴돌았다.
"부끄럽다"는 내 말이 충격적이었는지 아니면 기호의 등장 때문인지, 그 후 작은아빠의 행동은 변했다. 어떤 집회나 시위에서도 행동을 조심했다.

그들은 백허그 중이었다. 큰아빠 뒤에 서 있는 작은아빠는 뒤꿈치를 살짝 들고 있다. 작은아빠는 우리에게 신경도 안 썼다. 큰아빠 귓불을 만지고 긴 목에 입술을 갖다 대고 머리를 쓰다듬고 웃기도 했다. 기호는 아예 부엌 쪽으로 고개를 돌려놓고 바라봤다. 내가 기호 허벅지를 살짝 때리자 놀란 듯이 작은 소리로 말했다.
"네 아빠들 대단하다."
"긍정 마인드가 삶에 필요해!"
"자기라는 호칭이 네 아빠들에게 자연스러워."
"그럼, 뭐가 틀렸어. 다를 뿐이야. 그건 시선의 문제야."
내가 대들 듯이 기호에게 말했다.
나는 아빠들의 호칭이 문제가 된다는 사실을 한 번도 생각해 보지 않았다. 익숙해 있었고, 관심을 가지고 있지도 않았다. 자라면서 내 가족을 바라보았고, 다른 가족과 비교가 되었다. 다르다는 것이 문제가 될 줄은 몰랐다.
"기호야! 우리도 오늘부터 자기야!로 부를까? 자기야가 좋아, 이름이 좋아?"
기호가 그만 하하하 하고 웃었다.
나는 생각해 봤다. 사랑의 감정은 종잡을 수 없으니 본능이 움직이는 대로 받아들여야겠다고. 나는 친구도 중요했고, 연인도 중요했다. 나는 내가 원하는 사랑이 뭔지 정하지 못했다. 물론 감정은 정한다고 정한 대로 움직이는 것은 아닐 터다. 마음이 움직이는 대로 내버려둘 생각이다. 어쩌면 내 사랑에 확신이 없어 불안전하다는 불안감일지도 몰랐다.
나는 기호의 마음을 알고 싶었다. 어떻게 보면 기호가 나를 사랑하는 것 같기도 하고 아닌 것 같기도 했다. 기호 역시 마음이 움직이는 대로 내버려두고 있는 건지 알 수 없다. 기호가 손을 잡는다든지 어깨를 감싸 안는다든지 할 때는 분명 사랑의 감정이 있기 때문일 것이다. 나는 혼란스러웠고 어떻게 행동해야 할지 도통 알 수가 없었다. 사랑을 어떻게 받아들여야 할지도 몰랐다. 감정은 여러 방향으로 움직여 나갔다.

기호는 여전히 애매한 행동을 했고, 사랑 고백 같은 것은 하지도 않았다. 아빠들을 신기하게 바라보던 표정은 사라졌다. 그것은 익숙함에 길들여 가고 있다는 것이다. 가끔 질문만 했다.

"엄마가 둘이면 사회에서 일반적으로 너그럽게 받아들이잖아? 아빠가 둘이면 어떻게 받아들일까?"

"나는 다른 사람 시선은 필요치 않아. 기호 네 생각이 중요해. 누구나 부모는 선택할 수 없잖아. 선택하지 않았지만, 가족이 되었고, 식구가 돼. 나는 내 아빠들을 존경해. 그리고 사랑해."

문득 인정하는 것. 그 인정하다, 라는 동사를 이해하기 쉽지 않다는 것을 알았다. 시선의 문제는 다양성을 말할 수 있으니. 하지만 존재하는 것을 인정하는 것은 또 다른 문제가 아닐까? 느닷없이 그런 생각들이 머릿속에서 불꽃놀이를 하고 있었다.

나는 아빠들을 바라봤다. 아빠들은 여전히 서로를 사랑스럽게 바라보며 포옹하고 있다.

제17회 현진건문학상 추천작

빈 상자

김인정

------ **작가의 말**

깜깜한 새벽, 아파트에 떠 있던 하나의 불빛을 발견하면서 이야기는 시작됐다.
빛은 불안하지만 친근하고 따뜻해 보였다. 다른 누군가도 나처럼 어둠 속에 숨어서 위로받고 있을지도 모른다는 생각이 들자, 빛의 용기에 박수를 보내고 싶었다.
울림은 한동안 계속됐고, 예측할 수 없는 이들과의 공감도 이어졌다.

그러니 소설 속 수영에게도 창피해하지 않으면 좋겠다고 말하고 싶다.
새벽 네 시 수영이 몰두했던 빛은 우리 중 누군가의 빛이었을 수도 있다. 창 너머 어둠을 헤아려야 했을 누군가의 염원이 타오른 것일 수도. 우리는 서로의 빛을 품에 안고 살아가는 것은 아닐까. 보이지 않지만, 해가 떠오르면 사라지지만, 그만큼도 충분하다고 믿는 사람들이 있다.

소설의 두 번째 결말은 이렇다. 수영의 짐이 채워진 빈 상자는 또 다른 시작을 맞이하듯 문밖에 서서 택배 기사를 기다린다. 아파트는 멀어지고 있지만, 그녀는 뒤도 돌아보지 않고 그곳을 총총히 빠져나온다.

------ **약 력**

경남 거창 출생
2021년 《광남일보》 신춘문예 단편소설 「오른손」 당선
2023년 제10회 《경북일보》 청송객주문학대전 「나방의 기원」 장려상

하나, 둘, 셋, 넷……. 스물을 헤아렸을 때 빛은 사라졌다.

새벽인지, 저녁 어스름인지 분간하기 어려운 빛깔로 하늘은 물들어 있었다.

수영은 앞 동 107동 후면을 보고 있었다. 빛은 25층과 26층 층계참의 감지기 등이었다. 불을 밝혔을 누군가 아니 무엇이었든 그것은 그녀와 같은 25층이나 위층으로 들어갔을 거였다. 승강기를 타고 다른 층으로 이동했을 수도 있지만 계단은 아니었다. 그랬다면 그것의 극히 사소한 움직임에도 등은 반응했을 테니까. 아니면 아직도 감지기 눈이 미치지 않는 층계참 구석 어딘가에서 숨도 쉬지 않고 있든가.

어느 날부터인가 그녀의 눈이 네 시에 맞춰 떠졌고, 거실 창가에 서 있었으니 알게 된 빛이었다. 빛이 언제 시작됐는지 몰랐다. 영원히 몰랐을 수도 있었다. 그녀가 아는 거라곤 벌써 보름은 지났다는 것과 빛은 그렇게 꺼진 이후로는 더는 들어오지 않는다는 사실이었다. 그리고 어느 순간 자신이 그 흰빛을 기다리게 됐다는 것.

옆 동 24층에서는 누군가 틀어놓은 텔레비전이 무수한 디지털의 영혼들을 쏟아내고 있었다. 밝아졌다 어두워졌다 다시 밝아지며 빛은 끊임없이 발광했다.

빛은 나 좀 봐달라고 말하는 것 같았다. 그리고 견뎌야 한다고. 그녀는 거실 유리에 뺨을 붙이고 서서 넋 놓고 그것을 쳐다봤다.

해가 떠오르려면 시간이 필요해 보였다.

수영은 머그컵 가득 물을 담아 다시 거실 창가로 갔다. 따뜻한 물을 자주 마시는 일은 그녀의 오랜 습관이었다.

옆 동과 그녀가 사는 동은 ㄴ 모양으로 붙어있었다. 옆 동이 ㄴ의 세로획이라면 그녀가 있는 동은 가로획이었다. 옆 동의 끝 집과 그녀의 집은 앞모습으로 마주한 셈이었다. 정면은 아니었다. 그녀가 옆 동을 볼 때 거실 텔레비전이 위치한 벽면만 보이듯 저쪽에서 이쪽을 본다면 역시 텔레비전이 있어야 할 빈 벽만 보일 터다.

삼천 세대를 이루는 대단지 아파트였다. 멀지 않은 거리임에도 동들은 기가 막히게 조율된 각도 덕에 사생활 침해에는 문제없어 보였다. 모든 동이 앞을 향하고 일렬횡대, 일렬종대로 서 있는 구조가 아니었다. 덕분에 바람과 햇빛의 근접이 어려워 보이긴 했다.

환기는 세대 내 공기 청정 시스템이, 햇빛이 들어오지 않는 저층의 일조량은 옥상 거울을 이용한 빛의 반사로 해결했다. 아파트 측 해명이었다. 과학적이고 효율적인 안은 주민들에게 한 차원 높은 입주민의 자긍심으로 작용했다. 이로써 앞으로 동 사이는 더 조밀해질지도 몰랐다.

수영은 입주 초기에 들어왔다. PVC 골판지, 에어캡, 마스킹 테이프가 아파트 곳곳을 감싸며 주민들에게 조심스러움을 일깨워줄 때였다. 그것들은 이제 볼썽사나운 모습으로 변해 있다.

가구나 전자제품은 새로 사야 하는 것들이라 업체 직배송되었다. 그래봐야 싱글 침대 한 개, 아일랜드 식탁용 흰색 스툴 두 개, 커피포트, 일단은 게 다였다.

부엌에는 전자레인지 기능을 겸비한 오븐이 있었고, 냉장고와 식기세척기, 옷장은 빌트인 되어 있었다. 팬트리는 수납장을 대신할 터다.

세탁기는 없었고, 만일 사야 한다면 건조기도 사야 했다. 베란다는 빨래를 널어 말리는 공간으로는 적합해 보이지 않았다. 아파트는 전기 제품을 사용할 수밖에 없는 구조로 점점 진화해 가는 듯했다. 바람이고 햇빛이고 믿을 수 없는 시대에 맞춤한 고급 아파트답다고 생각했다. 문제는 돈이었다. 아니, 돈도 돈이지만, 그것들이 다 무슨 소용이람. 빨래방이 있는데. 지내보다 불편해지면 그때 다시 생각하면 됐다. 달리 필요한 게 없었다. 청소기가 아쉽긴 했지만 이나가 올 때까지는 견딜 수 있었다. 설령 이리저리 줄을 끌고 다녀야 하는 청소기를 사놓는다 해도 이나가 로봇 청소기라도 냉큼 갖고 들어와 버리면 돈만 낭비하는 꼴이 될 테니까.

 그 외 침구용품, 소모품, 모두 인터넷으로 주문했다. 그녀가 직접 갖고 들어온 거라야 식기 도구 몇 개와 세면도구, 화장품, 옷가지 따위가 다였다. 수영은 인터넷 사이트에서 아파트 입주 청소를 찾아냈다.

 아파트 입주 날 그녀가 한 일이라야 장기간 여행 온 사람이 전망 좋은 호텔 객실에 든 것처럼 짐을 정리하고 거실에 서서 따뜻한 물을 마시며 아래를 내려다본 게 다였다.

 사람들은 비교적 규칙적인 생활의 틀에서 움직인다는 사실을 입주 후 그녀는 알게 됐다.

 새벽 네 시, 잠이 깬 그녀가 물 한 잔을 들고 거실 창가에 서면 그 시간을 기다렸다는 듯 불빛들이 조용히 일어났다. 밤하늘에 오롯이 떠 있는 별처럼 빛은 외로워 보였고, 그것은 그녀 내부의 투영 같았다. 비슷한 생체리듬을 가진 그들에게서 그녀는 동질감을 느꼈다. 헐거워지는 어둠처럼 엷어지는 빛을 보고 있으면 경계가 풀리고 잡념이 사라졌다. 위안이 됐다. 너무 멀고 그녀와는 상관없는 것들에 의지하는 셈이었다. 그게 편했다. 딱 이만큼이 좋았다.

각 세대는 창문의 모양과 위치로 내면에 품고 있는 공간을 드러냈다. 뒤돌아있는 107동 등에는 에어컨 실외기실, 세탁실, 부엌, 공용복도, 계단실의 창들이 나란했다. 사람들이 자주 사용하지 않고 또 오래 머물 필요가 없는 공간들이라 그런지 그곳에서 흘러나오는 빛은 금방 꺼졌고 잘 켜지지도 않았다. 그나마 어두워지면 들어오기 시작해 오랜 시간 지속되는 부엌 빛만이 적막한 벽에 어느 정도 생기를 불어넣어 줬다.

옆 동은 방 3, 방 2, 거실, 방 1, 비상탈출실로 이어지는 창들이 가로로 띄엄띄엄 나 있었다. 층층이 나 있는 창문은 간격이나 모양이 한결같았다. 안방 위에는 안방이, 욕실 위에는 욕실이, 세탁실 위에는 세탁실이 있는 셈이었다. 사람들은 어쩔 수 없이 비슷한 소음과 마주할 수밖에 없어 보였다.

24층 거실 창에 비치는 텔레비전 속 영상도 항상 같았다. 늦은 밤부터 시작되는 티브이는 다음 날 새벽 수영이 일어난 뒤에도 얼마간 유리를 어지럽게 흔들다 사라졌다. 누군가의 취향이 그녀의 거실 창으로 여과 없이 스민다. 리얼리티 프로와 다큐멘터리를 좋아하는 사람. 커튼을 설치하지 않은 이유는 답답한 것을 싫어하거나 게으름 때문일까. 아니면 일률적인 것을 싫어하거나, 그녀처럼 자신의 집이 아닐 수도.

입주 초기에는 커튼을 매단 집이 없었지만, 어느 날부터인가 단체로 주문한 듯 크림색 계열의 커튼이 줄줄이 드리워졌다. 대규모 세대가 어우러졌음에도 타인의 시선으로부터 보호받을 수 있게 설계되었다는 아파트 측의 캐치프레이즈가 무색할 정도로 주민들은 커튼을 닮음으로써 침묵만 지켰다.

답답해 보이긴 했다. 굳이, 저렇게까지. 보려고 집중하려면 모를까. 더욱이 저녁도 아닌 낮 동안에도 커튼을 두른 집들을 보면 조금 뜻밖이었다. 일조권과 조망권을 누리기 위해 고층으로 올라온 게 아닌가. 수영은 절레절레 고개를 저었다. 아직 그녀의 희망 목록에 커튼은 없었다. 그녀는 미지근해진 물을 한 모금 마셨다.

107동 층계참에 감지기 등이 들어왔다. 이번에는 9층과 10층 사이였다. 빛은 한 칸씩 아래로 내려갔다. 5층에 불이 들었을 때 9, 10층 빛은 꺼졌다. 걸음이 빠른 사람일 거였다. 9층, 8층 빛이 차례로 꺼지는 동안 마침내 빛은 1층에 다다랐다. 잠시 후 누군가 동 측면을 돌아나왔다. 위아래 짙은 계열의 옷을 입은 사람이었다. 걸음걸이로 봐서는 남자 같았지만, 확실하지 않았다.

다섯 시쯤 집을 나서는 사람이었다. 지하 주차장으로 바로 가지 않은 것을 보면 대중교통을 이용하기 위해서거나 걸어갈 만큼 가까운 곳에 직장이 있을 터였다. 아니면 산책이나 운동 때문일 수도. 매일 새벽 계단을 타고 내려가는 사람의 마음속으로 들어가 본다. 승강기를 기다리지 못할 정도로 성격이 급한가. 주치의가 하루에 한 번씩 180여 개의 계단을 내려가라는 처방을 했을까. 무슨 이유인지는 모르겠지만 유명한 유튜버의 얘기가 자극됐을 수도. 아니면 그냥 어쩌다 보니 그렇게 됐을지도. 자신도 모르게 표출되는 힘, 그냥. 그것이 습관으로 굳어졌을 수도. 나쁘지는 않네, 그녀는 생각했다.

하지만 그냥은 간혹 성가시고 후회스러운 일을 만들기도 했다. 유난히 외롭고 성말라 있을 때면 그런 원시적이고 어린애 같은 감정에 빠져 도덕적이고 이성적인 판단을 잊은 채 결론까지 치달을 때도. 흔한 일은 아니었다.

다섯 시가 넘어가면서 아파트는 푸르스름한 색감으로 떠올랐다. 서늘한 빛이었다. 열어놓은 거실 창으로 습한 기운이 스며들었다. 요 며칠 내렸던 비 탓일까. 새 아파트라 그러할까. 그녀는 문득 고등어 등줄기의 싱싱한 청록빛을 그곳에서 찾아냈다. 약간 비린 맛도 느껴지는 듯했다. 새벽의 냄새답다고 생각했다.

24층 텔레비전 화면은 깊고 푸른 바닷속으로 한없이 들어가고 있었다. 그 층 위로 하나, 저 아래로 하나 둘, 모두 거의 매일 비슷한 시간대에 마주하는 불빛들이었다. 정작 같은 동에 사는 이들은 모를 터다. 검은 눈꺼풀을 내린 창들 사이에서 그것들은 유난히 눈에 띄었다. 빛이 민망할 정도로 커튼 뒤의 정적 또한 계속됐다. 사람들이 활동하기에 이른 시간이긴 했다. 모든 것이 은근한 기대에 차 있었다.

수영은 이나와의 채팅방으로 들어갔다. 보름 전 이나가 마지막으로 보냈던 문자를 다시 읽었다. 아직 제주도야, 라고 이나는 시작하고 있었다.

이나는 수영의 오랜 친구다. 학창 시절 내내 붙어 다녔고, 이나가 결혼한 후에도 둘의 관계는 변함없었다. 아파트 공동 입주는 이나가 먼저 제의했다. 그즈음 그녀는 남편과 별거를 계획하고 있었다. 별거 이유에 대해서 이나는 말하기를 꺼렸다. 그녀는 마음의 안정과 생각이 필요하다며 제주도 별장으로 갔다. 기간은 정하지 않았다고 했다.

하지만 생각보다 너무 늦어지고 있었다.
 이나는 윤택한 가정에서 자랐다. 수영은 그녀 덕분에 얻는 혜택이 많았다. 어디를 가든 이나가 계산했다. 가끔 수영도 카드를 내밀었다. 그럴 때마다 이나는 매우 고마워하며 받았고 빈한한 생색마저도 그렇듯 기뻐해 주는 이나의 마음 씀씀이에서 수영은 부모님에게도 받아보지 못한 성숙한 애정을 느꼈다.
 수영은 깔끔한 성격이었고 분명한 것을 좋아했지만 때론 선 긋기가 애매할 때가 있었다. 이나처럼 환경이 특출난 사람들과의 경계에서는. 금전적인 문제였고, 그것을 상대적으로 바라보는 이나의 배려심 때문에 가끔 혼란스러울 때가 있었다. 물론 고마운 일이었다.
 그것 외에는 신경이 좀 예민한 게 단점이랄까. 하지만 그것도 그녀가 하는 일에서는 도움이 되는 성향이었다. 남들은 그녀를 까탈스럽지만 일은 꼼꼼하게 잘하는 사람으로 분류했다. 실속은 없었다. 윤기 있는 사회생활을 위해서는 능력만큼 성격도 중요하다는 사실을 그녀는 살면서 깨우쳐가고 있다. 어쨌든 수영은 사람들이 평가하는 인지도로 아직까지는 이나 앞에서 자존심을 챙길 수 있었다.
 아파트는 월세 계약이고, 보증금은 이미 냈으니 신경 쓰지 않아도 된다고 했다. 월세는, 그것도 괜찮긴 하지만, 그래도 부담스럽다면 지금 내고 있는 금액의 반만 내라고 했다.
 수영은 바로 휴대폰을 열어 아파트 이름을 검색했다. 평수와 월세를 클릭하자 숫자가 떴고 그녀는 깜짝 놀랐다. 현재 그녀가 사는 원룸의 네 배에 가까운 금액이었다.
 재계약 시기는 얼마 남지 않았고, 집주인은 분명 월세를 올릴 거였다. 마침 고민하던 차에 너무 큰 행운이 찾아온 셈이었다. 그럼에도 그녀는 아파트 계약이 전세가 아닌 월세라는 사실 앞에서 조금 머뭇거렸다. 아무리 같이 사는 상대가 이나라고 해도 꺼림칙한 것은 어쩔 수 없었다.

별거가 언제까지 갈지도 모르고 아파트가 맘에 들어서 매입할 예정이라고 이나가 뒤미처 말했을 때 수영은 안심했다. 머릿속에는 고품격 아파트의 고층 베란다에서 창 너머를 내려다보는 자신의 모습이 그려졌다. 통장에는 원룸 보증금과 절약될 월세에 해당하는 돈이 이자와 함께 몸을 불려 갈 거였다. 단지 1년 만이라도 그게 어디야. 설령 그때 가서 같이 살 상황이 안 된다 해도 그녀가 손해 볼 일은 없었다.

수영은 아파트에서 살아본 적이 한 번도 없었다.

내 짐은 다 들였어. 스툴을 샀어. 네가 좋아하는 색깔이 마침 있더라고. 마음에 들었으면 좋겠다.

이사하느라 고생했겠네, 하는 이나의 물음에 수영은 그렇게 답했다. 아무 일 없는 거지, 하는 그녀의 답에 이나는 'ㅇㅇ'만 보냈다. 긍정도 부정도 아닐 때, 이나가 사용하는 이모티콘이었다. 그럴 때 수영은 조금 침울해졌고, 자신의 말과 행동을 되짚어봤다.

폰을 내려놓는 수영의 눈이 107동 층계참으로 향했다. 어둠뿐인 그곳에서 누군가 자꾸 그녀의 시선을 잡아당기는 것 같았다. 그녀는 손가락 끝으로 오른쪽 관자놀이 부분을 천천히 문질렀다.

수영은 자신이 사는 동의 25층과 26층 사이의 층계참 창 앞에 섰다. 아파트에 달린 모든 층계참의 창문은 똑같은 높이와 모양으로 달려있을 거였다.

창문은 작았지만 사람이 못 빠져나갈 정도는 아니었다. 그녀라면 수월하게 통과할 수 있을 듯했다. 그녀 키는 창문 높이의 중간쯤 닿았다. 창문 턱이 넓어 잘만 하면 올라설 수도 있을 거였고, 뛰어내리기 전 내려다보며 잠시 생각할 시간을 가질 수도 있을 듯했다.

아니면 애초 잘못 생각하고 있었는지도 몰랐다. 네 시 이후로도 창문만 주구장창 보고 있었던 것은 아니었으니. 그녀가 잠깐 한눈을 팔거나 다른 일에 몰두한 사이 불은 몇 번이고 들어왔다 나가기를 반복했을지도 몰랐다. 누군가에게는 매일 새벽 네 시에 층계참에서 할 일이 있을 수도 있었다. 아니면 감지기가 고장났거나, 네 시면 불이 켜지는 마법에 걸렸거나, 귀신이든가. 생각보다 원인은 무궁무진했다.

푸르스름했던 창문은 조금씩 달아오르는 아파트의 온기로 희뿌옇게 차오르고 있었다. 별일 아니라는 생각이 그녀를 나른하게 했다. 그녀는 아홉 계단을 내려가 집으로 들어갔다.

보름 전, 문자를 주고받던 중 돌연 이나의 침묵이 길어졌다. 이모티콘을 보내고 십여 분이나 지났을 때야 알림이 다시 울렸고, 이나는 뜬금없이 별거 이유에 대해 말했다. 이나는 감정을 억누르듯 한 문장씩 툭툭 끊어 보냈다.

바람을 피웠어 ↲ 일시적 충동이었대 ↲ 그냥 ↲ 그렇게 됐대 ↲ 그럼 말이 돼 ↲ 용서가 안 돼 ↲ 그동안 ↲ 내가 ↲ 지한테 ↲ 어떻게 ↲ 했는데 ↲ 감히 ↲ 나한테 ↲ 그동안 너무 ↲ 힘들었어 ↲ 죽고 싶을 만큼 ↲ 우울증 약을 ↲ 먹고 있어

짐작은 했다. 별거 이유의 대부분이 그거였으니까. 걱정됐지만, 이나 때문만은 아니었다.

이나와 만나는 날이면 가끔 그녀의 남편이 이나를 데리러 왔다. 그때마다 짧게 나누는 대화에서 수영은 그가 이나보다는 자신과 공통점이 많다는 사실을 알아챘다. 언젠가 이나의 집에 초대받아 갔던 일이 있었다. 와인을 곁들인 저녁 식사 후 본격적으로 술을 마시기 시작했다. 알코올에 약한 이나는 먼저 침실로 들어갔고, 둘만 남겨졌을 때 떠돌던 긴장과 설렘의 공기를 그녀는 지금도 가끔 떠올린다. 그 이상은 아니었다. 그녀가 기억하는 한은. 술기운에 비틀거렸던 그녀를 부축했을 때, 그가 다른 생각을 했을까. 충동적으로 키스를 했던 것도 같았다. 그리고 일어났을 때 이나의 남편은 이미 출근한 후였다.

그날 아침, 이나가 끓여줬던 토마토 수프도 기억한다. 버터를 베이스로 한 루에 월계수 잎과 토마토 그리고 생크림으로 마무리한 수프는 부드러우면서도 진했고, 숙취 해소에도 탁월했다. 밥하는 것은 싫어하지만 요리는 좋아한다던 얘기를 듣긴 했지만, 의외의 솜씨에 수영은 깜짝 놀랐다. 요 앙큼한 것, 또 나한테 숨기고 있는 게 뭐니. 식사하고 커피를 마시며 다정한 대화를 나눴던 것도 그녀는 잊지 않고 있다. 수영은 픽 웃었다. 그래, 그럴 리가 없지. 하지만 약간의 죄의식이 들었고, 그것은 문득 의문으로 돌변했다.

이나는 왜 이제야 별거 이유를 말하는 걸까.

늦어도 입주 기간 안에는 꼭 갈게. 이나는 그렇게 평소와 다름없는 맺음을 하고 톡 방에서 나갔다.

그럼에도 그날 문자에서 느껴졌었던 의구심만은 여전히 수영을 따라다니고 있다. 이나한테서는 그 후로 더는 연락이 없었다. 입주 마감일까지는 이틀이 남았을 뿐이다.

커피포트 주둥이로 물이 쿨럭쿨럭 넘쳤다. 500밀리 생수를 포트에 부으면서 내벽에 표시된 500밀리 max. 선도 확인하지만 가끔 그렇게 물이 넘쳐흘렀다. 뭐가 문제일까. max.는 마지노선이면서 한계의 선이 아니었나. 어쩌면 위험의 선, 시험의 선일지도 몰랐다. 그 안에서 멈춰야만 아무 일도 일어나지 않는다는 것을 알려주는 경고의 선인지도. 그것도 아니라면 포트나 생수 둘 중 하나가 거짓말을 하고 있는지도.

넘친 물은 식탁 가장자리로 흘렀다. 테두리에서 멎은 물은 선을 따라 정렬했다. 물은 점점 부풀어 올랐다. 그녀의 손이 불현듯 이마로 올라갔다. 모래처럼 작고 단단한 알갱이가 만져졌고, 그녀는 그것을 파내기라도 하듯 세게 문질렀다. 쓰라렸지만 손은 멈추지 않았고, 눈은 식탁 위를 구르는 한 방울의 물을 따라가고 있었다. 마침내 물방울이 합쳐지는 순간 흰빛으로 솟은 물줄기는 부엌 바닥으로 곤두박질쳤다. 그녀는 그제야 얼굴에서 손을 뗐다. 손가락 끝에 딸려 나온 것은 아무것도 없었다. 거울에 비쳐 보니 문지른 부위의 피부가 벗겨져 있었다. 그것은 붉은 반점 같았다.

불빛이었다. 밝아진 주변 탓에 생기를 잃긴 했지만 빛이 확실했다. 25층과 26층 사이였다. 그녀가 창가로 다가가는 동안 불은 꺼졌다. 폰의 화면을 확인하는 사이 불은 다시 들어왔다. 다섯 시 반이었다. 빛 속에서 무언가 움직였다. 그것은 창문 밖으로 손을 뻗었다. 그리고 조금씩 솟아올랐다. 마치 벽이라도 타고 오르듯. 마침내 유리창 빛이 거의 가려질 정도로 형상이 드러났을 때야 그녀는 직감적으로 무슨 일이 벌어지려고 하는지 알 듯했다.

수영은 튀어나오려는 비명을 막고 주저앉았다. 몸을 웅크린 채 생각했다. 떨리는 손으로 폰을 바로 잡았다. 폰의 잠금 패턴을 풀고 숫자를 누르려던 그녀는 멈칫했다. 잘못 봤을 수도 있었다.

창밖을 다시 내다보기 위해서는 많은 용기가 필요했다. 수영은 몸을 끌어 올렸다. 창 가장자리에 붙어 서서 고개만 살짝 밖으로 내밀었다.

그새 불 켜진 창들이 늘었을 뿐 아파트는 무심한 모양새였다. 계단참 창에는 불빛도 그림자도 없었다. 그녀는 눈을 비볐다. 헛것을 봤을까. 그것도 아니라면, 주저앉았던 시간 모든 것이 끝나버렸을까.

수영은 서둘렀다. 방충망을 열고 난간 위로 허리를 깊숙이 굽혔다. 머리카락이 우수수 쏟아지며 시선을 가렸다. 갑자기 쏠린 상반신의 무게로 하체가 풍선처럼 붕 떠오르려 했다. 그녀는 가까스로 난간 기둥에 팔을 감았다. 풍선 실처럼 팔은 난간에 매듭을 꼭 지었다. 이대로 떨어졌다면 목이 부러졌을까. 몸은 바람 빠진 풍선처럼 난간대에 매가리 없이 늘어졌다. 그녀는 107동 발목을 덮고 있는 나무들의 정수리를 더듬었다. 개 한 마리를 앞세운 누군가가 그 아래를 벗어나고 있을 뿐 어떤 동요도 느껴지지 않았다.

몸을 일으킨 수영은 계단실 창을 주시했다. 창문은 닫혀 있었다. 뛰어내리는 사람이 창문을 닫을 수는 없었다. 뒤에 있던 누군가가 친절하게 닫아줬으면 모를까. 포기한 걸까. 마음을 바꾸고 창문을 닫고 거기가 어디가 됐든 제 보금자리로 돌아갔을까. 아니면 다시 시도하기 위해 숨을 고르고 있을까.

그때 옆 동에서 이상한 기미가 느껴졌다. 꼭대기 층과 서너 칸 내려간 층이었다.

꼭대기 층 거실 난간대에 팔을 걸치고 서 있는 여자가 보였다. 여자의 머리 위로 거칠 것 없는 하늘이 가득 메워 있었고, 그것은 시퍼런 물의 이면처럼 보였다. 물속에 잠긴 듯 여자 주위로 먹먹한 정적이 떠다녔다. 짧은 컷을 한 여자의 모습이 이나 같아 수영은 눈을 비볐다. 다시 쳐다봤을 때 여자는 커튼 뒤로 사라지는 중이었다. 아래쪽 거실에서는 누군가 급하게 커튼 뒤로 몸을 피했다. 그리고 불이 꺼졌다.

다들 무엇을 보고 있었을까. 또 지금은. 아직도 커튼 뒤에 서 있을까. 정말 무슨 일이 벌어졌던 걸까.

수영은 온종일 노트북만 펼쳐놓았다. 검게 변한 화면 위로 자신의 모습이 떠오르면 엔터키를 눌렀다. 화면이 되돌아와도 다시 상념에 빠져들었고, 화면 역시 또 다른 어둠 속 그녀를 응시해야 했다. 살펴봐야 할 원고 역시 아일랜드 식탁 위에 그대로 쌓여 있었다.

늦은 오후가 되자 아파트는 활기를 띠기 시작했다. 낮 동안의 열기에 새벽녘 푸르스름했던 물기는 찾아볼 수 없었다. 분수대에서 물줄기가 뿜어 오르고, 놀이터의 놀이 기구들이 움직였다. 자전거 타는 아이들, 뒷짐 진 노인들, 아장아장 걷는 아기를 뒤쫓아 가는 아빠, 유모차를 미는 엄마가 수풀과 꽃들이 늘어선 산책길을 따라 흩어져 있었다. 이상 세계의 표본처럼 만들어진 모형 안에서 미니어처 인형처럼 작은 사람들이 올망졸망 모여 꿈틀거리고 있었다. 행복하고 평화로운 모습이었지만, 그녀가 당장이라도 발 한 번 구르면 갯벌 위 게들처럼 순식간에 사라질 것 같았다. 감쪽같이.

삼천 세대의 사람들, 동거인까지 합하면 정말 많은 사람이 옹색하기 그지없는 땅덩어리 위에서 살고 있는 셈이었다. 그럼에도 생각보다 그들은 눈에 띄지 않았다. 다만 한밤중 주차장 1, 2층을 채우고도 모자라 아파트 담벼락을 두르고 있는 수많은 차를 보고 있으면 비로소 그들의 실체가 실감 났다.

이웃에게 보이는 모습은 그게 다였다. 숫자 아래 세워진 차들과 숫자가 박힌 문, 주민들은 곧게 세워진 아파트 우림 사이에 그것들을 앞세우고 본모습은 하나씩 파고 들어간 동굴 속에 감춰두고 살아가는 거였다. 한없이 무해한 얼굴로 스쳐 가는 길 위의 사람들처럼.

이사 오던 날이 순조로웠던 것만은 아니었다. 아파트에 들기 전 꽤 성가신 일이 있었다.

양손 가득 짐을 들고 25층에서 내렸을 때 그녀는 아파트 열쇠가 없다는 사실을 깨달았다. 다시 짐을 들고 관리실에 갔을 때, 그곳에는 사인해야 할 서류와 입금해야 할 계산서들이 그녀를 기다리고 있었다. 입주 청소비 정도야 그녀가 부담할 생각이었다. 거기서 끝났으면. 하지만 선수 관리비, 장기수선 충당금, 수선 유지비라는 제목도 생소한 것들까지는. 월세라는데 이런 것까지 내야 하나. 아니면 그새 이나가 집주인이 됐을까. 그런 사정들까지 속속들이 얘기해줄 만큼 이나는 한가하지 않았다. 수영 역시 그런 것들을 일일이 물어보지 않았다. 될 수 있으면. 그게 이나를 대하는 방식이라고 생각했다.

숙연한 분위기 속에 사람들은 당연하다는 듯 계산하고 자신의 몫인 양 영수증과 카드키를 챙겨갔다. 차례가 됐을 때 그녀는 혼란스러운 머릿속과는 달리 매우 여유로운 자세로 계좌이체를 했다. 돌아서서 휴대폰 메모장에 그것들을 차례로 적고, 사진을 찍고, 영수증은 접어 지갑에 넣었다. 며칠 후면 이나가 올 거였다.

하지만 며칠 후 온 것은 이나가 아니었다. 손바닥만 한 인터폰 화면 안에서 낯선 남자가 도어록 설치를 하러 왔다고 말했을 때 그게 다가 아니었다는 사실을 알았다. 이나에게 전화할 수밖에 없었다. 응 맞아. 내가 신청했어. 안면 인식 기능이 달린 거로 교체하려고. 여자 둘만 사는 데 위험할 것 같아서. 그러네. 말은 그렇게 했지만 썩 잘했다는 칭찬은 하지 않았다. 그런 거 없어도 지금껏 혼자 잘 살았다는 얘기도 하지 않았다.

그녀가 정작 듣고 싶었던 것은 최신식 도어록의 신청 유무나 설치 사유가 아니었다. 계약서에 이나의 이름이 적혀 있었고, 이유야 아무려면.

우리 정말 같이 사는 거네, 물론 의도적이지는 않았겠지만, 이나는 자연스럽게 다른 이야기로 넘어갔다. 아파트 주인이 아는 사람이라 다행이라는 얘기를 했던 것 같다. 수영은 일단은 그것으로 됐다고 생각했고, 일꾼들이 주고 간 영수증을 잘 접어 지갑에 넣는 것으로 마무리했다.

수영은 폰을 열었다. 새 메시지 알림은 없었.

비행기표를 예매하고 짐을 싸는 이나, 주변인들에게 작별 인사를 하는 이나의 모습을 떠올렸다. 그러다 보니 문자 보내는 것을 잊었겠지. 아마도 내일이면 몇 시 비행기로 도착할 거라며 깜짝 문자를 보내오겠지. 상상은 끊어지지 않았고, 그녀의 얼굴에는 미소가 떠올랐다. 이 모든 일은 이나가 오면 해결될 거였다.

하지만 그게 아니라면. 비행기표는 아예 살 생각도 하지 않고, 아직도 잘 정돈된 별장에서 평소와 다름없는 시간을 보내고 있다면. 그 옆에 남편이 있는 거라면.

이나의 남편 얼굴을 떠올렸다. 정말 그날 무슨 일이 있었을까. 설마, 말도 안 돼. 키스와 포옹 말고는 또······. 그녀의 얼굴이 굳어졌다. 그것만으로도.

또 그녀가 만취한 사이 정말 일이 있었다면. 그것을 이나가 눈치채고 있었다면. 막다른 길에 몰린 그가 이나의 마음을 돌리기 위해 수영을 희생양으로 한 극본을 만들어 선수를 치고 있다면. 아니 이미 쳤다면.

포트에서는 이제 계속 물이 넘쳤고, 그것은 그녀를 추궁하는 필사의 몸짓 같았다. 거짓말하는 것은 아무것도 없으며 문제는 그녀에게 있다고 질책하는 것 같았다. 그녀는 물을 닦으며 왼쪽 눈썹 위를 문질렀다. 피부 속 알갱이들의 움직임에 손톱이 하얗게 질렸다.

초인종이 울렸다. 나가고 싶지 않았지만, 그녀는 몸을 일으켰다. 이나가 보낸 짐이거나 주문한 물품의 택배일 수도 있었다. 이나에게 문자 보낼 일이 생길 거였다. 물건을 잘 받았다는 말과 함께 스스럼없이 물어볼 수 있는 질문을 수영은 생각했다. 지금 어디니? 언제쯤 도착 예정이니? 비행기표는? 그보다는 낼모레 제주도에 상륙한다는 태풍 얘기가 자연스러울 거였다. 걱정하는 마음과 무언의 압력 모두를 충족할 수 있는 말이었다.

수영은 만족스러운 마음으로 인터폰 화면을 들여다봤다. 그런데 익숙한 모습이었다. 지난달 도어록을 설치하러 왔던 사람이 모자만 바꿔 쓰고 다시 온 것 같았다. 문짝처럼 보이는 것을 몸으로 받치고 선 사람의 모습도 보였다. 빨리 문을 열지 않으면 안 될 것 같은 분위기였다. 남자는 중문을 설치하러 왔다고 했다.

　수영은 일꾼들의 설명에 집중할 수 없었다. 이나에게 전화해야 할지 말아야 할지 실랑이하는 자신의 목소리 때문에 아무것도 들리지 않았다. 결국 휴대폰을 주머니 속에 꾹 집어넣었다. 기회이긴 했지만, 적합하지 않은 기회였다. 지금 무슨 상황이 벌어지고 있는지도 모르는데 이나에게는 썩 중요해 보이지도 않는 일로 전화하는 것은 모험일 수 있었다. 또 아무 일이 없다 해도 매우 뻔한 얘기를 어색하고 한심한 기분이 드는 중에 주고받는 게 전부일 거였다.

　일꾼들이 현관에 서서 기다리는 동안 그녀의 통장에서는 150만 원이 출금됐다는 문자가 떴다. 그녀가 원룸을 빼고 받은 보증금은 모래성에서 떨어져 나가는 모래 알갱이처럼 조금씩 줄어들고 있었다. 아슬아슬하게 꽂힌 나무젓가락이 자신 같다고 그녀는 생각했다.

　일꾼들을 보내고 현관문을 닫으려는 순간 수영은 상자 하나를 발견했다. 상자는 소화기 보관함 아래에 놓여 있었다. 일꾼들이 두고 간 건가. 제법 큰 직사각형 모양의 상자였다. 스탠드형 선풍기를 넣으면 딱 맞춤할 것 같았다.

　상자 윗면에는 택배 라벨이 붙어있었다. 수영은 살며시 웃었다. 이나가 보낸 택배가 어느 결에 배달되어 온 모양이었다. 주소도 맞았고, 발송인은 김이나, 수취인 난에는 송수영이라고 쓰여 있었다. 상자를 번쩍 들어 올리던 수영은 뒤로 벌렁 넘어갈 뻔했다. 너무 가벼웠다. 살짝 흔들어 봤지만 아무 소리도 들리지 않았다. 그녀는 상자를 조심스럽게 들고 집으로 들어갔다.

　상자는 비어 있었다. 수영은 그것을 거실 한가운데 세워두고 물끄

러미 쳐다봤다.

 어스름이 깔리면서 바람을 타고 먹구름이 몰려왔다. 식탁 위 종이들이 사방으로 날리고 빈 생수병들이 떼구루루 구를 정도로 강한 바람이 베란다 창으로 넘어와 집 안이 온통 아수라장이 됐는데도 너무 더웠다. 그 와중에도 빈 상자는 바람에 조금 밀렸을까, 쓰러지지도 않고 제자리에서 잘 버티고 있었다. 상자는 선풍기 외에도 체격이 작은 사람이 엉거주춤 서면 될 정도의 크기 같았다. 그렇게 생각하자 누군가 상자 안에서 바닥에 발을 딱 붙이고 서 있을 것 같았다. 수영은 상자를 열었다. 그리고 다시 잘 닫았다. 그러자 그것은 원래의 비밀스러운 모습으로 되돌아가는 듯했다.
 그녀는 선풍기를 희망 목록에 추가해야겠다고 생각하며 거실 문턱 위에 올라섰다.
 모든 세대가 아이보리빛으로 침잠해 있는 와중에도 24층만은 자신의 집처럼 폭풍이 휘몰아치고 있었다. 거칠게 흔들리는 어선들과 너울지는 높은 파고로 위태로워 보였다. 수영은 그곳을 향해 손을 뻗었다. 그런데 그 옆으로 뭔가 더 있었다. 화면의 연속인가 싶어 그녀는 미간을 찌푸려 집중했다. 저게 뭐지. 남자였고, 현실의 그것은 그녀를 쳐다보고 있었다.
 수영은 부리나케 문턱에서 내려섰다.

 방 3에는 싱글 침대 한 개만 놓여 있었다. 원룸에 살 때는 침대가 없었다. 잦은 이사를 하다 보니 싸구려 침대는 오래가지 못했다. 어차피 이사할 때마다 부담스럽기만 한 물건이었다. 하지만 아파트에서는, 필요했다. 침대는 국내 제일의 브랜드였다. 앞으로 절약하게 될 월세를 예측한 낭비였다.

　수영은 침대에 누웠다. 몸이 닿는 대로 매트리스는 길을 냈고 거푸집 안에 고이는 액체처럼 그녀의 몸도 윤곽을 따라 완벽하게 채워져 갔다. 더없이 아늑하고 편안했지만, 잠은 오지 않았다. 빈 상자가 자꾸 눈에 밟혔다. 고개를 들면 어느새 방까지 따라온 그것이 자신을 똑바로 쳐다보고 있을 것 같았다. 도대체 왜? 잘못 보낸 걸까. 아니면 빈 상자를 어쩌라고.

　옥상 조명등이 침대 머리맡을 비껴갔다. 들척일 때마다 빛이 눈을 찔렀다. 그 속에 미세한 입자들이 떠다녔다. 그것을 움켜쥐어 보지만 잡히는 것은 없었다. 빛도 머지않아 꺼질 거였다.

　이나와 같은 집에서 살 거라고는 생각도 못 했다. 이나가 오지 않는 한 영원히 믿기지 않는 일이 될 거였다. 만일의 경우, 그나마 기대를 가졌던 지금이 행복했던 때로 기억될까 봐 그녀는 벌써부터 겁이 났다.

　그녀의 손이 얼굴로 올라갔다. 규칙적인 손가락의 움직임으로 가라앉았던 살갗은 도로 벗겨지고 있었다.

　지난밤 비바람이라도 몰고 올 듯 심상치 않았던 하늘은 일어나 보니 거짓말처럼 개어 있었다. 새벽 다섯 시였다. 수영은 기다렸다.

　잠시 후 107동 공용 현관 유리문 너머로 1층 감지기 등이 켜지는 것과 동시에 운동복을 입은 사람이 벽을 돌아 나왔다. 10층 남자였다. 현관문이 열리면서 남자는 나가고 그녀는 들어섰다.

　다섯 시 반까지는 아직 시간이 남아있었다. 승강기는 1층에 머물러 있었지만, 그녀는 계단으로 갔다.

 1, 2층 계단참에 섰을 때 그녀는 머릿속이 하얘졌다. 창문에 손잡이가 없었다. 여닫을 수 없는 창이었다. 창문은 액자처럼 벽에 걸려있었다. 그녀는 걸음을 빨리했다. 2층, 3층, 4층도 마찬가지였다. 5층에 올랐을 때 수영은 알아챘다. 그곳 창문에는 손잡이가 달려 있었다. 그녀의 집은 25층이었다. 뒷자리에 5가 붙은 층계참에만 창문을 열 수 있도록 해놓은 모양이었다.

 5층은 낮고, 15층은 어중간하다고 생각했나. 도대체 누구길래.

 다시 계단을 오르던 수영은 문득 걸음을 멈췄다. 불도 꺼졌다. 누군가 불빛을 지켜보고 있을지도 몰랐다. 자신이 그러했듯. 빛이 부담스러워졌지만, 그녀는 발을 들었다.

 15층을 힐끗 내다본 그녀는 25층을 향해 다시 오르기 시작했다.

 25층에 섰을 때 그녀는 바짝 긴장하며 난간을 돌았다.

 고개를 들자 아홉 개의 계단 위로 공간이 보였다. 25층과 26층 사이 층계참이었다. 아무도 없었다. 네 계단 올라섰을 때 감지기 등이 켜졌다. 층계참에 이르러 아홉 개의 계단 끝을 올려다봤다. 그곳에 26층이 있을 거였다. 그녀는 올라가 볼 필요를 느끼지 못했다. 30분이 되려면 시간이 조금 남아 있었지만 상관없었다.

 창가로 다가가 창문을 살짝 열었다. 촘촘히 둘러선 동들이 새벽잠에 취해 있었다. 대기는 밝아오고, 빛이 드리우기 시작한 눈꺼풀들도 조금씩 깨어나고 있었다. 바로 앞 동으로 시선이 갔다. 게슴츠레 뜬 눈들 사이로 활짝 뜬, 눈 하나가 두드러졌다.

 수영의 집, 거실 창이었다. 어둠에 묻힌 관객들이 겹겹이 둘러싸고 있는 가운데 창은 돌올하게 떠 있었다.

그곳에 머그컵을 든 여자가 불안한 모습으로 서 있었다. 울긋불긋한 피부에 머릿속이 훤히 드러난, 낯익은 여자였다.

사상누각에 서 있는 여자, 그나마 저 빛도 여배우의 것이 아니었다.

여자는 숫자를 헤아리듯 입술을 달싹였다. 수영도 그녀를 따라 숫자를 셌다.

그러는 사이 수영은 이나가 보낸 빈 상자가 침대를 제외한 스툴 두 개와 자신이 갖고 들어온 짐을 담기에 매우 적당하다는 사실을 깨달았다. 어쩌면 조금 작을지도.

아무려면.

그녀는 창문을 힘껏 밀었다. 하지만 더는 벌어지지 않았다, 암대가 붙잡고 있었다. 안정성 확보로 만들어진 프로젝트 창문은 뛰어내릴 수 있는 구조가 아니었다.

그녀는 창틈으로 양팔을 뻗어 올렸다.

생각에 잠긴 사이 불은 나갔고, 쉬이 들어오지 않을 듯했다.

현진건문학상의 취지 및 심사 경위

1. 문학상의 제정과 취지

현진건문학상은 한국 근대문학을 개척한 작가 현진건 선생의 고향인 대구에서 제정되었다. 2008년 전후로, 대구소설가협회의 뜻있는 분들이 막연하게 서울 작가로만 알고 있던 현진건 선생의 뿌리가 대구라는 사실을 내외에 인지시키는 데 노력하였다. 그리고 선생의 작품과 정신을 계승하는 여러 가지 후속 작업을 입안하는 가운데, 2009년에 현진건 선생 유족의 협력으로(유족 대표, 손서 정의대) 본 문학상을 제정하게 되었다.

그 후 유족 대표인 손서 김윤식 선생과 1회부터 현재까지 한 회도 빠뜨리지 않고 문학상 수상자에게 특별 기념품을 보내주신 현화수 여사(현진건 선생의 따님)의 각별한 애정은 본 문학상이 유수의 문학상으로 자리 잡는 데 큰 힘이 되고 있다.

현진건문학상은 현진건 선생이 남긴 뛰어난 작품의 문학사적 의의를 기리는 것은 물론, 보다 활동적이고 차원 높은 지역 문학을 구축하기 위한 운동으로 그 의미를 갖는다. 나아가 보편적 문학성의 확산에 기여함과 더불어 지역에서 활동하는 문학인을 격려하는 차원이 되어야 한다는 것이 본 문학상의 궁극적 목적이다. 그리하여 지역의 문학인들이 스스로를 격려할 수 있는 방식으로 흘러가게 함으로써 지역 작가들의 새로운 광장으로 거듭날 것이며, 이로써 이들의 창작이 문학의 본질에 더욱 가까이 갈 수 있도록 돕는 제도가 될 것이라 확신한다.

이런 취지를 수행하기 위해 본 문학상 운영위원회는, 매해 발간하는 『현진건문학상 작품집』으로 인해 발생하는 수익금을 다음 해 더 좋은 작가와 작품에 빛을 주는 일에 사용할 것이다. 작가들의 집필을 돕고 수상자의 상금에 재투자하여, 수익금과 좋은 작품이 선순환되는 구조를 만들어 나가고자 한다. 전국 곳곳에서 창작에 몰두하는 작가들의 적극적인 참여와 독자들의 응원을 기대한다.

2. 작품 모집과 심사 경위

현진건문학상 운영위원회는 막중한 책임감을 갖고 의욕적으로 금년 행사에 임했다. 17회 현진건 문학상과 15회 현진건 신인문학상의 응모가 8월 31일이 완료일이었으나, 8월 31일이 일요일인 관계로 9월 1일 도착분까지 완료되었다. 17회 현진건 문학상은 금년 5월부터 본격적으로 행사의 취지를 알리는 작업에 착수하였다. 인터넷과 문학잡지에 지난해 9월부터 금년 8월까지 발행된 각 지역의 간행물에 실린 좋은 작품, 신작을 모집하기 위해서였다.

지난해와 마찬가지로 제17회 현진건문학상은 다음과 같이 작품을 모집했다.

가. 기성작가 개인의 자유로운 응모.

나. 문협지부와 소설가협회 등 단체가 추천하는 작품.
다. 지역에서 간행되는 (종합)문예지에 발표된 단편소설.

위의 가~다로 다양한 형태로 작품을 접수하는 이유는 개인의 자유성 확보와 지역문학의 활동성 증진, 그리고 소외되거나 위축된 상태로 작품활동을 하는 작가들을 고루 살피기 위해서이다. 그 결과 여러 형태로 많은 작품들이 수합되었다.

총 응모 편수는 408편이고 심사 대상에 올려진 작품은 기성작가 142편(등단작3편, 지역1편 제외) 신인 266편(분량초과 5편 제외) 이다.

9월 1일과 2일, 양일간 작품을 분류 기록하고 모든 작품에 대해 응모자 이름과 경력 사항을 떼어 완벽한 블라인드 작업으로 공정성을 확보했다. 9월 3일 우편으로 심사위원 세 분에게 우송했다.

금년은 작년에 이어 예,본심 통합 심사제를 채택했다. 통합 심사위원으로 현재 한국 소설문단의 중심작가인 구효서, 권지예, 윤대녕 소설가가 참여했다.

9월 15일에 통합 심사위원들은 총 9편을 본심에 회부하기로 결정했다. 여기서, 대구소설가협회 전 회장인 박희섭 소설가가 본심 심사위원으로 합류했다. 박희섭 소설가는 예심에 참여하지 않고, 본심 심사에만 참여했다. 이는 혹 있을지 모를 지역 응모작가들과의 연관성을 사전에 차단하기 위해서이다.

본심에 오른 9편은 다음과 같다.

「고양이는 건들지 마라」, 「학구적인 물고기」, 「빈 상자」, 「너를 잡아먹을 시간」, 「찬란한 수치」, 「모래톱」, 「짬뽕」, 「우리의 다정한 이웃 스파이더맨」, 「아저씨」이다.

본심은 9월 26일 대구에서 열렸다. 네 분의 심사위원은 지난 열흘 동안 숙독을 마친 9편에 대해 개별평가를 하고 서로 간의 의견을 교환하였다. 이로써 「짬뽕」, 「고양이는 건들지 마라」, 「빈 상자」, 「찬란한 수치」, 「모래톱」, 「학구적인 물고기」가 최종 추천작 6편으로 선정했다. 이번 현진건문학상 심사에서 특이한 점은 추천작을 심도 있게 논의하는 과정에서, 본상 수상작이 강렬하게 대두되었다는 것이다. 그 작품이 심사위원 만장일치로 뽑힌 강정아의 「짬뽕」이었다.

제15회 현진건신인문학상 은 지난해보다 30% 늘어난 266편이 응모되었다. 지역별로 보면 서울 87편, 경기도 60편, 부산시 25편 외 94편으로 집계되었다.

2025년 8월 31일에 응모마감된 현진건신인문학상 응모 작품은 현진건문학상 심사 대상 작품과 동일한 방식으로 응모자의 사적 정보를 블라인드 처리하여 심사의 객관성을 확보했다. 2025년 9월 7일에 본회 사무실에서 예심을 진행했다. 심사위원으로 이화정, 김동혁 소설가가 참여하여, 6편의 작품을 본심에 회부하였다.

그 6편은 다음과 같다.

「김무락과 함께」, 「긴과 긴긴」, 「언제나 거기에 있었다」, 「혼잣말은 멈출게」, 「사생대회」, 「이래의 미래」 6편이다.

현진건신인문학상 본심 심사위원들은 9월 26일 대구에서 모여 현진건문학상 추천작을 선정하기에 앞서, 현진건신인문학상 심사를 진행했다. 심사위원들은 본심 진출 작품들을 일일이 거론했으나 당선작을 뽑는 데 어렵지 않았다. 투표 끝에 김소형의 「이래의 미래」를 선정했다.

현진건문학상 운영위원회

내년에는 더 많은 지역에서 문협과 소설가협회, 소설가 동인 등 문학단체들이 더 많은, 더 우수한 작품을 추천해주길 기대한다. 본 운영위원회는 일 년 내내 문을 열고 기다리고 있을 것이다.(editorhyeon@daum.net)

문학단체에 가입하지 않거나, 지역문예지에 발표하지 않은 개인 작가들도 개별적으로 왕성한 응모를 바란다. 각 지역에서 작가들의 창작이 활발해지는 것이 '현진건문학상의 꿈' 이다.

현진건문학상 역대 수상작

1회 이수남_심포리   2회 송일호_쿼바디스 도미네
3회 오을식_달밤   4회 문형렬_귤의 시간
5회 박 향_육포냄새   6회 이화경_모란
7회 유시연_존재의 그늘
8회 전경린_붓꽃 / 권정현_골목에 관한 어떤 오마주
9회 하창수_철길 위의 소설가
    우수상 심봉순_제천
    추천작 표성흠_굴절 / 김태환_낙타와 함께 걷다 / 양정규_클린 하우스
        윤혜령_줄을 긋다 / 이완우_탈 / 이충호_화사
10회 김가경_유린 이야기
    우수상 이아타_무릎 위에
    추천작 장정옥_물고기의 집 / 정인_아무 곳에도 없는 / 김동혁_아화
        배이유_검은 붓꽃 / 이근자_지하철과 달팽이 / 최정희_능소화 필 때
11회 (공동우수상) 정미형_봄밤을 거슬러 / 권이향_모든 것은 레겐다에 있다
    추천작 강이라_스노우볼 / 송은일_알아 보지도 못하면서 수없이 껴안은
        심경숙_소금의 눈물 / 이경호_풍의 추락사 / 이미욱_여기 없는 날들
        조미형_각설탕 / 황은덕_해수
12회 이도원_세 사람의 침대
    추천작 강물_그 여자 / 노정완_등골 브레이커 / 윤동수_밀랍인형
        이충호_그 어두운 밤의 우수 / 이홍사_집에서 개를 없애는 몇 가지 방법
        임성용_지하생활자 / 장마리_존은 제인을 만났지만
13회 없음
    추천작 박주영_시차 / 박해동_아이덴티티 / 서유진_나야 / 이소정_수영장
        이은유_X의 세계 / 이은정_소란 / 정광모_봄을 걷다
14회 이근자_아침은 함부르크로 온다
    추천작 강이나_가티 / 도수영_46번 국도의 추월자들 / 이성아_유대인극장
        이소정_버드세이버 스티커 / 임은영_팔월의 이안류 / 정태언_아프리카

15회 김근하_그네
  추천작 이준호_10시 20분에 방영하는 9시 뉴스 / 양혜영_빨강에 대하여
    정광모_베팅 / 문서정_다이아몬드가 자라는 발가락 / 오성은_호흡법
16회 김설원_팔월극장
  추천작 안지숙_사막의 주기 / 정광모_휴먼 장르 / 문서정_우리들의 김선호
    이화정_이삼 / 이소정_날씨에 대해 우리가 했던 말
17회 강정아_짬뽕
  추천작 이성아_고양이는 건들지 마라 / 박혜원_학구적인 물고기
    노정완_찬란한 수치 / _고경숙_모래톱 / 김인정_빈 상자

▎현진건신인문학상 역대 당선작

1회 임수진_틈   2회 김정수_숙주
3회 정은경_뺌   4회 신희우_고양이는 따뜻했다
5회 최제이_아그리빠   6회 김호애_닭을 먹다
7회 방미현_봄, 달   8회 김혜지_꽃
9회 고수경_옆사람   10회 허성환_달팽이를 옮기는 법
11회 유주현_27번   12회 서애라_엄마의 이름은 반다
13회 강지선_아스파라거스 숲 14회 금이정_스며드는 것들
15회 김소형_이래의 미래

초판 인쇄일	1쇄 2025년 10월 21일
초판 발행일	1쇄 2025년 10월 27일

지 은 이 • 강정아, 김소형, 이성아, 박혜원, 노정완
　　　　　 고경숙, 김인정
발 행 인 • (사)현진건기념사업회
편집교정 • 신영애, 권이항, 황영은, 이근자

펴 낸 곳 • 화니콤
주　　소 • 대구광역시 수성구 들안로 54길 12 1층
전　　화 • 053.755.6700
팩　　스 • 053.755.6726
전자우편 • red0202@nate.com
출판등록 • 2006년 8월 31일 제346-2006-00012호

ⓒ사)현진건기념사업회, 2025

※ 이 책의 전부 또는 일부 내용을 재사용하려면 사전에 저작권자와
　 화니콤의 동의를 받아야 합니다.
※ 지은이와 협의에 의하여 인지는 생략합니다.
※ 잘못 만들어진 책은 구입하신 서점에서 교환해 드립니다.

이 책은 2025 대구문화예술진흥원 문화인물현창사업 지원으로 출간되었습니다.
ISBN 978-89-97823-23-9-03810
값 16,800원